最后的盛典
散文卷

冲刺诺贝尔·80后实力作家散文作品

安意如　孙　睿　张悦然 等/著

吉林出版集团有限责任公司

出 品 人：周殿富
总 策 划：崔文辉
选题策划：王冷阳
责任编辑：周海莉
装帧设计：平平·大观设计
制　　作：马宇飞　高　静

图书在版编目(CIP)数据

　　最后的盛典：冲刺诺贝尔·80后实力作家散文作品 /
安意如等著. —长春：吉林出版集团有限责任公司，
2009.11

　　ISBN 978-7-5463-0749-7

　　Ⅰ. 最… Ⅱ. 安… Ⅲ. 散文 – 作品集 – 中国 – 当代
Ⅳ. I267

中国版本图书馆CIP数据核字(2009)第184785号

书　　名：最后的盛典：冲刺诺贝尔·80后实力作家散文作品
著　　者：安意如　孙　睿　张悦然等
出　　版：吉林出版集团有限责任公司
地　　址：长春市人民大街4646号(130021)
印　　刷：北京市业和印务有限公司
开　　本：710mm×1092mm 1/16
印　　张：18.5
版　　次：2009年11月第1版
印　　次：2009年11月第1次印刷
发　　行：北京吉版图书有限责任公司
地　　址：北京市宣武区椿树园15–18栋底商A222号(100052)
电　　话：010–63106240(发行部)
书　　号：ISBN 978-7-5463-0749-7
定　　价：29.80元

序：我们背负着诺贝尔的希望

许多余

十年前，我们少不更事，真假不辨，好坏不分，疾恶如仇。我们作为好学生或者坏学生，尚无法摆脱在教室里面壁的厄运。韩寒扛着三个精巧别致的门气喘吁吁地向我们走来，告诉乖巧的大多数和顽劣的极少数——门开了，秘密闪现，这世界充满着诡辩、邪恶和压迫。出生于上世纪八十年代的我们便提前告别了蒙昧状态，初生牛犊无法容忍道貌岸然的蒙蔽和壁垒森严的桎梏，我们开始用幼稚的真理武装自己，无法无天地向传统宗法宣战，同道德伦理对抗，用锋利的匕首刺穿自己的胸膛，青春热血喷涌而出，染红整个文学界的天空，让无数文学前辈、文学青年、文坛混子和文化牛氓刮目相看。

时至今日，这种靠出卖青春来维持的写作已日趋虚弱。从近几年《萌芽》杂志新概念作文大赛的影响力越来越小便可看出——青春已成水中花，尽管还有浮光掠影式的惊艳间或闪烁，但已难见昔日冲锋陷阵般敢于直面惨淡人生和正视淋漓鲜血的"真的猛士"。青春已不再，世故突然袭来，成年已定格，生存的压迫已让大多数青春作家不得不暂别甚至放弃自己狂热的文学理想，而向市场、商场、官场、名利场投降，所有关于青春的文字几乎已变成伤感的记忆、浅薄的呓语、一相情愿的自恋和虚假空泛

1

的爱情故事。随着各种体制的逐步演进，他们锋芒毕露的思想开始变成老奸巨猾的左右逢源，他们不安现状的挑战书已嬗变成随遇而安的乞讨辞。

可以说，"萌芽"阵营里的大多数作家都已失去了创造力，他们沉浸在昔日的辉煌中回味着文学之外的虚假繁荣，欲步不前。只有刘卫东、张悦然等极少数作家在不停地超越着自己，为"萌芽"争取着更大的光荣。同时，郭敬明凭借他华丽的语言、感人的故事和高超的策划能力，制造了青春文学长盛不衰的神话，抛开种种非议和欲盖弥彰的炒作，他的某些方面是很值得肯定和褒扬的，至少他对待文学的态度是虔诚和持久的，至少他已成了很多90后文学爱好者的精神领袖和写作楷模。相反，当初没有参加过《萌芽》新概念作文大赛或参加了被淘汰的作者——我们姑且把他们称之为"非萌芽"作家。经过多年的沉淀，他们已日趋成熟，并逐渐成为80后文学的中坚力量。当初他们没有自己的平台，俨然一群散兵游勇，盲目而高傲地驰骋于文字的疆场。经历了长达十年的人生百态和世间冷暖，他们从建筑工地、精神病院、农村瓦房、贫民窟和工厂里走出来，他们经历了"萌芽"作家所没有的经历，苦难的生活造就了他们的沉着、冷峻、低调和深邃，其压抑在内心深处无处宣泄的反叛变为更沉稳的隐忍，而流露笔端的则更多的是文学本身永不屈服的抗争精神。

"非萌芽"作家群体其实比"萌芽"作家群体基数更为庞大。经过种种复杂的考验，最终留下的，必然是最优秀的作家。他们代表着80后作家最顶尖的创作实力，现在他们即将集中闪亮登场。

"非萌芽"作家群中出道较早的孙睿，近年来的创作呈现出更多的思想光芒，从《草样年华》到《我是你儿子》，幽默、机智一直是他的基本风格，这在他的散文和随笔中也随处可见。他是偶像作家中的实力派。随着年龄的增长和创作风格的转变，偶像的光环将逐渐从他身上褪去。恭小兵和李傻傻的出道也比较早，并且出手不凡，作品的质量较高。几年前他们相继进入媒体工作，繁重的工作戕害了他们的创作能力，磨损了独立的思想，近两年鲜见他们的新作，未免令人有些遗憾。据说恭小兵刚刚辞

职，这对他来说未尝不是件好事，希望他早日回到写作上来。承德诗人远观近年来转向散文写作，成绩斐然，其散文叙述风格自由洒脱，引人注目。

近年来，先后有四位女作家横空出世，她们分别是安意如、苏瓷瓷、郑小琼、李成恩。作为80后女作家的代表人物，安意如把古典散文推向了高峰，并在市场上取得了巨大的成功。苏瓷瓷、郑小琼、李成恩的出现是当代文学的重要收获，她们的创作势头相当迅猛，这是值得庆幸的。苏瓷瓷的小说作品曾荣登"中国小说排行榜"，并获"春天文学奖"；郑小琼先后获得了"人民文学奖"、"华语文学传媒大奖"提名奖、"庄重文文学奖"等重要奖项；就在不久前，李成恩获得了"柔刚诗歌奖"。获奖虽不能代表什么，但至少可以反映出主流文坛对她们的肯定和认可。

每次见到莫小邪，她都会说，许多余你的小说写得太先锋了，我都不敢再看下去。我说，我还会更先锋下去。在我看来，先锋不是标签，而是一种品格，是一种孤独求败的精神。记得有读者跟我说，他们有一次在酒吧聚会时，边哭边背诵我的诗歌；记得有一位读者在我的博客上留言，因为看见一本文集里有我的名字而一口气买了十本；记得……太多的"记得"让我流泪，我只能设法忘却。请原谅我的残忍。我知道我的小说和诗歌都不属于大众，它们永远属于小众，只有那一小部分走近我，欣赏我的一举一动，倾听我心跳的声音——是你们让我感到幸福和骄傲。

诺贝尔物理学奖获得者杨振宁先生在一次演讲时说，二十年内，诺贝尔文学奖一定会在中国产生。随着中国经济的进一步发展，中国文学也在逐步与世界文学接轨，原来一度盛行甚至成为主流的民族主义文学一定会被更为开放的文学形式所替代。文学是漫长的，最先把持话语权的往往会最早丧失话语权；文学是独立的，模仿和返祖都解决不了问题。最终胜出的必然是最勇敢的开拓者和最强大的创作者。倘若真如杨振宁先生所言，背负着诺贝尔希望的我们定不能让大家失望。我们有理由感到幸运，因为我们生存的环境正慢慢发生着微妙的变化；我们也有理由自信，这一篇篇

力透纸背的作品会替我们说出最炽烈的梦想，也是我们这一代人的精神。

在先后推出 80 后实力作家的小说卷和散文卷之后，我们还将陆续推出 70 后、60 后、50 后以及 90 后的实力作家选本。

鉴于此前出版界对 80 后"非萌芽"作家群体关注力度不足，从而使得他们的许多优秀作品湮没在浩瀚的文字海洋中，为避免金玉埋泥而与之俱损，我们还将重磅推出"非萌芽书系"，该书系将隆重推出十位左右"非萌芽"作家的单行本。这是一个具有文学里程碑意义的伟大工程，敬请期待和关注！

2009 年 5 月 20 日于合肥

目录 | contents

目录 contents

最后的盛典
散文卷

安意如 卷

山无陵，江水为竭，冬雷震震，夏雨雪，天地合，乃敢与君绝。有时候，爱只是输给了生死、时间以及欲望。

安意如，女，原名张莉，1984年6月20日出生于安徽宣城。80后身价最高的散文作家、畅销书作家。其古诗词系列鉴赏散文作品近年来每本销量均逾十万册。

2002年毕业于安徽某中专院校。做过短时的文秘和会计。2003年起以"如冰恋枫"网名流连于新浪金庸客栈。2004年应书商之约写作第一部长篇小说《要定你，言承旭》，2005年6月由广西人民出版社出版。当时笔名为"粉Q女生+安意如"。翌年2月赴京参与动画剧本创作，并写作《看张·爱玲画语》，2005年9月出版。云南美术出版社此后与北京弘文馆建立合作关系，创作诗词评赏"漫漫古典情"系列。2006年8月至10月，天津教育出版社推出了其中的《人生若只如初见》、《当时只道是寻常》和《思无邪》。2007年6月出版言情小说《惜春纪》（此书因篡改《红楼梦》人物关系而引起争议，其中最匪夷所思的当属惜春成为秦可卿与贾珍"夫妇"的女儿）。

2008年9月，在取回《陌上花开缓缓归》的版权后，与万卷出版公司合作出版《陌上花开》，内容与前者基本一致。2009年1月，人民文学出版社出版《观音》，主要内容为赏析元代戏曲。

天地合，乃敢与君绝

　　曾经我是那个和你指天为誓的人。

　　《上邪》中有我对你的誓言："上邪！我欲与君相知，长命无绝衰。山无陵，江水为竭，冬雷震震，夏雨雪，天地合，乃敢与君绝。"

　　如果你忘记了，我愿意再说一次。是的，我夜夜在说。夜阑尽处，闪烁的微弱心火，映出我当时决绝的容颜。

　　我两指并立，以手指天。我说：请苍天作证，我愿与你相知、相爱，希望上天让我们的爱情永不绝衰。除非，山峰消失在眼前，江水枯竭，冬天旱雷隆隆，夏天雨雪霏霏，天地闭合，混沌不开，你我重归洪荒之时，生命不再，我才能与你分开。

　　直至今夕，想起你的时候，这样的情景还会如生如死地出现在眼前。我感觉自己从来没有离开过那里，那条奔流不息的滔滔大江、两岸隐隐的青山。只要我愿意，它们可以瞬间来到我眼前。

　　但是，感情终于被时间晾干。在漫长无尽的时光中，我对你的思念，终于枯竭。曾经的殷殷艳艳，变作一点赤红，紧缩成我心口的朱砂痣，只有手指抚上去，它还残留一点温热的红。

　　思念，终于抵挡不住时间。我看见那张曾经无比诚挚的脸。我的忧伤如线，突然从内心的最深处涌出来，千丝万缕，像那盘丝洞里天真的妖精，缚住了别人牵住了自己。

　　有哪一个人，不会以为爱着的时候，自己手中的这点爱，是女娲补天时漏下的精华？有哪一个人，不会以为身边这个人，会伴着自己度尽浩浩余生？

　　可惜，我们看不见结果。

遇见你的时候，是你的掌上花心头好，却是凄凄惨惨戚戚，命里名里带牢了一个"戚"字。

二八女多娇。我仰起秋水明眸映照你的时候，你低头，闻见我发间青草的气息。那时，我仍是田间民家女，高挽着裤腿，双脚踩在泥泞间。冰凉的泥巴没了脚背，干的时候剥落下来，双脚依旧莹然如玉，像我现在舂的米。

彼时，君未成名我未嫁，一切，如这个春天刚刚开始。在田野间奔跑的我们，穿越青青的稻禾，拥抱在一起。那一片黄花绵延如云，俯仰之间，送我至辉煌的顶点。

我看见你的脸。你唱："大风起兮云飞扬，威加海内兮归故乡，安得猛士兮守四方。"黯然神伤，全不是传言中的激昂。

我说，我不想你争夺天下，我只要你陪着我，不管你是谁——无论是君主，还是生斗小民，我爱的只是你。我不要和你身边的那些人一样，利用你去做任何事；我不要你成为满足我野心的工具。

尘世太短，战争频仍，你一次又一次地流离。我们必须用力地急促地爱。所以我一定要告诉你——我欲与君相知，长命无绝衰！

是的，无论是为了爱情，还是后来为了生存，我都希望与你"长命无绝衰"——你是我的爱、我的依靠、我的护身符。

可是，你死去了。你看不见，她将我因在这永巷中，剃去我的头发，剥落我的绫裳，让我的脖子戴上沉重的铁箍，日夜不可停歇地舂米。

这个卑贱、恶毒的女人，她知道，你爱我、宠我。她忌妒我桃花般娇嫩的容颜，忌妒我的青丝能在暗夜幽幽闪光；而她的，一寸寸一丝丝，凋零、断裂。

我的青春浓艳得让她一无是处。即使她换了最新的发髻、抹了再艳的胭脂，也掩不住呆滞如鱼目的眼珠、枯老似橘皮的脸色。甚至，连她的身体走近了些，也闻得到落叶般腐烂的气息。

我想，后来我变得恶毒了，不复纯善；我用尽心机去笼络你；我恨不能掏出这三寸芳心给你看，让你停伫我的芳园。可是，后来，我真的没有开始时那么爱你。

我开始有恨——恨你我之间，隔了那么多女人！她们是山、是河，什么时候她们都消失了，才应了我的誓——乃敢与君绝。或许，她也一样地恨。爱情，对一个男人的占有，都是独一无二，硫酸般强烈。

眼泪、笑容、谗言、媚语、床上床下，我搬弄你，伏在你的胸口膝头，软语呢喃……

可惜，我不如她，我始终不如她——她是玩弄权术的女人，权欲会满足她萎缩的情感，让她干枯的身体再次饱满如春潮泛滥；而我，只是个玩弄着爱情的人。如何玩弄，也是个摆脱不了感情的人。

"子为王，母为奴，终日春薄暮，常与死为伍。相离三千里，当谁使告汝?"在永巷里，我凄婉地唱。我真的错了！即使红颜成白发，曾经的冰肌雪肤覆满尘土，如何的疼痛屈辱我都应该学会默默承受才对。我不该哭。因为你不在了，那个曾经如山屹立的人已经消失在天水之间。是永远地、决绝地消失。

我的山平了、水竭了，天翻地覆，归至洪荒。这天地漆黑，她的怒如火红的岩浆，会毁灭了我。

那场酷刑，即使在阴曹，我也忍不住浑身战栗。为此，我宁愿不去投胎，再不要投生为人，被人灌了哑药、熏聋耳朵、挖去眼珠、砍去四肢、割去舌头……如花似玉、倾国倾城的人儿挣扎了三天，才能如愿以偿地死去。

后来，我曾经看见"敦煌曲子词"里的那个女子伏在她的情人身上，云鬟横斜、花影摇曳、一地迷乱。她就在这样的狼狈里，忙忙地向情人表白："枕前发尽千般愿，要休且待青山烂。水面上秤锤浮，直待黄河彻底枯。白日参辰现，北斗回南面。休即未能休，且待三更见日头。"

我听了在地下哧哧笑。她连发誓也像极了我的口吻，可见如我这般又是个傻女。枕前发尽千般愿，已经不时兴了！听我为你指破迷津：要休不待青山烂，天明就可以告别；水面上秤锤一定不会浮；黄河滔滔亘古长流，永远不会枯；东西永隔参辰二星，白日决不会出现；北斗星永远在北方，不可能回南面。

未休即是休，何必三更见日头？

誓、言，不见都带着口字吗？偏偏是有口无心！

可是，为什么听人再唱起《上邪》时我仍然会哀伤？婉转清亮的乡音入耳，我开始明白，四面楚歌，为什么霎时就击溃了项羽的铁骑雄兵。再坚固的人，也抵挡不住相思。思乡，缠绵绕骨，无可逃脱。

当有人将我曾经的誓言歌了千遍时，隔了千年，我忍不住从黑暗中将眼睁开。我要看——这誓言为何依旧如此鲜明？世间是否还有爱情存在？

真的。依然存在吧……因为沉睡了千年，在我在醒来的一瞬，我脑海里浮现的那个人依然是你。胸口的朱砂痣突然蔓延成血。

山无陵，江水为竭，冬雷震震，夏雨雪，天地合，乃敢与君绝。有时候，爱只是输给了生死、时间以及欲望。

当我们回归心海深处，那片幽寂中，我是鲛人，依然会为你落泪成珠。

爱是沧海遗珠。

孙
睿
卷

女人爱美，美女被人爱，所以有了选美。同样，也诞生了电影节。世界各地的选美比赛很多，电影节也很多。获奖的女人和电影都有一个特点：好看。

孙睿，男，1981年生于北京。畅销书作家。1997年进入北京工业大学就读，一边上学一边写《草样年华》，后出版引起巨大轰动，与韩寒等青春作家并称为"五大偶像作家"。2006年攻读北京电影学院导演系研究生，师从著名导演田壮壮。主要作品有：长篇小说《草样年华》、《活不明白》、《草样年华2》、《我是你儿子》、《草样年华3》，中短篇小说集《朝三暮四》等。

一封家书

亲爱的爸爸妈妈，你们好吗——应该挺好的，我这才离开北京几个小时啊。现在工作很忙吗，身体好吗——明知故问，你们都退休了，每天坚持步行锻炼身体，比我还能走。

我现在香港机场挺好的，爸爸妈妈不要太牵挂，虽然我没有发短信，其实我很想发——十二点下的飞机，你们儿子第一次离开祖国大陆，不知道手机到了这边为什么用不了。香港人民没有主动借我手机，我又不好意思主动张口，所以你们没有收到我的短信，并不是你们的手机坏了。机场工作人员说，这里的投币电话往北京打，一分钟至少十港币，他说的是"至少"，所以，为了让你们不至于得知和我的通话费用后而睡不好午觉，我就没打。我在机场转了一圈，发现一个地方有电脑能上网，但是得消费，于是就放弃了。现在我是在用笔记本无线上网，搜了半天搜出个网络，信号虽然不强，但是省了几十港币，你们该说我会过了吧。再过一会儿我就该换登机牌去加德满都了，到了那边如果没有在第一时间联系上你们你们也不用着急，我不会为尼泊尔治安添乱的。

爸爸每天还上班吗？管得不严就不要去了，干了一辈子革命工作，现在也该歇歇了——其实我的意思是，爸爸每天还炒股吗？趁着大盘反弹就赶紧卖吧，攒了一年的股票，现在也该兑现了。

我没买一件毛衣给妈妈——因为这里没有卖的，虽然儿子从来都没买过，但并不妨碍我懂事也长大了。即使有卖的，我也不知道我妈穿多大号的，买回去穿不了，你又该说我浪费。不过这儿有卖成人杂志和八卦报纸的。成人杂志限制在十八岁以上，我可以买了，但是我十多年前就看过了，这次就不再消费这类商品了。八卦报纸上是陈冠希和阿娇的裸照，题

9

目是"淫照曝光"，不知道真伪，买回去估计你也辨认不出来——你连阿娇是谁都不知道吧，所以我就不买了。哥哥姐姐常回来吗？替我问候他们吧，有什么活儿就让他们干，自己孩子有什么客气的——忘了我是独生子女了，你们还领独生子女费呢，没人帮你们干活，你们只能自己干了。哦，对了，今天出来得早，被子没叠，麻烦你们帮我叠上吧，要是不叠也没关系，就那么摆着吧，等我回去叠，但是别忘了咱家来人的时候，把我那屋门关上。

爸爸妈妈多保重身体，不要让儿子放心不下——我知道你们每天都出去锻炼，我放心不下的是，你们别忘了带公园年票。

今年春节我一定回家——回程的票订的是大年三十儿上午的，不回也得回。

好了，先写到这儿吧——再写笔记本就没电了。

此致敬礼，此致那个敬礼……

2008 年 1 月 29 日

为什么中国好电影少

好的文艺作品并没有什么固定的标准，电影也如此。

好莱坞有一套严格的制片标准，比如一页剧本拍出来是一分钟，起承转合一定相应出现在剧本的第多少页，一定要让观众看清主人公长什么样（侯孝贤有部片子叫《悲情城市》，要不是看了演员表，我真不知道里面演哑巴的是梁朝伟，全片两个半小时多，竟然没给他一个特写），剪辑师必须熟悉观众的视听生理习惯，决不能让观众在电影院里哈欠连天。所以，好莱坞的片子，没一部好的。

所谓好电影，我的标准是：新、真实、具备诸多精彩细节。

新，体现在三点上：故事、人物和视听；

真实，即银幕上呈现出一种真实的生活氛围，让人感同身受，甚至想哭；

细节，我一直认为也是情节的一部分，即细小的情节，甚至比情节更有说服力。

故事，是叙事文艺作品的骨肉。好莱坞也有故事，每部各不相同，但模式都是一样的，就像一个妈先后生出来的孩子，乍一看不一样，并且有男有女，细看，就能发现像的地方了，也就是规律。所以，好莱坞的故事没有新的。不是写不出来，是编剧不敢写，因为已经有成功的剧作样本在那儿戳着了，制片人没有道理不复制这种成功而去冒险采用一个未经市场检验的剧本。一部电影，始于金钱，止于金钱。说好莱坞，是为了解释中国电影现状，美国电影市场比中国成熟许多，好莱坞的制片人尚且如此，何况中国的制片人。

也有例外。一些中国制片人不熟悉好莱坞，所以，当一个并不符合商业电影模式但故事还不错的剧本出现时，他们敢于投资，无知者无畏。这种蒙着来的办法，中奖率有，但不会太高。所以，每隔三五年，会突然冒出一部这样的片子，在国际电影节上得个奖，让外国人知道中国人还在拍电影。

人物，是叙事文艺作品的魂儿，讲故事就得有人——即使是外星人或动植物，也得被赋予人类的性格和情感。一部即使故事不完整、结构松散的作品，只要有与众不同的人物，让观众觉得新鲜，也能吸引人。远的，比如北野武在自己的电影演的一些角色；近的，比如《不差钱》里的小沈阳。创造人物，除了从生活中发现原型，还要加入作者的想象力。比起故事，人物更难写。一部电影和小说，多年以后仍能让观众记住的，不是故事，而是里面的人。

故事和人物，不是电影独有的，也属文学范畴，只有视听是电影独有的，就像作家的文笔。电影的语言，就是视听的语言，包括很多要素，在此不一一列举了。之前一些中国电影取得的成功，只是在造型上做得不错。造型跟摄影息息相关，中国的摄影师在国际上还有一席之地，电影学

院的摄影系教育在亚洲也是领跑的。但叙事不是光靠造型就能完成的，造型是很外在的东西，叙事更需要内在的调度、声画关系来完成，而这种对视听的更高要求，是所有中国人所欠缺的，这是经济条件所限。

中国老百姓听音乐的历史，最多不过三十年，从有邓丽君开始，而且前十年可听的东西不多，还不是家家有录音机。现在可能每家都有个数码相机或能照相的手机了，但二十年前，不是所有家庭的孩子都摸过相机。所以，在这种环境下长大的中国导演，视听思维和老外没法儿比，想创新，太难了。

就目前国产电影里走得比较极端的视听风格，无论是长镜头还是跳切，都是法国人半个世纪前就玩儿过了的。影像的形式感，或许再过二十年，那时候的中国年轻导演，能和老外有一拼了。

顺带说一下，我一直认为中国的电视剧不能算作影视艺术，而更应该将其划分为曲艺类。电视剧无外乎分为实戏和虚戏两种；实戏的地方就是说话，善写台词的编剧能让演员耍几句贫嘴，无异于相声或小品，虚戏就是配乐加人物独白，等同于京韵大鼓或苏州评弹，丝毫看不到视听设计。下回曲艺协会再联欢的时候，建议电视剧导演和编剧参加。

真实，也就是生活的质感，电影比小说更容易表现的，这是电影的"照相性"所决定的。所以，越真实的东西，越适合用影像表现。这里的真实，除了视觉和听觉环境的真实，还有人物生存状态和情感的真实。侯孝贤和贾樟柯早期的作品都因此奠定了他们在影坛的地位。其实这算作一种美学，而导致他们拍这种片子的直接原因是真诚。现在的中国导演中，真诚的不多了，遍地浮躁，看看每年的片子就知道了。当然，挣钱养家也没什么不对的。

细节，是观众看第一遍时没注意到的地方。看第一遍能记住的，不是细节，能被记住，说明还不够细小。心理和生理都正常的观众，看第一遍电影的时候，看的都是故事，第二遍以后，故事熟悉了，注意力便在故事之外，这时能关注到细节了。有人认为一部电影多数观众不会再进电影院看第二次，既然第一次观众看不到，那说明并不重要。其实不然，好电影是让人期待看第二次的，姑娘吸引人的地方在于，让你看了，但让你捉摸

不透，想再多看看；若一眼看懂，你也不想再看了。中国导演，恰恰是个简单淳朴的姑娘，想第一次就敞开心扉，让彼此迅速熟悉起来，不知道保留，不会吊人胃口，而观众不会因为你热情就说你好，走出影院的时候，还会说你乏味、浮浅。

电影《梅兰芳》里有个细节，十三燕和少年梅兰芳在后台斗气打对台，十三燕等着答复，梅兰芳不置可否就走了，费二爷跟出去，问梅兰芳到底应还是不应，十三燕背对镜头，但从对面镜子里能看见他探着脑袋向外面张望。等费二爷进来的时候，十三燕赶紧坐好，摆出一副泰然的样子。我第一遍是在电影院看的，银幕够大，并没注意到这一点，光看纵深空间里费二爷和梅兰芳的戏了。之后，十三燕第二场对台输给梅兰芳，马三爷找十三燕要钱，也是在后台，也是这个机位。十三燕骂走马三爷后，费二爷追出去向马三爷求情，十三燕坐在椅子上岿然不动，不为五斗米折腰。再往后，第三场对台结束，梅兰芳胜，来后台看十三燕，依然是这个机位，十三燕说给梅兰芳准备了一个翠镯，在里屋，让梅兰芳去拿，梅兰芳走掉，十三燕依然坐在这个位置上，全景，背对镜头，对面是镜子，能看见他但看不清。随后镜头前移，甩掉十三燕和镜子里的影像，等梅兰芳拿到翠镯子出来，发现十三燕已经死了。只一个机位，不同的地方用了三遍，便塑造出一个丰满的十三燕，导演的功力由此可见一斑。

有人把中国电影的问题归结于审查制度，我并不这么认为。现在的审查制度固然有弊端，但这些弊端不存在了就真能有好电影了吗？难道那些地下电影就拍得很好吗？我看还不如地上的呢，特别是有一些片子过于形式化，比进院线的电影还矫情，创作者对此还津津乐道，以先锋标榜。这样的片子即使到了地上，也跟在地下没什么区别。

说了半天，中国电影的根本问题在创作者自身。王朔说过，中国电影从业人员整体素质较低，我接触的人里，多数也这样，看的书还没90后的高中生多，这就注定了中国电影打根儿上"缺钙"。虽然电影是花钱拍出来的，但光有钱，没有文化，显然是不行的。除此之外，中国电影不好的另一个重要原因就是——像我这样爱扯淡的人太多了。

弥 留 之 际

夏天的时候，买了十几条鱼；立秋的时候，就剩四条了；立冬的时候，变成了三条；小雪的时候，变成了两条；昨天晚上，变成一条了。

在倒数第二条鱼弥留之际，我和它同死亡作了一番艰苦斗争。

当我发现它快离开"鱼世"的时候，它仰壳儿躺在水面，一动不动，我以为已经"玩儿完"了，正要捞走，被我一碰，它又恢复了正常，翻身潜入水底。我以为它刚才漂在水面上的行为是睡觉换个姿势——我就是有时候趴着睡有时候仰着睡的。

半小时后，这条鱼再次漂在水面上仰着，我又碰了它一下，这次它没恢复正常，而是翻了一个九十度的身，眼睛朝上看着我。这时我意识到它快完了，赶紧换水——上次换水好像还是一个多月前，因为就剩三条了，觉得它们用氧量也不是很大，就一直没换。

换完水，该鱼依然不见好转，我便用上了氧气机。这个对病人管用，对病鱼可能也管用。

可是氧气泵放入水中后反而使该鱼更蔫。我想，可能是这东西太闹腾了，病人需要静养，病鱼也这样吧。于是又撤走氧气机，观察该鱼有无好转。

五分钟后，该鱼精神状态愈加委靡，我觉得该给它准备后事了。

人不做饿死鬼，鱼也不能做饿死鬼。我拿出鱼食喂它，它已无吃下去的力气。我把鱼食往它嘴里塞，它居然塞多少吃多少，看来它也深谙"吃饱了再走"的道理。

喂了平时两倍的量，我觉得不能再喂了，别在自然死亡前先把它撑死。

喂饱了它，我萌生一念——在它正式死亡前，我是不是可以把它做了吃了，否则等它死了再吃就不新鲜了——购买之初，鱼贩就说，这种鱼不但观赏好看，死了还能吃。我就是因为这种鱼的高性价比才买的。

我巡视了厨房，没有发现葱姜蒜，想是否有必要去楼下超市买点儿，怕买完回来这条鱼已经死过去，又怕这条鱼不够吃的，把我馋劲儿勾上来，我再把那条活的也给做了，于是打消此念头。改想：要不就先把这条快死的鱼放冰箱，等那条活的也死了的时候一起吃，可是那条活的要不死呢？

看着这条眼睛直直瞪着我的临终鱼的可怜样，我食欲全无，觉得还是给它留一个人类善良的美好印象吧，它曾经陪伴过我那么长时间，见证了我在这屋里干的一些事情，也不随便对别人说，就为这个，也得厚葬它。

于是我等待它自然死亡，然后用屋里最好的手纸（我擤鼻涕都不舍得多撕）把它包好，放进刚刚换上的垃圾袋里。不久后，它就要埋进土里变成有机物了，说不定由它变成的天然气又会通到我家，那时候没准我正在炖从市场买回来的鱼。

性教育家贾平凹

最近完整看了贾平凹的《废都》。书是从旧书摊买来的，四块钱，正版，已经泛黄。

说老实话，这书写得不错，评论的话不多说了，说点儿别的。

之所以买这本书，完全出于一种情结。十四年前，这本书开启了一个（代）十三岁少年的性意识。

那时候中关村并不是高科技园区，还仅仅是一个村子，抱着孩子晃来晃去的妇女都是村民，没有卖毛片儿的身份。那年我刚上初三，还不知道

VCD 是什么，黄色录像带出现了，但并没有在北京的中学生里流传开。当然，更没有迅雷、BT 和电驴。

突然有一天，班上出现了一本《废都》。这不是一本健康书籍的消息迅速扩散开，沉闷的学习氛围终于被打破——之前老师刚给我们开完班会，说初三这一年是严酷的一年，是人生的转折点。

当时谁有这类东西，不会掖着藏着，都会拿出来实行"共产主义"。倒不是因为"独乐乐"不如"众乐乐"，也不是为了被老师发现后"法不责众"，而是为了彰显自己牛×——学习比不过你们，但我能搞来这种东西。

还没搞清书的主人是谁，它便成为班里男生的公共财产。

书中充斥着大量方格，后面的括号里标明：此处作者删去字。从方格前后的文字可以看出，被删去的是和性有关的描写。尽管方格前面是那些事儿的铺垫性文字，方格后面是那事儿的总结性文字，并无过多实质性描写，但这本书还是让我们废寝忘食。以前中午没人在教室看书，现在连中午吃饭的时候都有人捧着书看。一年后中考的时候，也没见有人这么"争分夺秒"过。

那时候我们也能接触到跟荷尔蒙有关的书，比如《中学生健康手册》，但跟《废都》比不了。《废都》除了描写得更细，还有人物关系，而前者通篇不外乎如下教条：青少年朋友们，我们当前的任务是学习科学文化知识，为四化作贡献，树立正确的人生观、价值观、爱情观，正确对待青春期的萌动，将精力用在该用的地方，不要因小失大……

不久传来更加振奋人心的消息——这本书被禁了。看这本书成了犯罪活动。这无形中加强了这本书的"少儿不宜"性和阅读时的快感。尚未看过此书的同学更如饥似渴。偷偷摸摸的感觉比正大光明来得更刺激。于是在男生们普遍看过一遍后，第二轮阅读又开始了。

女生也知道有这么一本书在男生中间流传，每次男生管她们借作业抄的时候，她们都想"互通有无"，少女的羞涩却令她们欲言又止。

班里五十个人，就一本书，"狼多肉少"，于是形成一条不成文的班规——每人只能看一天，第二天须及时传给还没看的同学。

不到半个月，书就被翻黑了。不是全黑，黑的页码上都会有方格。

那时候我们的阅读观是：只顾下半身，不管上半身。常翻书，便有了手感，一翻就能翻到有方格的页。

班里的墙上贴着距离中考还有二百多天的倒计时标牌，一个男生出于"可持续发展"的考虑，包了书皮——课本他都没这么对待过。

后来我发现，凡是拿到这本书的同学都有一个特征：放了学就回家，不做值日，不参加任何体育活动，不在学校多逗留一分钟。

书里的男主人公叫庄之蝶，一直以为他是个骗别人媳妇连小保姆都不放过还叫鸡的臭流氓，书里写的就是一个男人和 N 个女人的故事。十四年后的今天我才发现，原来庄之蝶是一个有爱有恨胸襟宽广的作家。原来看，只有性；现在看，有了人性，还有世故。

这次再看这本书，唯独没有看那些方格附近的文字，因为那些段落我已经能背诵了。科学表明，当认真（往心里去的那种认真）阅读若干遍后，就会产生记忆。

今天的中学生不会对任何一本纯文字的和性沾边的书籍如此记忆犹新，因为影像的东西已经唾手可得，比那时候直观多了。正因为变得容易，所以才不珍惜了、不往心里去了。

后来我们不只满足于方格前后的那些文字，开始凭借有限的性知识，发挥想象力，试图把方格里空缺的文字填上。因为作者在后面标明了删去的字数，所以我们也要填写相应的字数。这项训练大大挺高了我们写规定字数作文的能力。但每次写作文，我们都不由自主想往那方面写。

估计贾平凹写《废都》的时候考虑的是成年读者，万万没想到在青少年读者中间也有这么大市场。谁要说贾平凹是乡土作家，我第一个反对——他明明写过青少年读物《废都》嘛。

前年，我要出版《朝三暮四》，当得知书号是北京出版社的时候，便兴奋地对出版商说：我知道，就是出版《废都》的那个出版社！出版商并不理解我的兴奋从何而来。

后来贾平凹又陆续出版了《怀念狼》、《秦腔》和《高兴》。我和当年有过阅读《废都》经历的哥们儿一致认为：应该改名为《怀念色狼》、

《盆腔》和《高潮》……

在我们这代人的心中，贾平凹就是图书业的任达华和黄秋生。无论他后来又出了什么书，我们总能想起那本撩动我们心弦的《废都》。我们还认为，以后介绍贾平凹的时候，除了作家、书画家等身份外，还应该加上教育家的头衔——他确确实实对我们那代青少年进行过性教育。

同一个世界，不同个梦想

有个运动会要在北京召开了，这个运动会叫奥运会，参赛者来自世界各地，他们现在还没到北京，但是已经给北京带来了巨大的麻烦。

狗子曾经写过一篇随笔，题目是《奥运＝我晕》，大约写于北京申奥成功那年的前后，贬低了"更高、更快、更强"。现在，距离奥运会开幕还有三十余天，我是彻底晕了。

就拿这几天来说，我好不容易要奋进了，打算早起写点儿东西，出门吃早饭，门口的早点摊儿都不见了，问人都哪去了，说是回家了——现在不让临街炸油条蒸包子了，等奥运会结束了再回来。我不信一家早点摊儿都没有，不信大家都这么"遵纪守法"，便沿着街边走。走啊走，走啊走，走了两站地，果真没有一家卖早点的。我想，既然已经走出这么远了，不如再多往前走走，万一碰上了呢？于是我又走啊走，走啊走，又走出两站地，还是没有。我想我不能再走了，即使再走两站地，找到早点摊儿，到那儿也中午了，该吃午饭了。于是我又往回走，可是往回走比往前走更困难，因为往前走的时候有奔头儿，前面有包子炒肝油条豆浆在向我招手，而我现在一口没吃着，还进行了大半天的徒步运动，苦了心志，劳了筋骨，饿了体肤，就差行拂乱我所为了。我是一点儿走回去的信心都没有了，天儿又挺热、挺闷，我怕低血糖晕倒，就打了一辆车回去。结果路上

还堵车。最不能让我忍受的是，不知道是司机还是上一位乘客刚吃完馅饼，车里都是韭菜鸡蛋的味儿，那叫一个香！我当时就想：不求给我一个馅饼，哪怕给我一个馒头，让我蘸着这个香味吃也是一种幸福啊！后来到家一看表，十一点半了！要知道是这样，我还不如中午再起床，然后直接吃午饭呢！早起反而耽误了时间！

说完早点说晚饭。夏天一到，晚上我就爱去个大排档什么的，街边、露天、冰啤、烤串、麻辣烫、花生、毛豆、鱿鱼须……可是今年的夏天很奇怪，这些东西在路边通通都不见了，只能进屋吃了。可屋里即使有空调，也憋闷，一进屋，就看不见街上那些生动的场景了，就看不见小伙子们矫健的肌肉和姑娘们修长的大腿了，就感受不到北京的夏天了……

这个夏天消失的还有收破烂的。攒了一堆旧报纸啤酒瓶，扔了可惜，想卖给收废品的，可是转了一圈，竟然找不着了。一打听，原来是七月一日后就不让收废品的上街了，得过了十月一日才能出来，说是为了净化北京市容——难道北京市民这三个月有了什么不想要的东西就只有扔吗？北京的各种报纸加一块儿，现在每天的销量至少几百万，这么多报纸是多少棵树变成的？啪嚓往垃圾桶里一扔，心不疼吗？

奥运会在北京开，全世界都在看着北京，北京的脸面固然重要，但不能为了外国人看着舒服就不让北京人过舒服日子吧？再说了，外国人就不过日子了吗？他们就不生活了？外国人就不吃早点吗？吃非得吃酒店的吗？就不能吃个包子油条喝个豆浆豆腐脑什么的吗？外国人就不喜欢大排档吗？非得钻空调房吗？就不喜欢烤串麻辣烫吗？非得吃器皿里的东西吗？就不喜欢看姑娘的大腿吗？外国人就铺张浪费吗？他们就不卖废品吗？他们用完东西就扔吗……

幸好，距离奥运会结束只有五十多天了，忍忍就过去了。可是还有残奥会呢，不过再忍三十天也能熬过去。

北京市民，会记住二〇〇八年夏天的。

每个女人都是一部电影

女人和电影都是可以欣赏的。说得通俗一点儿，都是用来看的。可以说，有多少种女人，就有多少种电影。

有一种电影，镜头冗长，节奏缓慢，叙事流水账，形式上枯燥无味，拒普通观众以千里之外，但内核丰富，从生活中来，到生活中去，时时反映人民疾苦，处处体现人文关怀，有一小批忠实影迷。恰好有一种女人，外表冷峻，不苟言笑，拒男人乃至人千里之外，但内心火热，渴望爱情，不甘平淡生活，对男人门儿清。这种电影，叫艺术片；这种女人，叫闷骚。

有一种电影，貌似艺术电影，但人物做作，故事矫情，处处斧凿痕迹，脱离生活。与之相对的一种女人，故作清高，内心龌龊，佯装的圣洁难掩真实的丑陋。这种电影，叫伪文艺片；这种女人，叫装 B。

有一种电影，只顾歌颂真善美，弘扬高大全，不顾现实环境多么复杂，民生多么艰辛，报喜不报忧，没有批判，只有号召，里面的人物全都是高尚的，即使个别人还没脱离低级趣味，也是为了让高尚的人把他们也感染高尚了，以此凸显高尚的力量。这种电影对应的女人全心全意为人民服务，集体利益高于个人利益，顾大家不顾小家，起早贪黑，一颗红心。这种电影，叫主旋律；这种女人，原来叫党员，现在绝迹了。

有一种电影，彻底，打打杀杀，哭哭啼啼，以博观众一哭、一笑，以刺激感官为己任，其最终目的是为了票房。看这类电影，千万不能当真、较真儿，就图个乐，别指望它有任何现实意义、对实际生活有什么指导作用。进了电影院，灯一黑，银幕上热热闹闹的，让观众忘记了房贷，忘记了物价上涨，忘记了股票下跌，忘记了一切不该记住的；出了电影院，走

在阳光下，这一切又会重新涌上心头。相像的女人，花枝招展，美丽动人，会花钱不会挣钱，会吃饭不会做饭，会收拾自己不会收拾屋子，中看不中用。这种电影，叫商业片；这种女人，叫花瓶。

有一种电影，故事简单，人物天真，关系纯洁，语言浅显，积极生活，画面都是蓝天白云；有一种女人，不谙世事，说话天真，永远长不大，整天疯疯癫癫，爱幻想，不会骂人，以为彩虹特好见，不知道还得经历风雨。这种电影叫卡通片，这种女人叫女孩。

有一种电影，主人公不爱在家待着，开辆车四处窜，一路寻欢作乐，饱览美景，饱尝美食，画面上都是自然风光，没有钢筋水泥；有一种女人，不爱 Gucci 不爱 LV，只爱 Columbia 和 The North Face，不去迪厅酒吧咖啡馆，唯独钟情高山流水。这种女人不喜欢在床上，就喜欢在路上；不爱睡家里，就爱睡帐篷；不用被子，只用睡袋。这种电影，叫公路片；这种女人，叫驴友。

女人爱美，美女被人爱，所以有了选美。同样，也诞生了电影节。世界各地的选美比赛很多，电影节也很多。获奖的女人和电影都有一个特点：好看。

当女人老了的时候，就是老女人了；当电影老了的时候，就是老电影了。老女人可以上《夕阳红》的栏目，老电影可以上崔永元的栏目。

特别值得一提的是，每部电影里几乎都有女人，如果没有女人，那就不能称之为电影，应改叫科教片了。

最后的盛典
散文卷

张悦然 卷

我一直都想知道，寂寞的时候，我的小手指会不会偷偷跑去大洋底下找它最心爱的钢琴跳一支舞呢。

　　张悦然，女，1982年生于山东济南。2001年毕业于山东省实验中学，后考入山东大学英语、法律双学位班。现毕业于新加坡国立大学计算机系。中国最具影响力的青年作家之一。已出版作品有：短篇小说集《葵花走失在1890》、《十爱》。长篇小说《樱桃之远》、《水仙已乘鲤鱼去》、《誓鸟》，图文小说集《红鞋》，主编主题书《鲤》系列等。

　　十四岁开始发表文学作品，先后在《收获》、《人民文学》、《芙蓉》、《花城》、《小说界》、《上海文学》等重要文学期刊发表作品。其中《陶之陨》、《黑猫不睡》等作品在《萌芽》杂志发表后，在青少年文坛引起巨大反响，并被《新华文摘》等多家报刊转载。2001年获第三届"新概念作文大赛"一等奖；2002年被萌芽网站评为"最富才情的女作家"、"最受欢迎女作家"；2003年在新加坡获得第五届"新加坡大专文学奖"第二名，同年获得《上海文学》"文学新人大奖赛"二等奖；2004年获第三届"华语传媒大奖"最具潜力新人奖。2005年获得"春天文学奖"；长篇小说《誓鸟》被评为"2006年中国小说排行榜"最佳长篇小说；2008年，张悦然以《月圆之夜及其他》获得2008年度"茅台杯"人民文学奖优秀散文奖。

樟 宜 之 夜

新加坡的机场叫做樟宜。

很多个夜晚，我在这里离开、回来，或者等一个人来、送一个人走。我就是坐在这里，对的，淡红色的硬邦邦的塑料椅子上，穿着我从中国北方带来的最厚的一件外套，手里握着一杯急速降温的咖啡，上面厚厚的肉桂像这个忧伤的夜晚一样化不开。

我还记得我第一次来到樟宜的样子。我还穿着不合时宜的厚重的毛衣，或者那上面还有一层北京十二月的霜雪。我站在樟宜机场藏蓝色的地毯上，目光飞快前行，所到的每一个角落都像长出这个春天的第一株蒿草一样生机勃勃。我想我多么喜欢这里。它这样大而丰富。我看见色彩缤纷的人在这里停顿。我看到那么多昼夜营业的咖啡店和糖果铺子。我看到很多感情真挚的人们在这里送别，他们掉下心疼的眼泪。

那一天我没有逗留——我多么喜欢这里啊，我想要有一天我能够不慌不忙地出现在这里，无论是离开还是来到，都慢慢地坐下来。要买给自己大杯的香草咖啡，然后悠悠地喝掉，心里没有一丝伤怀，让每次的分别都像一个随意发生的梦一样不用在意。

可是这一次，我记不清是第几次我在樟宜了。清楚的是，在从前的那些次数里，我未曾安静而惬意地停顿下来，给自己大杯的香草咖啡，乐陶陶地观看行人。我总是非常狼狈地拖着大号的箱子，钻进或钻出一些门，仍旧穿的是不合时宜的衣服，长长的头发盖住了眼睛——也许，也许还沾上了眼泪。

这是樟宜的夜晚。我落下来，从我的中国北方再次回来。我看到热带的夜晚一切如故——淡淡的树木的香气，薄薄的小雨，充满柔情的海洋，

秩序井然的城市……

惶惶地坐在机场大厅的椅子上，忽然想不起自己住在这个城市的什么地方。只是不停地纪念刚刚道别的那个城市的大雪。我和一个要好的男孩子叼着烟走在大雪里。我们走啊走啊，走到我们的头发都白了。那一刻，我真的以为地老天荒了呢。现在我丢了所有心爱的在那个漫漫的冬天里。

这里不是我的。

这里没有我的。

我打电话给同样流亡在这个城市的小舞：小舞小舞，我们是应该住在哪里的？

小舞会来接我。我终于给自己买了大杯的香草咖啡坐下来等待。我的处境像一只被围困的动物，焦虑的眼睛扫过每一个行人。我但愿我能够发现他用了一只中国产的塑胶带子或者戴了一顶今年中国北方流行的帽子。当我身旁的人点了一根烟的时候，我但愿它是我心爱的男孩子或者我爸爸抽的牌子。当任性的小孩子哭泣的时候，我但愿他身旁的妈妈能够浮现出一个像我妈妈一样的宽容的微笑。

当小舞出现的时候我就跑过去说，快带我走吧，我很害怕这里。

我抓着她软绵绵的手走出了樟宜，走到这片深沉的夜色里。

赤道的天空通常都没有星星，所以樟宜上空闪耀的，是振翅离开或者俯身下落的飞机。我才知道，所有的忧伤，是这样亮晃晃的啊。

标 本

昨天整日阴天，不停下雨，交替下我喜欢的中雨和不喜欢的暴雨。门厅里有一只风铃，在蓝色花团上叮当作响，犹如踩着一只熄灭的火球。它兀自在那儿颤抖，盼望一场殉情。

总有错落参差，这就是时间凝固下来的标本。若是重来，同样不能对齐它的两只翅膀，所以唯愿它生得美且不俗，和年华衬，和岁月配。

你不知道我这么做的意图，其实是看那玉被镶在一起，涟滟灼目，于是便也想给我的标本造个框子。你知道的，我总怕不够繁复，以绰绰为美。

在回家的路上，有一片缅栀树，一直在落花，割草工人扫不迭，才半日共赴，草地又变得斑驳。雨追我出门，又送我回家。是的，这样我很平安，沉静如一颗等待萌发的种子。不会再有接不到雨水、见不到天光的意外。

后来，我成了很好的匠人，穿针引线缝制华丽的衣袍。而标本被我缠在手上，成了一枚结实的顶针。

钢 琴 棺 木

如果追逆，遥远的小镇上有我的男人，和他砍下来的我的灵活的小手指。

如果追逆，沉静的大海里有我的钢琴，和它牵连的绳索上缠着的我的一只鞋子。

我一直都想知道，寂寞的时候，我的小手指会不会偷偷跑去大洋底下找它最心爱的钢琴跳一支舞呢。

女人是简·爱那种模样的女人，小小的、灰灰的，戴着一顶星空蓝色的宽檐帽子，还牵着个比她小一号的女儿，出现在《钢琴别恋》的开头。我看着这个凛冽面容的女子远渡重洋，带着她棺木形状的钢琴，在每一个波浪面前抖颤。我不知道她的爱有多汹涌。我以为她应该淡淡地潦草地爱一爱，然后徒留遗憾地丢失了爱人，我以为。

女人来到小镇上，嫁一个人。女人没见过这个男人，她就千里迢迢带着孩子还有她的钢琴来嫁人了。男人早先知道她是个哑巴，但是见到她仍旧很失望，因为她的个头是这样小，而且不会笑。男人没有让她把钢琴带回家。钢琴在海滩上寂寞地过了几个夜晚之后被转卖给了农夫柏。柏，柏是个鼻子上画着青绿色文身的野蛮人。他有郁郁的头发、粗壮的四肢。他对女人说，你来教我弹琴，你就能和你的钢琴在一起了。

女人坐在琴凳上，她感到男人柏在一步一步迫近她。柏抓住她雪白的脖子，开始亲吻她。她挣脱开的时候，男人努力压抑着欲望说，碰你一次给你一只琴键。这样，钢琴很快就是你的了。女人看见荫翳的房间里男人的欲望滚烫，可是她更加看见，身后的钢琴像个宫殿一样熠熠生辉。

柏对女人说，掀起你的裙子来。女人的裙子下面是层层的衬裙、裙箍和深蓝色的紧身袜子。柏钻到钢琴的下面，在女人的琴声里隔着袜子抚摩她。他在袜子上找寻到一个小手指甲大的破洞。他缓缓地缓缓地把手放在上面触摸女人的肌肤。女人的恐惧像云彩一样凝结又散开。

女人要回了钢琴，可是非常糟糕，我们这个高贵典雅的女主人公爱上了农夫柏。她跑去找他，她怀念她像个妓女一样被他支配着的生活。

偷欢的事情是叫她的小女儿发现的。女孩儿不是很懂得。她简略地模仿了一下，她在丛林里猥亵一棵树，被她的继父看到了。终于到了这一时刻。男人愤怒，男人软禁她。女人轻轻拆下一根琴木写下了动人的情话让女儿带给柏。她想跟这个粗陋的人走，弹琴做爱。

小女孩还是不怎么懂得，她给了她的继父这件信物。

那是个下雨天，男人咆哮着来到女人跟前，她被他打了，他拿起斧子砍断了她的手指。她的小女儿背着玩具的天使翅膀在大雨里恐惧地惨叫。女人冰冷白色的脸沾满泥水。她失去了她的手指，她永远进入不了她唯一心爱的声音里了，她的琴永远无法和她融为一体了。她像个木偶一样坐在森林木桩边摇摆。

结局是我不算太喜欢的，但是让我把这故事说完——男人终于放走了女人和柏。柏带着女人还有她的女儿以及她的琴一起离开。又是大风雨。琴像棺材一样沉重。船几乎无法前行。女人用手语说着，沉掉琴吧，这琴没有用了。柏不肯。女人执意将琴推下去。

女人的脚缠绕在捆绑琴的绳子上。女人就这样幽幽地沉了下去。她和美丽的琴一起，琴和美丽的她一起，沉到了大海的底端。即将死去，即将湮灭。可是，可是，爱情怎么办呢？她的爱情怎么办呢？爱情在上面等她，爱情给她用琴木写情书，爱情为了她的诗情和男人拼命。爱情，爱情在上面。女人挣脱了绳子，努力冲上水面——她得活着，活在爱情附近。

女人得救的时候，琴刚好定定地落在海底。上面有旗帜一样飘扬的一只鞋子。

这是新西兰女导演的片子。女人是一位名叫霍利·亨特的女子演的。我也许又看到过她。比如，她仍意犹未尽地在某架钢琴上跳来跳去，跳来跳去。她的脸还是那样白，像一块墓碑一样洁白。

最后的盛典
散文卷

许多余 卷

我们找到了一个名叫"写作"的能医治自我病痛的良方，
通过一些真实可触的幻觉和虚构，我们的伤口正逐渐愈合。

　　许多余，原名付强，男，1983年生于安徽省金寨县古碑镇。80后诗人、作家、策划人、行为艺术家、"非萌芽"概念提出者、状态主义写作发起人。其文学作品和行为艺术受到广泛关注和争议，被称为"80后最具才华的先锋作家"。

　　2007年毕业于合肥师范学院（原安徽教育学院）中文系。曾做过农民、建筑工人、小混混、小商贩、报社记者、周刊主编、电视编导、小学校长、选美评委等。现自由写作，《最作文》杂志主编。

　　作品散见于《青年文学》、《佛山文艺》、《花城》、《读写月报》、《星星》诗刊等。曾获《长江文艺》文学奖、首届全国青少年文艺作品邀请赛文学类一等奖、首届中国网络文学节原创长篇小说奖等数十个文学奖项。2007年与韩寒、春树等一同入围"80后实力作家榜"；2008年先后入围"80后事业风云榜"、"华语80后文学排行榜"等榜单。主要文学作品有：诗集《柔风的诗》、《颠覆》，长篇小说《大别山密码》（原名《远方》，现暂名，即出），史学著作《中国选美调查》、《中国网络文学史》，中篇小说《蚕食》、《死亡游戏》等。主要行为艺术作品有《乞讨·募捐》、《滚蛋》、《诗歌能当饭吃吗》、《置换反应》等。

首届中国网络文学节
原创长篇小说奖授奖奖辞（节选）

　　许多余的长篇小说《远方》是一部以反映某革命老区过去和现在的乡土小说，小说结构缜密，故事情节扣人心弦，语言机智幽默，人物形象生动鲜明。这部小说时间跨度长达五十年之久，五十年的沧桑巨变被浓缩进短短十四万字的小说里，这是一件多么不易的浩大工程！而更让人惊叹的是——写出这部优秀作品的作者竟是一位从未写过长篇小说的80后作家！这也足以证明他出手不凡的写作功底和勃勃雄心，以及他卓越的创作才华。

　　在此之前，我们对80后作家的认识仅仅停留在市场、炒作、浮躁、矫情、浅薄等一系列负面标签上；但许多余的出现，使得我们之前对80后作家的整体认定被改写。这是一个属于天才的时代，我们应该对年轻的许多余加以棒喝——他丰富的乡村生活经验，他对土地和农民的悲悯意识和眷恋情怀，他对当代中国重大历史事件背景的深度挖掘和生动描述，他开阔的叙述胸襟和原汁原味的简洁语言……都足以打动万千读者。

　　激情万丈、雄心勃勃、才华横溢，这是我对许多余的整体印象。他身上具备一般的80后所没有的文艺气质。我很喜欢他，也很看好他。

　　　　　　　——杨重光（著名艺术家，中国科学技术大学现代艺术中心教授）

　　我曾读过许多余的部分诗歌，他的诗非常富有激情，语言感觉非常好。诗歌是属于青春的事业，愿他的诗歌和他的青春一样光彩照人！

　　　　　　　　　　　　——毛翰（著名评论家，华侨大学中文系教授）

词语的暴力

一

真正可怕的不是战争或灾难，而是词语。

战争或灾难可能使人暂时死于非命，却也能使人更鲜活地复活于历史；而词语的可怕不仅仅是置人于死地——有时，一句话，就足以把人打入十八层地狱。

比如战场上，指挥官就只需喊一个字：冲！原本无冤无仇的千军万马就会不共戴天，勇往直前，杀得你死我活，直至尸横遍野；商场上，总裁一个眼神，就会有人跳楼自杀；刑场上，刑警一个手势，就会有人人头落地；而黑暗中一个暗哨，杀手就会扣动致命的扳机……

一切可怕的灾难都来源于词语。

两个原本亲密的人，因为一句话，就可能干戈相向、骨肉分离。

还会有更多灾难即将被词语引发。

二

一个能把词语运用自如的人是幸福的。

一个被词语囚禁的人是不幸的。

三

仇人相见，分外眼红；词语见面，分外妖娆。

四

狭路相逢勇者胜，萍水相逢善者亲。

茫茫人海，每个人都有一个名字；茫茫词语，每个词都占有一个人。

五

社会的舞台上，每个人都想崭露头角；人生的舞台上，每一秒都想抢占属于时间的辉煌；剧院的舞台上每个人都想当主角；而词语的舞台上，每个词语都想隐藏于幕后，因为它们不需要去跟谁抢什么时机、玩什么心计、做什么游戏。每个词语都日理万机，就算累散了架，骨骼和关节也还得远渡重洋，去赶日本人的场子。

六

我认识一个只会纸上谈兵的人，但他绝对是一位伟大的指挥官。

每个将士都对他言听计从、忠心耿耿。

他的名片上有这样一段话：靠近光线/你说出的话经过了/小小的弯曲。

他叫阿翔，诗人。他的兵是诗歌。

七

我崇拜词语的力量。

一棵树上总有一两片叶子敢于对枝头说不，因此它们提前找到了自己的根。

我特别喜欢它们相互争斗你死我活，这样的一篇文章才显得波澜壮阔、气势恢弘。

至于在词语之间玩儿点儿小动作，是那些看起来聪明的人喜欢干的事。

而我从来不在乎这些，要玩儿就玩儿点儿刺激的。对于词语，我的信条是：要么斩首示众，要么五马分尸。几十大板不仅无法服众还免不了后患。

一九九一年的飞翔

　　我路过雪领头的时候看见一只喜鹊，它冲我不停地叫唤。我学它叫了几声，它就用爪子扯下几片羽毛，朝我扔来。我头一偏，伸手抓住一看，是几个白色的石子，洁白明亮的五颗石子。我挑一颗最大的朝它砸去，没想到它嘴一张就吞了下去。我舍不得再扔手上这些漂亮的石子了。我把它们塞进书包，哼着一曲刚学会的小调继续往前走。那只喜鹊忽然从高空俯冲下来，哧溜一下，在我面前做了个非常漂亮的滑翔动作，灰色的轨迹如光线一样笔直而平滑，充满了生生不息的力量。

　　不用再朝我暗示了，小家伙。我知道我家今天来了贵客。若是有好吃的，明天我会带点儿过来给你，要是你出门了我就放进你家里。你的孩子就要出生了吧？看你那兴奋劲儿！

　　我攀着马路边的悬崖，小心翼翼地一口气爬了十几米高，一个黑糊糊的小洞穴就呈现在我面前。我把一只眼睛紧紧地贴在上面，幽暗的洞口里散发出潮乎乎的略带生鲜的生命腥气，不用看我就已经明白——孩子们出生了。我又把耳朵贴在洞口，细小的声音如涓涓清泉般流出，断断续续，这别致的韵律如此悦耳动听，让人欣喜。我忍不住腾出一只手来，伸进洞里——我触摸到的是几个温热的棉球和一些稚嫩的心脏缓慢的搏动。

　　花朵开得很鲜艳，我的手伸出，又缩回——看见它们温暖的笑容我就有一种充满怜惜的快意。我不忍心制造割舍，让它们离开亲爱的母亲和家。我只把鼻子放在它们脸上，细细地品味着它们的体香和与众不同的气质。生命原来如此丰富多彩，充满令人满足的质感。我甚至舍不得抚摩它们。我爱这些平凡、质朴而又伟大的随意和光感，它们轻而易举就俘获了我的慈悲。

夕阳像一团没有充分燃烧的鬼火，慢慢地顺着山顶往下飘，即将掉进深不见底的红旗谷。我不由得加快了脚步——我必须在天黑之前赶回家，否则，妈妈会责怪我的。

阿茬一下跳到我的肩膀上，喵喵地叫起来。我去抓它耳朵，这小东西机灵得很，刚刚碰到它的尾巴它就逃走了——它纵身一跃，跳上我家房顶。一会儿，它又跳了下来，嘴里叼着一只血淋淋的小老鼠。

我已经很饿了，走进屋里吃妈妈给我准备好的几只烧山芋。山芋烧得半生不熟，我一边吃一边放着响屁。这时，妈妈从山上回来了，她神色显得很慌张，看见我就紧紧地一把将我搂住，神秘而惊恐地对我说，她在回来的路上撞见鬼了。

我不怎么相信她说的话，但又不得不相信。因为她每次说的几乎都是真的，就算不是真的，也总会像预言一样应验，以致让我数次怀疑她根本不是我妈妈，而是不知从什么地方突然来到我家后又莫名其妙地定居下来的一个花姑。

她说她在柳条荡遇见一个女人，那个女人披头散发、脸色惨白、七窍流血，并且始终默默地跟在她的身后，她一转头，那个女人就不见了。

我问她，你是怎么看见那个女人的呢？你怎么知道她跟着你呢？

妈妈没回答我的话。她继续说，我听见她大声地喘气，听见了她流血的声音，就像小河里的水一样细细地淌着，我还听见她扑棱着翅膀，她会飞，并且速度惊人。

那你知道她是谁吗？

你知道她是谁吗？她长得跟老方家的姚蛮子一模一样。我感觉这两天肯定会发生大事情！你这两天上学路上要小心一些，若有人给你东西吃你千万不要去接，若有陌生人问路你也千万不要理他！听到了吗？那个家伙又出来活动了！真是造孽啊！

她的这些话让我感到害怕。前年她说过这样一番话之后不久我们村就死了三个人，去年她说过同样的一番话之后接连有五个妇女和四个孩子相继失踪……一种不祥的感觉紧紧地压迫着我，让我整个晚上几乎都喘不过气来。

　　我在床上翻来覆去无法入眠，一开始我很害怕妈妈的预言会成为现实，我替整个村子的人担心。这种恐惧不知持续了多久，渐渐地我竟希望事情赶快发生——我已经被失眠纠缠得太久，你千万不要跟一个失眠的人谈什么道德和良心。

　　半夜的时候我家阿茬突然悲惨凄厉地叫了几声，我以为它吃了半生不熟的芋头闹肚子想去茅厕。就在茅厕的门前，我发现了阿茬的尸体，它仰面朝天地躺在地上，七窍流血。茅厕的顶上铺盖的茅草一片狼藉，好像那里刚刚进行过一番激烈的搏斗。借着明亮的月光，我清楚地看见阿茬的一对眼珠子已不翼而飞，只留下两个猩红的空洞。

　　我不知道该怎样表述当时的心情，奇怪的是我当时已忘记了害怕。我甚至产生了莫名的兴奋感。谁叫你老是偷吃我养的老鼠呢？你没看见我天天半夜都爬进爷爷家的粮仓里偷两大把玉米吗？如果哪天晚上我不喂它们，它们就会唧唧唧唧地叫上一整夜，让我在梦里都会听得到它们叫。死得活该！这叫罪有应得！但你究竟是怎么死的呢？屋顶上只有茅草覆盖，大的动物根本上不去，但一般的小动物又根本不是阿茬的对手。我绕茅厕走了一周，根本没发现任何动物行走的蛛丝马迹。这就奇怪了，难道是什么大鸟？也不对呀，这个地方从来就没有什么大鸟，老鹰也根本不是阿茬的对手，猫头鹰从来不跟猫咪打架，莫非……是妈妈遇到的那个会飞的女人？想到这儿我才害怕起来。我顾不得擦什么屁股了，将裤子一提就往家冲去。我清楚地听见身后传来一阵阴森的笑声。

　　我颤抖着钻进妈妈的被窝里，拼命地摇着妈妈的头，我说妈妈妈妈我看见你天黑前看见的那个女人了。我妈听我这么一说，一骨碌从床上爬起来——啊？你看见她了？在哪儿？在哪儿？我说在茅厕那边。你又在骗你妈吧？你老是骗我！要是你真见着她了你还能活着回来吗？你以为你是我吗？她伸手一把将我摁倒在床上，搂着我盖上被子。我躺在妈妈的怀抱里告诉她，阿茬死了，并且死相和她描述的那个女鬼几乎一模一样。她说，你赶快睡吧，阿茬无所谓的，它多活一天少活一天无所谓，并且，死了一个阿茬，还会有千千万万个阿茬。关键是你没事就好，那个家伙也就能干些猫事狗事，有老娘在这儿呢你放心，她不敢对你怎么样的！要是把我儿

子搞什么样，我就是到了阴间，也要把她大卸八块。

在此，我不想描述我那晚触目惊心的梦境，以免你读过之后晚上不敢一个人睡觉。目前只有两个人听过我描述的那个梦境，后来都死了，一个死于车祸，一个死于自杀。据说他们的死相都很优美。乌嘴在二十岁那年在北京被一辆叉车撞飞二十多米，麟燕在二十一岁那年在无锡从三十八层的大楼飞身而下。按照我妈的说法，是他们终于完成了飞翔的美梦，是梦想杀死了他们，而并非是因为听了我描述的那个什么梦境。她说别人说的梦境永远是别人的，真正的元凶都只是与自己有关。但她也拒绝听我的描述。我知道这里决不仅仅是她说不想听的原因那么简单。

第二天一早，我就和往常一样去上学。我走到翻车的时候，乌嘴和麟燕正在一个碎石堆里寻找光滑的石块。我也就加入其中一起寻找，可是找了半天我也没能找到一块像样的石头，而他们每人都捡到了好大一堆。当他们往书包里揣那些大小不一的光滑石块时，我发现了一块奇怪的石头——它遍体通红，薄如蝉翼，却坚硬如铁。它与别的石头的最大区别是别的石头都是冰凉的，而它却是温暖的。

正当我们三人一起观赏这块红色的宝石时，姚蛮子扛着一大捆柴火向我们走来，她一边呼哧呼哧喘着粗气一边笑着冲我们打招呼——喂，三个小鬼这么早啊！我惊愕地看着她，想起了妈妈昨晚对我说她撞鬼的事情，便不假思索地对她说，我妈妈说她昨晚见过你。她听我这样说便放下柴火走近我身边，递给我一块洁白的冰糖。我正准备伸手去接，乌嘴却突然半路杀来一把抢了过去。她并没有生他的气，而是笑眯眯地从怀里又掏出一块来。这时我突然想起了妈妈昨天晚上交代我的话——不能要别人的东西。但她不是陌生人啊，我犹豫了一下，这时麟燕就一把抢了过去。她还是没有生气，又把手伸进怀里，想掏出第三块，可是没有了，她抱歉地冲我笑笑说，哎，你妈妈说昨天在哪里见到我了，说见到我什么样子了吗？

我想了想，没有照我妈告诉我的说，我说我妈对我说她在柳条荡看见你了，说你也在砍柴。

哦，这就对了，她说。你妈妈就说这些吗？还说什么其他的了吗？

没有呢。我妈妈还说你是个好人。我不知为什么撒了个谎。

　　她好像对我说的话很满意，笑着看了看正在吃冰糖的乌嘴和麟燕。我死死地盯着她的一举一动。我发现当她重新背起柴火的时候，又扭头看了看他们，那眼神让人不寒而栗。我几乎打了个冷战。一种更为不祥的感觉强烈地将我包裹，几乎要将我压倒在地。我想乌嘴和麟燕应该也有同样的感觉吧，要不他们怎么会也跟我一样木然地站在那里看着姚蛮子呢？尽管他们两个后来不承认，但无可否认的是，我们都在等待着奇迹发生。

　　接下来，奇迹果然发生了。也许不能说是奇迹，说成是悲剧、惨剧更合理些，但对于从来没有见过如此悲壮场景的孩子们来说，这确实就是奇迹呀！还有什么能比亲眼目睹这样的场景更激动人心呢？

　　一辆满载毛竹的大卡车从我们的身边疾驰而过。大概是由于速度太快，在拐弯处一头撞在花岗岩石崖上，神奇的一刻到了！

　　就在大卡车撞上山崖的刹那，满车的竹子如离弦之箭，三五成束地飞射而去，其中有一根竹子不偏不倚正好朝姚蛮子的后背射去，我们三个一齐喊，姚蛮子小心啊！可是飞射而去的竹子速度太快，我们的声音根本赶不上它。那根竹子从姚蛮子的背后射进她的身体，一半穿过她的胸膛，带着她一起飞翔。

　　我们被眼前的这一幕惊呆了！都傻傻地站在原地，纹丝不动——我们从来没有见过如此悲惨又惊心动魄的场面啊！

　　我们看着姚蛮子和那根竹子一起飞，姚蛮子的双脚不停地乱弹，就好像在天空中游泳划水，最后竹子带着她在对面的半山腰停了下来，直直地插进松软的麦地里。飞翔的时间虽然只有短短五秒钟左右，但对于当时瞠目结舌的我们来说，已是相当漫长。

　　救命啊……救命啊……

　　直到听到姚蛮子喊救命，我们这才回过神儿来。我们仨一起拼命地朝她落地的方向奔去，也像飞一样快。

　　我们赶到的时候姚蛮子还没有死，她挂在竹子的半空，鲜红的血一股一股地顺着插进她身体里的竹子往外涌，整个竹子都变成了红色，鲜血顺着竹子流进土地，把土地染红了好大一片。我们三个使出了全身的力气才将插进麦地里的竹子扳倒。姚蛮子和那根竹子一起扑通一声跌倒在地上。

我哭喊着去拉扯她的身体，乌嘴和麟燕则拼命地拽着竹子——我们想把竹子从她的身体里拔出去，可是弄了半天也没有成功。姚蛮子忽然开口说话了，她对抱着她的我说，孩子，你妈不是跟你说我是好人吗？我急忙点头说是啊是啊。她流着泪有气无力地绝望地对我说，那我好人怎么就没好报呢？我一时不知如何回答，只是一个劲儿地哭。我说姚蛮子奶奶你先不要着急，我们一定会把竹子拔掉的！我一边安慰她一边冲另一头抱着竹子满头大汗的乌嘴和麟燕大吼一声：使劲！加油！快！

姚蛮子忽然一把抓住我的手，我只得示意另一边的他们停下来。我紧张地看着她——她张开嘴，嘴唇动了动，然后头一耷拉就再也不动弹了……

再后来方老师带着几个学生来了。他不知道发生了什么事情，站在路上的他大喊一声，你们还不去上学？在那里搞什么鬼？

姚蛮子奶奶死了！我们异口同声地哭着说。

啊？方老师这才看见直挺挺躺在地上的竹子和姚蛮子。他飞快地跑过来，问了我们事情的来龙去脉。他听我们语无伦次地说着，也不知道听明白没有，就大吼一声，救命啊！然后他飞快地往回跑，一边跑一边呐喊。他的身影越跑越远，渐渐模糊，忽然他扭过头来，扯着嗓子对我们呵斥道：你们赶快去上学！这里没有你们小孩子的事了，赶快去上学吧！

我们三个疲惫地和几个小孩子一起往学校走去。我们又开始语无伦次地向他们描述刚刚惊险的一幕，他们一边好奇地津津有味地听着，一边遗憾自己没有亲眼目睹。

快到学校的时候有一大片竹林，这里有一小段非常陡峭的下坡路，冬天的时候我们会拖来板凳溜冰，夏天的时候我们会飞快地冲下去，体验飞翔一样的急速快感。

不知为什么我突然有了想飞翔的冲动。我赶紧叫乌嘴和麟燕停下来，并对他们说了我的想法，没想到他们和我的想法惊人一致，我们一拍即合。我对他们说出了我的科学发现，我说，你们知道麻雀是怎么飞起来的吗？它们在飞翔之前往往都有一个助跑的过程，就是先飞快地跑，竭尽全力地冲刺，然后翅膀一张，就飞起来了。鸡也是这样。他们为我有这样伟

大的发现赞叹不已。

下一步我们就开始实施我们伟大的飞翔计划了。麟燕建议我们三个要手拉手一起飞，否则万一飞得太高一个人会怕，乌嘴说我们三个人要一起跑，要不有的飞起来后有的还在地上。这都是些相当不错的建议啊！

一二三——跑！我们三个使出全身的力气朝预定的方向飞驰而去。我看见姚蛮子在半空中向我们招手。

预备——飞！我们三个同时松开双手张开双臂，向着蔚蓝色的天空扑去……

思 想 战 役

一

一座高山矗立在面前，庄严、肃穆。他伟岸的身躯宛如一声叹息，缓慢而悠长。我听见清脆的叮咚声和混浊的哗哗声。左边的女子哼一曲民歌，右边的男人吼一首摇滚—— 一个嗓音明亮，一个声音低沉。不论是黑暗的鞭策还是黎明的召唤，他们始终不动声色，唱而不和，亘古对峙。流水长久对着冰冷的岩石歌唱。他沉默不语。他不卑不亢。

喧嚣而宁静，狂躁而镇定。这就是高山上的流水。你无法明白他为何流得那般湍急，也无从知晓她为何流得如此清澈、纤尘不染。淫荡的花朵带着几分挑逗从枝头一跃而下，钻进他的怀抱。参透一切的流水从来不为之所动而只付诸东流。当落叶打着旋涡从山顶上盘旋而下，他缓缓地伸出手——接住，扔掉。这细小的过程便是一叶知秋。

生命在黏稠的土地里膨胀、生根、发芽，光天化日之下命运瞬间霉变，衍生为一曲晦涩的交响。我依然甘愿做一个指挥者，哪怕所有的演奏

者都死去——我将指挥我自己。

他不停地挥霍时光，生命，力，欲望。这些与生俱来的，从哪里来就该回到哪里去。

我崇拜这高山上的流水，他正直、叛逆，他善良；他愤怒、柔情，他清醒；他敢怒、敢言，他自由；他热情、淡泊，他和平。

居住在此，你是他们的客人，却没人把你当客人，你是他们的陌生人。当霜打在焦灼的脸上，玻璃窗遍体冰花，双眼开始逃亡，怀疑一切。你看看他们！你看看他们！一双双目光闪烁回避，那上面都覆着厚厚的雪。

二

我是你生命中的不速之客，贸然闯进你的轨迹，胁迫你走一段陌生的征程。

一道道森严的人的壁垒将我隔离、囚禁。我是孤独的行人，花花世界与我何干？我是独来独往我行我素身怀绝技的侠客，路见不平拔刀相助、除暴安良。

顽固的思想的毒瘤，老谋深算的意识的恶霸，欺软怕硬的艺术的叛徒，我已经摆还擂台，只等你们来决一雌雄。

我是高山，我身体里澎湃的流水，川流不息。

战无不胜的英雄，孤独求败。

三

孤独的侠士驰骋四野，气吞八荒。

前无古人，后无来者，他孤零零地行于天地之间。

这最后一场战役，敌人异常狡猾，形势十分严峻。敌人从未现身，又随时会出现。敌人认识他，他却认不清敌人。

思想已经脱节，一如这高山流水，前赴的奔流到海，后继的还没有接到行动的指令。

愤怒的侠士暴跳如雷。他撕开胸膛，还是听不见自己心跳的声音。

四

改良？革命？

奋斗？消沉？

双臂已发麻，四肢已乏力，孤独的侠士奄奄一息。

原野辽阔，一曲悲歌。

五

强之风兮奈我何？乘风破浪淌大河。

暴之雨兮随我意，酣畅淋漓好沐浴。

毒之光兮乱我眼，揭之黑暗露阴险。

响之雷兮轰我耳，张口吟之亮嗓门！

惨白之雪兮欲盖弥彰，裁成白衣送医生。

寒之霜兮焚吾身，投之火以变甘霖。

纷繁之小径兮乱我行，展翅翱翔兮驾雾腾云。

现如今敌人何在兮？惶惶然难见其身。

六

侠士侠士你莫哀，白首不妒少年白。

侠士侠士你莫恨，哪有将军能常胜？

侠士侠士你莫叹，人生喜忧各参半。

侠士侠士你莫喜，最大敌人是自己。

七

我从枯草堆里翻身而起，这美妙的天籁是上帝的谕旨。我要将这场战斗进行到底。

八

杀死别人不如拯救自己。我的命运始终握在别人手里，我是主角却不

是导演。我只是自己命运的播音员，潜台词早已被别人写好。

我的生活始终被别人干预，他们总是指指点点，像高山上阴险的沟壑，将纯洁的流水引入预备的圈套。

我的思想也一直被别人控制，总有人对我横加指责，左右我的言行，正如愚蠢的堤坝，将奔腾的流水押入牢狱，并试图改变其思想。

渴望与自己对决。

胜负已分。

我成了自己的战利品，然而我不知道谁会接受我的馈赠。

纯 真 年 代

父亲和我们的村庄

我们的村庄犹如一把利刃，时刻有刺穿我生命的危险。但我情愿回忆、情愿沉醉、情愿自己一次一次被记忆戳伤。我一遍一遍一点一滴回忆，想让那些温情在我的灵魂深处再多停留哪怕一秒——这样幸福的滋味就会大片大片蔓延。

平静的草地上凉风乍起，无须什么过多的言语。我知道，我已麻木太久。而根治麻木最好的药方莫过于死心塌地的回忆了。行走的这个没有什么感情的城市中，时刻有种虚脱的感觉，许多时候目的并不明显，但却是迫切的需要，它们总是想方设法地牵制着我。

也总有一种错觉，自己已经被那个可爱的静谧的村庄给抛弃了，被那些亲爱的人遗忘了。也许，也许他们只记住了有个叫亮亮的一米多高的沉默寡言的小男孩，他瘦小的身影如一阵风般疾驰而过，随口撒下不成曲调的音符，空旷而寂静的山村里溪水呜咽，炊烟四起，他带着自己的千军万

马，指点着不属于自己的江山……颤巍巍地去了。

而我将去向何方呢？

路很多，很长，杂乱无章，漫无边际。路像一条条麻绳，拴在我的鼻子上，把我从宁静的山村牵进一个个陌生的城市。

迷惘过，彷徨过，错乱过……

每当我感觉迷失的时候我便总想起我们的村庄和父亲。

我在这里乞求您——父亲，原谅我，原谅我曾经的固执和无知，原谅我一次次的不辞而别，把我们的村庄像愿望一样紧紧包裹在梦中无情地带走，留下孤独的你独自在田野里无声无息地和老牛一起耕种。原谅我把您的话当耳边风置若罔闻，原谅我一直以来漠视你那粗糙而温暖的手掌，原谅我不能理解你日渐蹒跚的脚步……

我深深地记着那个牛棚，凌晨四点的山村冒着潮湿的热气，电闪雷鸣，你背一个麻布口袋，我像一条狗一样忠实地跟在你身后。你将带我去一个城市，妈妈和妹妹都在那里。忽然下起了大雨，你把我抱进那个牛棚里避雨，臭烘烘的牛粪就在我们脚下，把我们紧紧包围在中间。苍蝇蚊虫静卧在茅草顶和死杉树上，它们在思考着关于一个夏天里最隐秘的故事。我吸溜着鼻子，轻轻地闻着。

你问我，味道怎么样？

我说，香。

我也深深地记着那些多灾多乱的伏暑旱情天气，日暮西沉，百虫吟叫，繁星点点，宽广的大地拖着疲惫的身影隐藏进冰凉的溪涧和山洞中。雷声来了，它们不语；闪电来了，它们不语。一旦雷声和闪电都不来，它们便开始长久地咆哮，把无限的怒气发泄在我们的村庄里、田野里，让庄稼枯死、房屋闷热、人畜不得安宁。

晚饭过后，我们一起泡一壶茶，灌进一个高粱酒瓶子里，你叫我带上它，然后拎着两个塑料盆朝一个叫团田的山沟里走去。我还是像条狗一样，紧紧地跟在你身后。我们穿过干燥的草丛，不停地用手拨开萤火虫，以扫清视线的障碍找个合适的下脚的地方。

一条条蛇在我们的土地里吱吱地游动，间或爬过我的脚尖、脚背和脚

踝。我们没有一丝紧张、惊慌。

然后我们脱光衣服跳进那条小河里，你拿大盆，我拿小盆，一盆一盆地把河水舀起，朝头顶上的龟裂的水稻田里泼去。你一盆我一盆，哗啦哗啦的响声回荡在整个山谷。渴了，就喝我胳肢窝夹来的茶；累了，我们就倒进河里，让清凉的水给我们来个全身按摩。

整个山村都在呼啦呼啦地流汗，我的心累得怦怦直跳，我仰面朝天地躺在草丛里，父亲则不停地跺着脚——他在为我驱赶一些毒蛇和害虫。

忽然，他大叫一声——蛇！

我一骨碌跳起来，在哪里？

跑了。

说罢，他一把抱起我，朝着那片跳跃的光亮走去。我趴在他的身上，死死搂住他的脖子。我看见我们的村庄忽然间苏醒了过来，长出双腿和翅膀，像个巨兽一样正匍匐潜行。时光在汩汩流淌，而我的眼神却越来越缥缈越来越游移甚至捉摸不定。我感觉自己正从那个巨兽的脊背上滑落。我挣扎着，但无能为力，我就要像一块石头一样无声落地。

盲　恋

他始终幻想着——某一天，一个人，走在黄昏的乡间小路上，一步一步，永不停歇——从一种宁静走向虚无，从虚无中走进她的影子。他的寂寞就在那边等着他，他手执冰凉的河流，朝她微笑着伸出双手……

他们的目光在楼梯口相遇，像是一条小河遇见大海。她被深深地吸引。她不知道为什么，感觉那里有一个磁场，有一个旋涡，她随时都有可能跌进去。她知道那里很危险，她随时都会被汹涌的巨浪吞没，并且永无宁日。但她心甘情愿。

电梯在缓缓上升。她故意把目光别在胸襟上，装作若有所思的样子。他知道她心里想着什么，而他却装作什么都不知道。他把目光长久地安放在她的头发上——她的头发乱而无序，细长的辫子倔犟地躺在肩膀上，那上面有一只粉红的蝴蝶扑棱着翅膀。

她忍不住瞥了他一眼，他也正在看她。这是他们第二次对视。她感觉

自己就像一滴水，自天空飘落，像一朵云或者棉花那般轻盈，失去重力，不由自主。

他开口说话了。

"你好，早!"

"早!"

他还是看着她。她还是低垂着头。她不敢看他，可是他的目光就像一张网一样罩在她身上。她像一只小飞虫，眼看就要撞进黏稠的网里。她想掉头转向另一个方向，可是已经来不及了——他的两只眼睛像两只巨大的蜘蛛，不停地吐着丝，那不计其数的柔软而又坚韧的丝已从四面八方罩来，将她紧紧地缠绕住。她已被严严实实地包裹住，无从逃脱。

"你好!"

她又补了一句。她发现自己刚刚只说了一个字。"别人给你两个苹果，你总不能只给他一个桃子吧?"她想。

"你在几楼上班?"

"二十一楼。"

"怎么样?"

"什么怎么样?"

"除了工作?"

"啊?"

"比如身体。"

……

他一直在问，她一直在答。她觉得自己像一个疑犯，又觉得自己像一个老师。

"你早餐吃的是什么?"

"一杯豆浆，两个面包。"

"我早餐……"

"你早餐很简单，一杯珍珠奶茶。"

"你怎么知道?"

"我很久前就知道。"

"你……"

"我很久前就知道。"

她一时不知道说什么好了。

我很久前就知道——这句话一直在她耳畔回响。他很久前就知道？他都知道些什么呢？他为什么知道？他到底是谁……

电梯停了下来。门缓缓打开。他急切地迈开脚步，向幽暗的走廊走去，铿锵有力的脚步声，美妙而舒缓，像一首动听的钢琴曲。

忽然，她听到啪的一声，像有什么掉在地上，碎了。她急忙跟上去，她想那肯定是他的什么东西。

她看见他蹲在地上，双手在地上摸索着。他好像很焦急，额头上沁满了豆大的汗珠。

"跑哪儿了呢？跑哪儿了呢？"

他趴在地板上，眼睛几乎贴到地面，两只手在地板上轻轻抚摩着，喃喃地重复说着"跑哪儿了呢跑哪儿了呢"。

她静静地站在他身后，忽然她张大了嘴巴，像是受到惊吓，又像是为什么奇迹而惊叹——

"啊，蝴蝶！"她在心里狂喊了一声。

她看见一只粉红色的蝴蝶，仰面朝天地躺在地上——他的眼前！那蝴蝶和她头上那只一模一样。

"碎了吗？碎了吗？碎了吗碎了吗……"他的手还在颤抖地摸索着。

她不敢相信自己的眼睛。怎么会这样呢？她伸手摸了摸头，那只蝴蝶还在上面，牢牢别在自己的头发上。她的手不自信地又摸了一下。

她轻轻地绕到他的前面，俯下身，轻轻地捡起那只蝴蝶，又把一只手交给了他。

"起来吧！"

"她的蝴蝶……"

"在我手上。"

"它碎了吗？"

"没有，还好好的。"

"你骗我，它一定碎了！"

"真的没有。"

"还和你头上的一样吗？"

"你是？"

"我是个瞎子。"

……

她从手提包中翻出那只红蝴蝶，仔细打量着——它的翅膀沉重地耷拉着，布满蓝色花纹的小腹锈迹斑斑。她想着他说的故事——那本来是他们共同的故事，却发生在他一个人身上。

有一天，他在学校门口看见了她，她扎着一只翘辫子，一只蝴蝶在她头上缓缓飞舞，他就跟着她。走过积雪溜滑的广场，她忽地一个趔趄，身体如箭平射而出，砰的一声摔倒在地。他飞快地跑过去，想搀扶她，可她却一跃而起，狂奔而去，只在地上留下一只粉红色的蝴蝶发卡……

然后他就开始找她。他要把那只蝴蝶亲手交给她。他说除了她再也没有谁配拥有那只蝴蝶。

"我找遍校园的每个角落，可是我再也没有见到你。"

"我爸爸死了，妈妈疯了，没人养活弟弟，我就退学了……"

他开始疯狂地想念她，不择时不择地地想念她……

"大二的时候，我眼睛近视了，我不愿意戴眼镜，只能看见近处的东西；大三的时候，我怎么又忽然变成远视了，能看到很远很远的东西，可就是看不到你；再后来我就什么都看不见了……"

他说他是被一只红蝴蝶带到这里来的。他能够从细小的抖翅声中"听出"她的颜色——他确定这声音是知道她在哪里的，他坚信。

他说他每天都准时起床，准时到达她买奶茶的那家快餐店旁边，准时在她上班的那栋楼前等她。他无数次"听见"她从身边走过去。他多么希望她能够"看见"他——可是她没有，一次也没有。他一直不想主动来找她。就这样过了两年。两年来他都是这样，每天走同样的路，听同样的脚步声，口袋里装着那只她那年冬天丢失的红蝴蝶。

……

她把他带进自己的房间。她开始脱衣服。

她紧紧地抱着他，嘴唇贴在他的眼睛上，一遍一遍地亲吻。那两只眼睛开始湿润，一股股黏稠的血液如泉水般涌出，噼里啪啦地滴落在地上。洁白的地板开始颤动，像有什么东西从里面艰难地爬出，缓缓升起，飞快地旋转成一股红色的旋风。

"你看得见我吗？"

他摇摇头。

"你看见了吗？"

"我看见了一群红蝴蝶。"

他使劲地眨巴着眼睛。忽然，他一把推开了她——

"我还不知道你的名字。"

闪亮的瞬间

我对她说我要走了。她没有说话，表情安详。好像我只是嘴里咕哝了几下，像婴儿般做了个滑稽可爱的动作。好像我永远都走不出她温暖的心房。

我又对她说我要走了……

"噢……"

她好像一下子从睡梦中惊醒。

"行李收拾好了吗？这才几天呀……又要走了吗……"

然后我们彼此谁都没有说话。她帮我提着大包小包。我空着两手。

她——是我的母亲。

"一路小心呀。"

这是我在车上听到的她的最后一句话。她还在说着什么，而我只听见汽车的轰响声。

"在和你的生命告别的时候，你只需要向世界挥一挥手……"忽然想起了这么一句话，但我已经记不清是谁说的了。

母亲给了我生命，她理所当然是我生命中最重要的部分。可在向她告别的时候，我却没有挥手。我忘记了吗……

"亮，你又瘦了。"

每次回家，母亲总会摸着我的脸，这样对我说。

"妈，您又老了……"

每次我都有这样的感觉，可每次我都没敢说，代替的是违心的奉承——

"妈，您又年轻漂亮了……"

每当我说这样的话时，她便总是笑着骂我："小东西，尽胡说……"

女人总喜欢别人夸她年轻漂亮，母亲也不例外。她也许好久都没听到过这样的夸赞了。而这种夸赞也只有她的儿子我才会说。

至于她的老公——爸爸也许早就说不出口了。

我们都有病

我读到的第一本文艺类书籍应该是本名叫《江山如画》的武侠小说，没有封面，当时也弄不清楚作者姓字名谁，没搞错的话应该是武侠小说三巨头之一梁羽生先生的大作。

那次我跟二舅半夜子时出发，以每小时十五华里的速度跋山涉水，傍晚的时候终于顺利抵达外婆家。那次串门的最大收获是我从二舅的床板底下搜罗出几本志人志怪小说和武侠小说来。这可是我第一次弄到课外书。我们那里的孩子一般的家庭藏书只有几本，比如《老皇历》、《如何养猪》、《板栗嫁接技术》等。一次性弄到这么多好书，真让我兴奋不已，并且有的里面还有为数不少的性描写。当然我也没有忘记那帮如饥似渴的难兄难弟，我把书带到学校里，利用课余时间给他们大声朗读同他们一起分享。我一般会一屁股"拍"在课桌上，像古希腊的犬儒学派帮主向信徒们宣讲道义那样嬉皮笑脸又全神贯注。我的听众无不被我绘声绘色的描述所感

染，他们或悲或喜或哭或笑，总之一来二去就都成了我忠实的铁杆粉丝。可是由此造成的悲剧也就无可幸免。过度地投入，就难免忽视了老师的存在。有一次我正讲着，老师忽然从天而降，一把揪住我的耳朵，把我像一条癞皮狗一样拖出教室，让我在毒辣的太阳下曝晒两三个小时。当然，我的那些被视若至宝的书也被全部没收。

我的童年生活应该是病态的，它建立在极端压制、欺辱恐吓、颠沛流离、饥寒交迫和极度空虚中。那次我无端地被体罚使得我本来有所改观的生活又变得枯燥乏味起来。我又被迫回到了那种抱着课本整日摇头晃脑唱《忘嘴歌》的所谓的好学生状态。我曾胆大包天地质问老师为什么要收缴我的书，老师只对我说了三个字：不准读。当我正准备再问她一些什么的时候，她已经提起了鞭子，我只得赶紧逃走。

父亲对我一直是严厉的，他对任何人都温和，唯独对我刻薄。表面上看来他是我为好想叫我成为所谓的"才"，但透过表象我一眼就看穿了他自私的阴谋。他让我成才的目的并非是希望我未来能够活得幸福，而仅仅是为了满足他自己的虚荣。一个一辈子没什么成就感但已年过中年的男人，许多时候他的思想是狭隘、偏执甚至是变态的。父亲一直想在我的面前树立起他崇高的形象，可惜他的一些小伎俩根本无法掩饰他的龌龊以欺骗早慧的我。他打着养家糊口的名义外出打工常年不归，在物欲横流的城市里过着花天酒地的生活。他几乎没有为我提供任何形式上的物质和精神需求。每次看着母亲辛苦地劳作我就感到深深的不安和憎恨。我不能去想那个时常面带微笑的伪善的父亲。后来，有一次父亲回来找我单独谈了一次话，大意是问我如果他和母亲离婚我会跟谁，我毫不犹豫地说我会跟母亲。他说，她不会赚钱跟她你会很辛苦。我反问他，我跟你就过得幸福吗？他没再说什么，从口袋里掏出一包饼干递给我。我跑到家里撕开包装袋，把饼干一块块倒出来，喂给狗吃了。

他们最终还是没有离婚。我想这关键是因为我这个筹码在关键时刻起了不容忽视的作用。尔后父亲好像有些微妙的变化，他带我去买衣服、买皮鞋，时常找我聊天，但这些都没能换取我对他的好感。可以说，他在很大程度上已经失去了我这个儿子，虽然我在表面上还喊他父亲，并且貌似

对他还很尊敬。

生活的极度压抑和空虚使得我必须寻找 种排解的方式。我首先选择了去做个流氓。有些日子我时常和一批问题少年和社会无业青年混在一起，跟他们一起去玩耍、吃喝嫖赌、敲诈勒索、寻衅滋事、打架斗殴，整日过着刺激却提心吊胆的生活。但日子一久，我就发现那种无法无天浑浑噩噩的生活并不能使我快乐。每当我参与干了一件丑事之后，我都会深深地自责。我想，如此这般的生活长此以往会让我疯掉！所以，我必须还得寻求另外一种生活——这种生活必须是自我的，它必须得让我安静、忘我、充实、满足。

思前想后，我就选择了阅读和写作。疯狂的阅读让我感到充实，而忘我的写作让我体验到前所未有的快感。至于写作的一些所谓伟大意义，我当时并没有那么高的觉悟，直到现在我有时还会动摇和迷惑。我只是觉得，这是一条适合自己的路，一条能给自己带来快慰和自省的路，一条能让自己痴迷并且流连忘返的路。

选择写作的人，他的初衷无疑都是简单而质朴的，就像选择犯罪一样，他们的目的往往简单而明确——无非是想让自己得到释放。所不同的是写作可以让灵魂得到释放，而犯罪所得到释放的仅仅是身体。他们所借助的排解方式不同，其结果当然大相径庭。前者可能会通往一条光明的大道，后者则必然会自取灭亡。因为，思想本身虽然是天马行空无界无疆的，但一旦操控起来就会变得越来越有节制直到挥洒自如；身体一旦放纵起来就会不停地消耗终至无法掌控化为灰烬。

时常会听到别人骂我们有病。是的，我们都有病。我们疾病的根源是因为对这个世界心存不满，以及过度的敏感和早慧早知。没有病的人不会选择写作，没有病的人也写不出脍炙人口的作品。我们只是早些发现了一些漏洞和假象，急于弥补又被现实划得遍体鳞伤，我们感知到了这些伤口的疼痛但却无能为力，只能一头扎进精神的无边的世界里，而逃避的过程正是直面自我的过程。我们找到了一个名叫"写作"的能医治自我病痛的良方，通过一些真实可触的幻觉和虚构，我们的伤口正逐渐愈合。

然而，新的病毒总会突然不期而至，而那些药物总显得过时，于是我

们的身体上又会出现新的伤口。我们这些有病的孩子，就这样不停地研制着战胜疾病的良方，乐此不疲，夜以继日。

风化的庭院

风化的庭院

　　金寨是著名的革命老区，也是全国第二大将军县，在全省一直占有重要地位。这里丛林茂密，地势险恶，相对封闭的交通使得这里的人们生活相对闭塞，故受外界干扰相对较少。此次我选择金寨县古碑镇的何家大院进行了深入采访，采访对象是与这个大院相依为命的几位老人，从他们质朴的口述中，我们可以看到该院几百年来历史风云的变幻。从抗日战争时期老区人英勇的气概到改革开放后几代人思想的矛盾冲突，他们的骄傲和血性伴随着商业化的现代生活，已隐约现出些许沉寂，这种油然而生的失落感随着一些古老庭院的风化、破败而日趋强烈。

——题记

　　看过电视剧《大宅门》的人都不会对里面的豪华庭院没有印象。之所以把人物放进庭院的不同角落，让其交谈、独白、遐思、争吵或者争执打斗，除了导演和摄像师选取镜头的需要，更是演员表达各种内心活动所必不可少的场所。伟大的哲学家马克思曾说过，如果不把人放进社会中，人就不能称之为人。这虽然是从社会功能学的角度来说的，但对于一切演员来说却又都"貌离神合"。

　　这里说的庭院是革命老区金寨乡村的庭院，它们虽不像电视电影里那些古代庭院那般气派奢华，却也丝毫不逊于它们的繁杂和庄严。

郁郁葱葱山林掩映，叮叮咚咚绿水环绕，间或三两片竹林随风起伏，行人的脚步吧嗒吧嗒地叩响经年的石阶，人未到而声先至。躺在何家大院两尊石狮子中间的那只大黄狗已经开始亲热地打招呼，并提醒它的主人——有客人自远方来了。

其实，我并不能算是他们的客人，顶多只能算是一位不速之客。但邵奶奶还是早早地把头从那扇破旧的大木门里探了出来，老远就笑眯眯地用革命老区人民特有的亲切口吻打探道："哪儿来的稀客呀？"她的意思是问我：从哪里来？何方贵客？我赶紧答复，我是某某某，我父亲叫某某某，我是某某某的孙子，我是来玩儿的……这里必须交代一下的是：我之所以报过自己的名字之后报爷爷和父亲的名字，是为了让她知道我是谁，我们两家离得并不远，这样容易拉近我们之间的距离，而不至于使我们之间的交流产生障碍。老区金寨人的家族观念重、戒备心理强，但是很豪迈很好客，只要你说是来玩儿的，不管你是什么人、跟他家有无关系，一般来说，他们都是欢迎的。

一番寒暄之后，邵奶奶叫我进她家屋里去坐。穿过迂回曲折的巷廊，拐了好几个弯，又跨过好几道门，这才算来到了这座庭院的正堂屋。黄奶奶家住在这个庭院的东边，我们是从侧边的西门进来的。邵奶奶说她刚刚送走了一个前来串门的亲戚，正准备回去，恰好听见狗叫就等我来了。

这堂屋虽已经年久失修，显现出几分破旧，但依然可以看出当年的宏伟和精致。合抱粗的方木横卧在两座高大的山墙上，不计其数的圆木南北贯穿，正对门是一个巨大的屏风，主题构图是龙凤呈祥，偶有梅鹤兰竹点缀，喜鹊衔枝筑巢，金鱼结伴而游，好一幅巧夺天工的巨雕！一人多高两丈多长的条几上摆满了各式各样的香炉，有的撒满灰烬，有的香烟缭绕；粗细不一红白相间的蜡烛一字排开，争相辉映。正中间悬挂着庄严肃穆的"家神爷"，"天地国亲师位"几个大字遒劲有力，而左边"何氏宗祖"四个小字也是笔法精准、柔韧有余。

何家大爷爷正在后院的空地上劈柴，看见我来了，他把举在半空的斧子放了下来，轻轻地砍进木筒子里。我跟他打招呼，他却不予理睬。我不

知怎么回事，一时有些惊愕。他看也不看我，朝地上狠狠地吐了口唾沫。"又是来买祠堂的吧？告诉你，门儿都没有！上次有人出二十万我都没卖。别以为有几个臭钱就了不起！别看我这破宅子，给我一百万我都不会卖！反正我老了，要那么多钱有啥子用？想当年，老子搞革命时，捡到一只破袜子，我都上缴给公家了呢！我是那种贪财的人吗？!"

"死老头子，又来了！人家是某某某的小孙子，来我家玩儿呢。"

听邵奶奶这么一说，他才算停止了牢骚。我走上前去递给他一支香烟，这回他倒显得有些不好意思起来。不过只约莫过了五秒钟时间，他便回过神儿来，急忙吩咐邵奶奶去屋里倒茶水，他则迅速地跑到厢房里拿来一只凳子，让我坐他旁边，于是我们就其乐融融地叙起家常来。

据何大爷说，这何家祠堂（大院）始建于明末清初，占地方圆五亩，有正房和厢房共计两百余间。宅子的主人何世祖是当时的显贵，曾经和朱元璋一起打过天下（有些夸张，可能是参加过某次农民起义）声名显赫。后来日本鬼子攻打大别山，此宅先后住进来一些革命前辈。后来有汉奸通风报信，被日本鬼子察觉，在一个深夜突袭扫荡，可是英勇机智的革命军早已听到风声并神不知鬼不觉地于前一天傍晚转移。日本鬼子扑了个空，一怒之下一把火烧了何家大院。

说到这儿，何大爷眼圈有些发红。他深深地吸了口烟接着说，我们都在前一天跟随大部队转移了，可我那八十多岁的奶奶死活就是不肯走，誓死要与这老宅子共存亡，到后来她老人家就葬身火海了……对了，我记得当时留在宅子里的还有一只大黑狗和一只小花猫……

解放后先是人民公社、大集体，到了上世纪七八十年代，何大爷召集亲族，集资重建了何家大院。虽然比不上先前的规模，但毕竟算是了却了何老的一桩心愿。何大爷说，那时的人虽然穷，但很团结，集体和家族的事情谁也不推脱，有钱的出钱，没钱的出力，不出四个月，硬是把这大宅子给重建了起来。

一开始大家都住在一起，几十户呀！可热闹啦！可是渐渐地人们就开始分散了，先是有一两户搬走了，接着几户几户地搬，到后来年轻的都到外面闯荡去了，不是在外面的大城市就是在县城梅山安了家，差一点的，也搬到镇子上做小生意去了……现在这里就住着我们一帮老弱病残。

我们谈兴正浓的时候来了个何二爷，他也住在这里。何二爷家有三个儿子两个女儿，大儿子上完大学后留在上海工作，二儿子当兵留在部队，小儿子也一直在外面打工。何二爷说以前是女大不中留，现在儿大也不中留。他现在最担心的是这个大院以后的归宿问题。为此，他们几位老人曾经把后辈们都召集在一起开了个家庭大会，想让后辈们拿出一些钱来把房子好好维修维修，但令他们失望的是那么多后人中竟然没有一个人愿意出钱。更可恨的是，竟有几个侄子侄女提出低价卖掉这座老宅子……

何大爷说现在他们年事已高根本不知道死活在哪一天，这庭院的瓦每年都有一些破损，现在仅换瓦他们几个老人每年都得忙上个把月。到他们老得忙不动了，这老宅子怎么办？这宅子一年不换瓦都不行，哪天只要一阵大雨，就有坍塌的危险！何大爷说他现在已经是力不从心了，又患有高血压，一爬高头就晕。

时近中午，我欲起身作别，几位老人百般挽留要我在他们家吃饭，但我还是婉言谢绝了——我不愿意给他们添麻烦。虽然儿孙满堂，但除了春节时儿孙们回来一下，平时很少有人回来。这原本的家现在倒成了儿孙们的驿站，他们也成了这老院子的客人，总是来去匆匆。几位老人对我这个陌生人都如此百般挽留，盛情之下足见他们的孤独。

临别时，何大爷说出这样一番话来："现在的人啊，说不好，含辛茹苦地把他们拉扯大了，翅膀一硬就往外面飞，生活一好就忘了本，钱挣得越多越吝啬，你说现在哪个拿不出三两百块钱呢？志气有了豪情却没了，一点亏都不能吃，这是为什么呢？打小也都教育得挺好的啊……"

我在何大爷的喋喋不休中迈起沉重的步伐。刚走出约莫十步，何大爷突然大声喊我的名字。我回过头去，只听他口中缓缓地吐出几个字：慢走——啊。此时阳光从东南方斜射过来，何大爷的身影刚好投在大院斑驳的墙面上，显得格外狭长、瘦弱。

走在曲折的山路上，我在想这个庭院里的几代人——他们的面孔，他们的思想，对于我来说一样都是无从琢磨。老一辈有着革命战士的豪情，

他们往往会以牺牲自己为代价，来换取属于自己和儿孙后代的光荣。他们当然无法理解生活在别处的后辈，无法看到风尘仆仆归来的游子们骄傲的笑容背后到底隐藏着多少艰辛。相对于先辈来说，后辈们是自我和自私的。常年在外背井离乡的年轻后生，更无法想象，至今仍厮守在破旧的老宅院死活不肯离开的父辈祖辈们，在一个个深夜，只能和破旧的庭院交谈。每年短暂的团聚对于老人们来说也只不过是一次例行的伤害。觥筹交错的狂欢之后，留给他们的将是腐朽和阴暗的巨大空虚。而岁月依旧残酷无情地风化他们的身体以及与之相依为命的庭院。日复一日，年复一年，除了孤独和回忆，他们几乎一无所有。

故 乡

我一直不愿把我生活过的地方称做故乡。"故乡"是指出生或长期居住过的地方，虽然我在这个地方出生并且生活了多年。

我生活的这个小城地处交通要塞，整日里伴着火车的轰鸣、汽车的嘈杂，来来往往的人都是匆忙而又陌生的，人们很少搭话，熟人见面也只是淡淡地点头一笑，像在敷衍。匆忙，许是忙于生计，又或是虚荣心的驱使——若不匆忙便会赶不上别人或者时代的步伐。然而谁也不知道自己整天在忙什么、为了什么。也许人们已经习惯了这种看似忙碌的生活。

小城也有一些古迹，但不是很古。相传有一位三流作家曾出生于此地，不过这也足以让这个几乎没有什么文化底蕴的小城大张旗鼓。仅有的那么一处可引以为荣的风景，整日里人群络绎不绝，也有为数不多的外地游客来此采风，在导游巧舌如簧的游说下，仿佛也觉得这个地方真的很伟大，至少曾经辉煌一时，便无不在脸上荡漾着满足的神色，似乎有"不到长城非好汉"的骄傲。

当太阳从灰蒙蒙的东边蹿出来，刹那间以飞快的速度跑上城市的天空，小贩们推着小三轮车仓皇地逃避着城管的追捕，一切都是那么慌张、惶恐不安。周而复始的生活，每日重演的闹剧，间或也有一些领导的桃色事件，城东某街道发生的交通事故，柳叶巷某老板女儿与人私奔……这些都可以成为市民们茶余饭后的谈资。夕阳以迅雷不及掩耳的速度滑向不可测探的深渊。接下来是灯火通明、灯红酒绿。

我不喜欢这个小城，但有一群狐朋狗友，没事时聚一聚，喝喝酒，打打牌，听听音乐，生活也可谓优哉游哉。有一段时间我们都非常喜欢许巍的歌，于是几个人抱着吉他在街头又唱又吼，引来不少市民好奇的目光。我们不管这些，也未曾留意这些依旧陶醉在音乐中的莫名的兴奋或悲伤。一首《故乡》听了数遍，唱了数遍，越听越听越凄凉，越唱越感伤。我的朋友圈中有各种各样的人：有高中毕业后没有读书直接去单位混饭吃的，也有没有读书从事小买卖的，不过大多数还是和我一样的寒酸大学生——虽然走进了所谓的大多数人眼中的象牙塔，但我们依旧不安分。其实上大学并不是值得兴奋的事情，说兴奋也只是在接到录取通知书的那一瞬间——通红的颜色映照数十年的青春血泪，整个人有点儿飘飘然的感觉，而飘飘然之后一切又回复平静。我们都得去不同的城市寻找自己的生活，没有人能够预知到自己的未来。

那一夜，我们不去想以后，几个人曲不成调地弹着吉他，累了就在大街上漫无目的地游荡。有人提议去歌厅唱歌，我们随即点头赞同——反正明天就各奔东西了，今晚兄弟们不就图个高兴吗？

劲爆的音乐震耳欲聋，而这种嘈杂却令人兴奋异常，脚步也轻快了许多。

买票的时候我们都抢着付钱，争执到最后决定 AA 制——各付各的。大伟提议先去蹦迪，然后再到一楼的包厢里喝酒，酒钱他付，算是为我们兄弟几个饯行。他说喝酒不能再 AA 制了，谁再说 AA 制他就跟谁翻脸。大伟是我们中的老大，没读多少书就参加工作了。我们同住一个小区。别看他读书不多、年龄不大，但人很精明，这几年赚了不少钱。

走进三楼迪厅，我们仿佛一下子进入了另一个世界——这里的音乐是些下流的粗口，人都不像人，俨然是一个个疯子。一些男女疯狂地摇着头，简直是"群魔乱舞"，嘴里还不停地喊着不成调的曲子，整个舞池在动荡颤抖。大伟说这里的许多人都是吃过摇头丸的，到这里来的人大多是孤独的，而我们几个并非常来，偶尔来一次也只是感受一下刺激，纯属消遣。大伟还特地告诫我们：千万不可沾染毒品！

有几个女郎向我们走过来，我们几个都溜得远远的。这里除了我，其余几个都是谈过恋爱的，有的还是情场高手。大伟说，别急，等一会儿喝过酒之后，我找几个漂亮小姐陪你们玩儿。

"那你们玩儿吧！我可不敢玩儿……"我说。

"你真老土！不是我说你，都这么大了，连场恋爱都没谈过，还说有一位姑娘在等你呢，我们可从来没见过！"林子嘲弄我道。

"是有嘛！只不过不想带给你们看而已。"我在吹牛吗？不是！争面子吗？也不是……其实在我心里真的有位姑娘，只不过现在不知道在哪儿罢了。

"好，有，有。"阿健朝我笑了笑——他一向喜欢帮我说话。

"其实叫小姐陪你们玩儿又不是叫你跟她上床，你们可以聊聊天啊。对于那些没有谈过恋爱的人，还可以学点儿经验。"大伟狡黠地笑道——他又在挖苦我了，我也懒得理他。

下去吧，这里吵得要死，还不如找一个小包间哥儿几个喝几杯，大伟说。

实在是蹦迪蹦累了，我们从舞池里出来，就像从一个巢穴里爬出来，感觉轻松多了。

点了几个菜，要了一扎啤酒。大伟还要买烟，小林摆摆手说，不用了，他有今天从他爸那里偷来的一包中华烟。

先是共同干了三杯。放了冰块的啤酒下肚后顿觉浑身冰凉舒爽，暑气全无。因为是大伟请客，我们都找他喝。大伟酒量过人，几轮喝下来，他没被灌醉，我们几个却被灌得晕晕乎乎的。再这样下去可支持不住，小林向我挤了挤眼，然后对大家说：

"也不能老找大伟一个人喝啊，酒都被他一个人喝了，我们哥儿几个就没的喝了。"

"是啊，是啊。"阿俊附和道。

"那你说怎么喝呢？"我故意问。

"怎么喝我都陪你们，我是舍命陪君子了！你们几个都是要走的人了，嫁出去的姑娘泼出去的水，以后见面就不多了——阿强说吧。"大伟看着我说。

"那好，我们猜拳吧，谁输了谁喝。"我等的就是他这句话。

"谁打通关？"大伟来劲了——他最喜欢猜拳，尽管他的拳术很臭。

"当然是你呀，你是老大嘛!"我们异口同声。

"先从你来，你小子拳术挺神的，今天我就不信这个邪赢不了你!"大伟冲着我喊。

"想挑战我，别的我不敢说，猜拳这个嘛，你老大还得练几年。"我也牛起来了。

"好! 好! 兄弟好! 点，点! 阿强你以前老是逮我一点，今天我不那样出了。"第一局我输了。

"好! 兄弟好! 再好不错! 五魁首哇!"

"伟哥我这宝刀还没老啊!"第二局我赢了。

"让你一个好啊! 非常好啊! 八匹大马!"第三局我又赢了。

"喝酒!"我大声吼道。

"好小子真厉害啊，等会儿我们再搞!"大伟满脸不服气地一仰头——一杯酒干了。

小林和阿俊他们就没这么幸运了，几个人全输。大伟借着酒兴又要挑战我。

"今晚真是邪了，怎么就在你小子面前跌了一跤，来! 阿强我们再大战五个回合!"

"五个回合，太多了吧。"我的酒量不是太好，头晕得厉害。

"什么多啊，今晚兄弟高兴嘛! 你们将来都是前途无量的人——才，能与你们几个称兄道弟也算是三生有幸啊。"大伟笑着说。

"你说什么啊! 什么路不是他妈的人走的，以后别说这种话。"小林抢先说。

"好，不说不说，那我们干啊!"大伟再次向我发出挑战。

"阿强! 跟他干!"他们几个也激将我。

"好! 干就干，谁怕谁啊! 大不了今晚不走了!"

"谁说走了? 今晚通宵，不醉不归!"大伟说。

和大伟大战了五个回合，这次我发挥得不太好，赢了两局输了三局。我实在喝不下去了。

"阿强，别磨蹭了，咱俩每人倒三杯，一口干——谁叫我是大哥呢？大哥不吃亏谁吃亏啊？你们说是不是？再说今晚我俩算是平手，输赢差不多。来，倒酒！"

我只好豁出去了。可三杯酒一起喝可不是闹着玩儿的，那么一大杯子可不是白开水啊！大伟明显醉了，我的胃里排山倒海，眼前的几个人头不停地变换着，房子也不停地晃动起来……

吉他还带在身边，阿健和小林合唱了一首《那一年》：

那一年你正年轻/总觉得明天肯定会很美/那理想世界就像一道光芒/在你心里闪耀着/怎能就让这不停燃烧的心/就这样耗尽消失在平庸里/你决定上路就离开这城市/离开你深爱多年的姑娘

这么多年你还在不停奔跑/眼看着明天依然虚无缥缈/在生存面前那纯洁的理想/原来是那么脆弱不堪/你站在这繁华的街上/找不到你该去的方向/你站在这繁华的街上/感觉到从来没有的慌张……

你站在这繁华的街上/找不到你该去的方向/你站在这繁华的街上/感觉到从来没有的慌张……/你曾拥有一些英雄的梦想/好像黑夜里面温暖的灯光/怎能没有了希望的力量/只能够挺胸勇往直前/你走在这繁华的街上/在寻找你该去的方向/你走在这繁华的街上/在寻找你曾拥有的力量

"唱得好！"大伟首先鼓掌。看来那小子还没醉，刚刚只是装的。吉他停了，我们一阵沉默。

"今晚不能就这样停了，还有更好的节目。"他冲我们神秘一笑。

"你们先在这儿等会儿，我出去一下有点儿事。"

一会儿他又进来了，点燃一支烟，悠然地吸了一口，吐出一个很好看的烟圈。

"兄弟们准备好了吗？更精彩的节目马上开始!"

他抬起两手"啪——啪——啪"拍了三下，门慢慢开了，六个漂亮的女孩盈盈地走进来，站在我们面前。

"随便挑吧，挑到谁，谁今晚就是你的，别客气。"

阿健先上去挑了一位让她坐在自己身边。

我没动，兀自想着自己的心事。这时忽然有一个声音传来："小强，你也在这儿啊?"

我抬眼一看，只觉得眼前一阵眩晕，我有点儿不敢相信自己的眼睛——怎么可能是她？她怎么可能在这儿？她怎么会认识我并且叫我小强（我的小名）？

"哈哈，原来你们认识啊！我说阿强啊，我几个兄弟可被骗了，我们看扁你了!"大伟哈哈大笑着，旁边的几位兄弟也一齐笑着。

小林用诧异的眼光看着我："阿强，你一直在我面前装纯，说不想谈恋爱，原来你小子在外面花着呢!"

"你懂个屁！这叫'兔子不吃窝边草'。"阿俊笑着接茬儿。

"唉，'不识庐山真面目，只缘身在此山中'啊!"

我抬眼看着那个陌生而又熟悉的女孩，她也看着我，我依然没有说话。刚刚他们几个的冷嘲热讽令我感到了莫大的羞辱，尽管他们并没有什么恶意中伤的意思，也许还带着一丝赞许与钦佩，但他们毕竟误会了我，这让我很不高兴，但当着这么多女孩的面，我又不好发火，只好忍气吞声沉默不语。

"我是小翠啊，你不认识我了?"她又开口说话了，这次声音很轻。

是她，真的是她！不是她是谁呢？我心里一阵欣喜——盼了这么多年终于又和她见面了。

难道真的是她吗？她怎么会在这里呢？她不是在我的故乡吗？两年前知道她不上学了，那她也不应该在这种地方做小姐啊！我有种说不出来的不安。要真的是她，那我就更加面子扫地了，以前还经常和兄弟们提及有一位姑娘在我的故乡等着我呢，他们要知道我说的那位姑娘竟是眼前的这位小姐，那岂不是要笑掉大牙吗?! 不行，绝对不能让他们知道！我赶紧

伪装成和她老相识似的,我怕她提到故乡,那样可就麻烦大了。

"哦,你好啊,近来过得可好啊?好久不见,我都快想死你了!好,我今晚就要你!"

我痛苦地大笑着说,像在宣布一个重要的宣言,好像在说"她今晚就是我的,你们谁都甭想占她便宜"。

她没有说话,微微一笑,走到我身边坐了下来。我冲她点点头,递给她一杯啤酒。

"为我们的相逢干杯!"两个杯子碰在一起,发出当的一声脆响,我的心更加不安,只觉得心里那根从不敢放松的弦嘎巴一下断了,而那断了弦的琴依然发出哀怨而又悦耳的声音,有一个"哆"的音拖得很长很长……我不由得想起我的故乡——我一直把那个遥远的地方当做我出生地的故乡。

准确说那应该是父亲的故乡。父亲二十几年前考上了大学,然后分在我们现在的这个小城当教师。后来本着就近原则娶了个老婆,也就是我妈妈,家也就随之搬了过来。单位的住房不够,爷爷他们便只有留下跟我的小叔过。我们每年都要回去几次。

我非常喜欢那个地方,没有很高的山,但有很多像面包一样的山岭(当地人称之为土包子)。小山上长满了树,并且那里的树种特别纯,有时一个山头上只有一种树,杨树就是杨树,松树就是松树,梧桐树就是梧桐树,非常整齐,间或有稻田穿插在小山的间隙里。每年春种秋收都有很美的景象。春末夏初,农民牵着牛把土地一遍一遍翻新,新翻出的泥土的颜色鲜艳明亮,却又不惹眼,让人一看就有抚摩的欲望。新插的秧苗像一排排玩游戏的娃娃,那么可爱地站在水田里。秋收后的稻田里,一棵棵稻茬立在那里,像编好的五线谱,风一吹传来呜呜的声音,人走在上面,稻茬儿使劲儿地给你的脚心按摩,难耐的瘙痒,却也是一种享受。皮鞋碰着它们,它们便倒向一边,待你抬起脚离开的时候它们便如不倒翁一样重新站立起来,同时会发出更加清脆的鸣叫,像秋虫的叫声一样连绵不绝。

几条不大不小的河流不知从哪个方向缓缓延伸过来,绕过丛林,然后又缓缓地流向更为遥远的地方。那河水碧蓝清澈,河上有渔夫荡漾小舟,

用不大的网打着鱼。

第一次回老家是在我一周岁的时候，那时候太小，对于这一切并无印象。直到五岁那年回去，才认识了小翠。她家离祖父家不远，只隔几道墙。开始的时候我们许多小朋友在一起玩儿。我是城里来的，他们对于我的到来感到很好奇，兴致勃勃地听我描绘城市的繁华，然后我给他们看我的小人书。

那里面和我玩儿得最好的就是小翠了。她给了我许多好吃的野果子，还带我一块儿上山去采，而我也很大方地送给她两本小人书。

上初二的时候，我回去的那次给我印象最深。那时候我们都十五六岁了，对于爱情都有一种朦胧的感觉，小翠也不像以前那样一见着我就拉着我的手一起去疯玩儿，她一下子矜持了许多，话也少多了，也不放声大笑了。

那次回去的时候我带给她一本很好看的笔记本。

"这是我跑遍了小城才找到的，送给你吧！"

"那谢谢你了！"她低下头有点儿害羞的样子。

"你喜欢吗？"

"喜欢呀……可是我没什么送给你的。"她显得挺难为情。

"没什么，我又没叫你送。"

小翠越长越好看了，一点儿不像城里的女孩，娇气又不自然，很小的时候就学会打扮得花里胡哨的；也不像城里的女孩那样小气、斤斤计较。她简单的穿着透出一种简单而又自然的美，一双小眼睛不停地左右忽闪，像在时刻躲避着什么，又像是在观察着什么。在我看来，眼睛长得大小并不能左右一个人的美，大而无神的眼睛看起来就像没长眼睛。

一直以来我们总是为着一件事情争执不下——我叫她喊我哥哥，她叫我喊她姐姐，这事争执了几年也没定下来。

"其实你应该喊我姐姐的嘛，我比你大。"

"不就大几天嘛！"我很不服气。

"大几天也是大啊，那你问你妈去，怎么不早生你几天呢？"

"可我比你高啊，看起来更像你哥哥！"我急了说歪理。

"那可不对，哪有这样的！"

"就这样叫，喊我哥哥！"

"不行，喊我姐姐！"

"喊我哥哥！"

"喊我姐姐！"

……

以前我们每次见面几乎都要这样吵一番，可那次没有。她把我带到一个小山上，那里有一块大大的石头，我想上去拉她的手，她说那可不行，除非我喊她一声姐姐。没办法，我只得喊了——只不过是象征性地喊了一小声。那是我第一次向别人妥协，为的是拉一下她的手。无可否认，我已经喜欢上她了。她很高兴，因为那次她胜利了。她说她以后就可以喊我小弟了，因为她家没有小弟，她特别希望自己有个弟弟。

她拉着我在一块大石头上坐了下来，问我喜不喜欢她这个姐姐，我哪里敢说不喜欢呀，再说了其实我也是真的喜欢。她的脸刷地红了。我上去亲了她一下（那可是我鼓了半天的勇气的）。她的脸更红了，一下子把我推得老远，说小弟怎么可以欺负姐姐呢，我要赖皮地说姐姐应该照顾小弟啊，小弟想亲你，姐姐却不让，那还叫什么姐姐啊。她被我说得没词儿了，就说那好吧，我再让你亲一下，不过不准亲得时间太长，要被别人看见了，就羞死了，回家她妈妈会打她的。然后我又亲了她一下，并且这一回亲的是嘴。那时候还不知道接吻是怎么一回事，但我们的心都跳得厉害，马上就快飞出去了，我有点儿害怕，然后我们又一起哈哈大笑。

"小弟，你送给我那么好的礼物，姐姐送你什么呢？"她又有点儿难为情了。

"你送过了啊！"我笑着说。

"没有啊，我哪儿送你了？"她不解地问我，一脸迷茫。

"姐姐让我亲了一下啊！"

"那怎么能算呢？"她想了好半天，"那我给你唱支歌吧，是我奶奶教我的。"

"好吧，那你唱吧！"我还没有听过她唱过歌呢。

"那我唱了。"她有点儿紧张，不过还是唱了——

　　小燕子，穿花衣
　　年年春天最美丽
　　冬天飞到南方去
　　春天回来啄新泥

　　小燕子，住山里
　　在我家房前筑新居
　　不要问我在等谁呀
　　我在等着弟弟哩

　　小燕子，飞在花丛里
　　采着美丽香甜的花蜜
　　回去送给我的弟弟呀
　　我们一起欢天喜地
　　……

　　我第一次听到这么好听的歌。我沉浸在甜美的歌声中呆呆地出神，几乎忘了那是她唱出来的，只觉得小山林里有一只快乐的小鸟飞来飞去，飞进花丛，飞到房前，飞上我头顶的天空，落在我的肩上，她细小的羽毛轻抚着我的脸……她唱完了好一会儿，我还没有回过神儿来。

　　"小弟，你怎么了？你不是病了吧？别吓我！"

　　"哦，没有啊……你唱得太好了！"

　　"真的？你没骗我吧？"

　　"真的！还有别的吗？再唱给我听。"

　　"没有了，就会唱这一首……"

　　"那我下次来你再唱歌给我听好吗？"

　　"好的，下次来我一定唱给你听……你也给我唱一首啊，唱城里

的歌。"

"城里的歌啊，我不怎么会唱啊。"

"那你随便唱，好不好?"

"哦。"我给她唱了一首当时很流行的《潇洒走一回》。

她说她很喜欢听，而我知道她只是在安慰我。那时候我正处青春期，嗓子正处于变化期，唱得一定很难听……

没想到，自那次以后就再也没有见到过她。初三暑假的时候回老家，爷爷对我说她辍学了，说她家的情况现在很不好，父亲是个赌鬼，输了很多钱，她母亲又忽然得了肠炎。爷爷说了这番话后感慨道:"唉，挺好挺聪明的一个小丫头，可惜了!"

上高中的时候，我几次回老家也从来没有见到过她。但我一直喜欢着她，并且相信她一定在远方等着我。其实我之所以喜欢这个故乡，很大程度上也是因为她。在她身上我总有种实实在在的故乡的感觉。

如今被我当做故乡的姑娘站在我眼前，成了一位坐台小姐，这叫我怎么能够接受? 让我接受这个事实还不如让我去死——我宁愿去死，也不愿相信眼前的一切! 我希望这一切只是假象，就像这个小城经常发生的闹剧一样。可眼前的一切让我所有的梦幻破灭了。我想哭，大声地哭;我又想笑，凄惨地笑……

我复杂矛盾的心情无人能体会。身旁的几位兄弟都各玩各的，包间里充满了他们的欢乐，可这欢乐不属于我，也不属于小翠。我们不停地喝酒。小翠端起酒杯，慢慢呷着。她喝酒的时候眉毛皱成一座小山，可见她是非常讨厌酒的。不知道她是如何适应这种花天酒地的生活的。

过了一会儿，每个人都领着自己的女孩进了各自的房间。

小翠也跟我走进了一个房间。

进了房间，我们很久没有说话，彼此一言不发。我还要喝酒，她一把把我的杯子夺了过去:"还喝啊，你看你喝了多少?!"她很小声地对我说。

"让我喝吧! 我要喝个痛快!"我大声地冲她说。

"强哥，你别喝了好吗? 这么久没有见面，我们就不能聊聊吗?"她用可怜的目光看着我。现在她的眼光已不是当初那样的飘忽，而是直直地盯着我。

"你叫我什么？强哥？你以前不是喊我小弟吗？"

"我不敢……你们是付过钱的！"她怯生生地说。

"付钱?！付什么钱！"我差点儿气得哭出来，胃一阵痉挛，然后哗的一声吐了出来。她赶紧跑过来，不停地帮我捶背，并小声嗔怪道："叫你少喝点儿，你不听，你看……下次可不能这样了，会伤身体的。"

吐过以后感觉好多了，我也精神了许多。

她走到我身边拥着我说："小弟你今晚有什么要求尽管提，我会尽量满足你的。"

她一边说一边脱自己的衣服，最后几乎快脱光了。她走过来，抱住我。

我一把推开她，像当年她推开我一样。

"你以为我是什么样的人？我这么多年来没有谈过恋爱一直在等你，你知不知道?！"我几乎哭了。

"那你以前怎么不和我说呢？"她也哭了。

"我怎么没跟你说，那一年我不是说喜欢你了吗？"我大声说。

"你那都是说着玩儿的！"

"我是说真的！"

"那我怎么知道？你不知道我的处境，我也不想这样……"

"那你也不能这样啊！"

"那你说我怎么办呢？我怎样才能挣那么多钱给母亲治病呢？我做什么可以呢？"

"那你为什么不找我？我可以帮你啊！"

"别忘了，你还是个学生，能有多少钱啊……"

我一时无语——我也确实没什么办法可以帮她。

接下来又是一阵沉默。她穿好衣服走到我身边，坐了下来。

"对不起，刚才我不该冲你发火，更不该那样对你……我知道你心里很难过，但难过又有什么用呢？这是命啊，命中注定的，我们谁都没办法的……"她用手帕擦了擦眼角的泪水。

我还是一语不发。

"你今晚就没有别的要求吗？要知道，今晚我是属于你的，但明晚我就不知道属于谁了……"

"那好，给我唱支歌吧！"

"唱什么歌呢？《甜蜜蜜》好吗？"

"不，还是唱那年你在石头上唱的那首歌吧。"

"好吧，那我唱了。"

　　小燕子，穿花衣
　　年年春天最美丽
　　……

这歌声再也没有当年那种感觉了，好像是从嗓子里哽咽出来的，轻盈的歌声里透着无限的凄凉与无奈，我仿佛又回到了那块石头上，看到那只小鸟低低地在空中徘徊，身旁的花丛已经枯萎，只有满地落叶在风中呜咽……

"唱得不好，不好意思……"

"不，很好听！"

"你会弹琴啊，能不能弹给我听听？"

"我正准备给你弹呢，这首歌叫《故乡》，听过吗？"

"没有，一定很好听吧……"

我轻轻地拨动琴弦，又重重地拨了几下——我只有以琴声来宣泄我的情感，带着愤怒的怜惜与痛苦。它从我内心深处发出来，直抵听者内心。我看到她面容抽搐了一下——许是她的心灵之弦在共鸣吧……

　　天边夕阳再次映上我的脸庞/再次映着我那不安的心/这是什么地方依然是如此的荒凉/那无尽的旅程如此漫长/我是永远向着远方独行的浪子/你是茫茫人海之中我的女人/在异乡的路上每一个寒冷的夜晚/这思念它如刀让我伤痛/总是在梦里我看到你无助

的双眼/我的心又一次被唤醒/我站在这里想起和你曾经离别的情景/你站在人群中间那么孤单/那是你破碎的心/我的心却那么狂野

你在我的心里永远是故乡/你总为我独自守候沉默等待/在异乡的路上每一个寒冷的夜晚/这思念它如刀让我伤痛/总是在梦里我看到你无助的双眼/我的心又一次被唤醒/我站在这里想起和你曾经离别的情景/你站在人群中间那么孤单/那是你破碎的心/我的心却那么狂野

总是在梦里我看到你无助的双眼/我的心又一次被唤醒/总是在梦里看到自己走在归乡路上/你站在夕阳下面容颜娇艳/那是你衣裙漫飞/那是你温柔如水

本想再唱一遍，但我实在唱不下去了，我浑身已没有一点儿力气，只觉得手中的琴好沉好沉，随后琴便哐的一声掉在地上，我看见她的眼泪无声地从眼眶涌出，她没有擦……

我摇摇晃晃地走过去，问她："好听吗?"

"好听，真的太好听了，能再唱一遍吗?"

"可以，但不是今天——下次吧! 那天，你也只唱了一遍。"

"嗯。"

"睡吧，明天我还要去上学。"

"上学，什么学啊?"

"今年我考上了南方的一所重点大学，后天报到，明天下午三点的火车。"

"是吗? 那恭喜你!"

半夜，我突然被她叫醒。她从那边床上爬过来，躺在了我身边。"小弟，抱抱我吧，我真的好……"她说不下去了。

"我原以为男人没有一个好东西，老想着占女人的便宜，玩儿过就算了……今天遇到你，我发现我错了……"她好像在自言自语。

"我不是男人……"我迷迷糊糊地对她说。

第二天我醒来时已近十点，才发现小翠已经走了。是大伟他们把我叫醒的。他们问我玩儿得怎样，我笑了一下说还可以。他说可以就好，我们都还可以，就是没有上床；不像你，那么幸福。我也懒得争辩，只是笑了笑。他们说他们先走了，在外面等我，我说好，我马上下去。

穿上衣服，收拾好东西正准备出去，忽然发现桌上有一封信，拿起来一看是小翠写的。不知她什么时候走的，也没跟我说一下，只留下了这封信。打开一看，有一张纸，还有一叠钱。纸上是这样写的：

小弟：

祝贺你考上了大学！

姐姐也没什么送你的——买东西吧，也不知道买什么好。想了一下，还是让你自己买好。你不要伤心，也不要过多地想我，我有我的打算。还要跟你说一下，我们已是不同世界的人。虽然我喜欢你，但所有的一切都不允许我们那么做——那样只能给你带来伤害。

那首《故乡》很好听。真的，你去找值得你去爱的女孩吧，我不值得（你去爱）。你是一个优秀的男人（孩？），将来一定会幸福的。

我的电话，也没有必要告诉你了，你也没必要找我，因为你是找不到我的。若有缘的话，以后会再见的。

姐姐：小翠

已经没有什么悲伤的了，因为所有的悲伤都是徒劳的。我收好信，放进了吉他包里。

走在街上，看着并不陌生的街道，忽然想起了那首《那一年》：

你站在这繁华的街上，

找不到你该去的方向……

又想起了汪峰的《青春》：

> 继续走，继续失去，
> 在我没有意识到的青春。

这不就是现在的我吗？

不过我现在还有个方向——家。穿过步行街，再走不远就到了，到了街心花园，公园里挤满了人，不知道又有些什么人在玩儿着什么把戏，我是无心观看了。

忽然发现今天的太阳没有往常那么耀眼，城市上空的太阳如夕阳般带着黯淡的血红的颜色，那微红的光照着这个城市，高楼、车辆、行人……一切都处在忧郁的氛围中难以自拔，然后像夕阳一样映照我的脸庞，映照我不安的心。这让我想起我心中的故乡，久违的故乡，我早已遗失的故乡——那消逝的一切，还会像夕阳一样再次出现吗？

我想我们在尘世中注定孤独，幸福很遥远也很艰辛，它现在还不属于我，至少暂时不属于我——就像我的故乡，此刻我只能轻抚琴弦，低吟浅唱……

大师的阴谋：不想说的秘密

余华老放同一个屁

米兰·昆德拉在《受到诋毁的塞万提斯遗产》一文中说："发现小说才能发现的东西，乃是小说唯一存在的理由。"海德格尔在《存在与时间》中分析的关于存在的命题，早在中世纪的欧洲小说中就已被表现和揭示。

一部一部的小说，以小说特有的方式和逻辑，发现了存在的不同方面。

在塞万提斯时代，小说探讨了什么是冒险；在塞缪尔·理查森时代，**小说**开始审视发生于内心的东西，展示情感的隐私；在巴尔扎克时代，**小说**发现了人如何扎根于历史之中；在福楼拜那里，小说探索了直至当时还不为人知的日常生活；而托尔斯泰的小说则探索了非理性到底如何起作用这一现象。马塞尔·普鲁斯特的文本描述了无法抓住的过去的瞬间；詹姆斯·乔伊斯探索的是无法抓住的现在的瞬间；托马斯·曼的小说，则探索了神话的作用，他深信，并且以实践证明——那来自遥远（时间和空间）深处的神话，无时无刻不在遥控着我们的一举一动。

余华早期的作品是令人兴奋的。语言与世界、叙述与信仰的分离与背叛，使得他那一时期的作品有着深刻而神奇的魅力。他不动声色的叙述、铺垫、转移、嫁接，使得传统的叙事文本显得苍白而又藐小。在此之前，血腥与暴力只是呈现在一系列真假冤奇的故事中，暴力与血腥只是作为一种点缀，而丝毫不与其本身密切关联。余华打破了这一点，他神出鬼没地将故事的本体与载体本末倒置。这种独树一帜的写法是具有开创性的，是理智而又卓有成效的。这一点也恰好符合了小说的精神——发现性和不可替代性。那些非技巧的巧合、非框架的结构，为余华的精神世界和所传承的精神勾勒出十分巧妙的典型。

在《兄弟》尚未面世之前，余华的文本几乎可以说是完美的。他对于本能和非本能以及异己的颠覆是酣畅淋漓而彻底的。可是这一切都随着《兄弟》的出现而画上了悲壮的破折号——我们只能在他创作生涯几近终结的时期画一个破折号，因为破折号表示解说、转折、省略和强调，它比其他的符号都来得更直观而包容。同时，余华随时都有可能写出比《兄弟》更差的作品——随时都有可能！

《兄弟》分上下两部（上部大约十几万字，下部大约二十几万字）用余华自己的话来说，这是一部一眼望不到头的小说，是两个时代相遇以后产生的小说……起初，我构思了一部十万字左右的小说，可是叙述统治了我的写作，篇幅超过了五十万字（看来他在完稿之后还删去了不少）。在长达四十多万字的叙述中，余华几乎暴露了他全部的缺点。

趣味阅读的局限性

除了《音乐影响了我的写作》等散文随笔外，余华的所有作品都是具有很强的可读性的。他总是竭尽所能地使对话和情节富有张力和活力，从而达到引人入胜的效果——这也是他这么多年来一直拥有庞大读者群的主要原因之一（对于大多数读者来说，阅读只是一种乐趣，即读他们认为好看的书）。

在《兄弟》中，幽默搞笑的对话俯拾即是，令人忍俊不禁的细节随处可见。这应该就是余华创作的初衷吧。如此宏大的大部头，总得设法让读者先读下去。可是余华哪有那么多"有趣"的材料呢？江郎也有才尽的时候啊。可是没有了怎么办呢？聪明的余华想了一个好办法——复制。

《兄弟》上部第二十二节描写了这样一个故事：

两人又走到了一起。李光头小心翼翼地走在孙伟的身边，孙伟没有反对，李光头放心了。走到巷口时孙伟突然站住了，对李光头说：

"你看看，我的裤子是不是破了？"

李光头凑到孙伟的屁股前，没看到裤子上的破洞。李光头说："没破。"

孙伟说："凑近了再看看。"

李光头的鼻子差不多要挨上孙伟的屁股了，仍然没有看到破洞。这时孙伟突然响亮地放了一个臭屁，孙伟的臭屁像一阵风一样打在李光头的脸上，孙伟哈哈大笑……

这个引人发笑的小故事是很好玩儿，可惜是抄来的——只不过不是抄别人的，而是抄他自己的。

同样的例子，在《在细雨中呼喊》中也有。几乎是纹丝不动，只是两个当事人换了。余华的这个"屁"放了两遍，而且是同一个"屁"。

余华的处女情节：刻意先锋的弄巧成拙

余华的先锋精神在早期是自醒和自觉的。自一九八七年一月在《北京文学》发表《十八岁出门远行》以来，他创作了一系列非常优秀的先锋小

说。他以叙述次序的前后颠倒和故事内容的漫无头绪来吸引我们进入他精心营造的一个个荒唐的世界。

可是在《兄弟》中，余华的那种自然而自觉的先锋意识不翼而飞了。尽管他仍然在不懈地努力着，却无法掩饰他虚假的刻意，并且许多时候都弄巧成拙。

对宋凡平的死亡过程的描写就是一个典型的例子。尽管还有一个模糊的形象存在并成为维系《兄弟》情感的基石，但在那个死人就像现在感冒那样流行的年代，余华所刻意描写的死亡过程只能算是一场司空见惯的小戏。

再来说说李光头，这是一个有点儿玩世不恭恬不知耻又聪明善良的孩子。在他身上余华花费了大量心血。李光头的命运是滑稽的，而他的人生是悲哀和寂寞的。当年那个由于爱情失败而自虐的少年，经过一系列动荡、挣扎、巧合，最终幸运暴富——而他的欲望也随着财富的剧增而日益膨胀。最终他霸占了自己的嫂子。并且还带她去做处女膜修复术，然后再上——正在这时候，他的好兄弟宋钢死了。

这个还算曲折的故事总体来看没什么大问题，但他在处理许多小细节上都有不小的问题。比如说李红，既然宋钢是性无能，那李红为什么不是处女了？《兄弟》中没有任何地方提及。依照书中刻画的李红的性格，她应该没有和别人发生过性关系，如此说来，莫非她天生就是一个破鞋？

当李光头为上不到真正的处女而郁闷不堪自寻烦恼的时候，我们可以想到封建思想的余孽在许多中国人心中依旧根深蒂固。但这刻意的安排算不上什么新鲜，因为这样的人在当下的中国还广泛存在，并将继续存在下去。

余华所作的先锋的努力是失败的——并且，常常弄巧成拙。

余华的尴尬：叙述宏大题材的乏力

对于"文革"这样一个宏大的题材背景，余华本来是要刻画一个精神狂热本能压抑命运惨烈的时代。前两者是余华一贯着力阐释的主旨，只有"命运惨烈"才勉强算得上是他的"新旨"。可是余华在叙述宏大题材的时

候显出了力不从心，从《兄弟》中无休无止的对话中便可窥见一斑。而作者本人对没有尽头的对白也显得十分厌倦，但他没有承认也不会承认这一点，因为承认这一点是令人尴尬的。

相反，他还在后记中这样安慰自己：

写作就是这样奇妙，从狭窄开始往往写出宽广，从宽广开始反而写出狭窄。这和人生一模一样，从一条宽广大路出发的人常常走投无路，从一条羊肠小道出发的人却能够走到遥远的天边。所以耶稣说："你们要走窄门。"他告诫我们，"因为引到灭亡，那门是宽的，路是大的，去的人也多；引到永生，那门是窄的，路是小的，找着的人也少。"

我想无论是写作还是人生，正确的出发都是走进窄门。不要被宽阔的大门所迷惑，那里面的路没有多长。

可见他对自己的《兄弟》还是非常自信的。他还在执迷不悟。

余华的庸俗过程：由冷血到温情的庸俗蜕化

余华过去的作品夸张地描写对身体的自残和伤害，并由此展现出对生命冷漠荒凉和虚无的本质。那莫可名状的原始暴力深深地刺激了我们的心灵和身体。

中国近现代史上的种种运动，只是一些有迹可循的症状，却无从解释几代人无法愈合的创伤。从那些裸露的伤口中，余华曾经敏感地捕捉到一些细微的虚耗。而默默承受暴力的躯壳，只是最微观的切入点和窗口。

从《在细雨中呼喊》到《活着》，再到《许三观卖血记》，直至《兄弟》，余华始终能从对身体无用的死亡中，找到某些难以说明的用处。这是鲁迅笔下的阿Q"精神胜利法"的延续，同时也反衬了经历不同时代的中国人的消费理念，更是暗示了余华对自我生命价值的妥协。他已经义无反顾地从最初的原始暴力与伤痕中走出，逐渐转至合情合理的温情。

当我们被他带着从最初的瞠目结舌走向心灵的触动，直到有流泪的快感时，我们会不自觉地发现——以前的余华正逐渐远去——他一个人"出门远行"了，只留下我们，失望而满怀期待地站在原地。

我们再也读不出那种由先锋带来的颠覆和震撼了，我们读到只是——

一些可怜或者变形的温情，以及由此派生的金钱、家庭和不甘寂寞的虚妄。

无聊的忏悔
——写给梁小斌先生的申辩书

　　当一个写作者面临着老龄化的威胁或逐渐失去创造力的时候，他（或她）便开始进行所谓的反省与反思。这已经成为一个广泛存在的事实，而并非空穴来风。事实上，不管是在艺术创作领域还是在科学研究领域，人们似乎也从未停止过反思。写出《进化论》的达尔文先生，老年后一直在反思自己——他把人的血液输入猿猴体内，结果发现两者并不能相融，他发现人和猿猴的肋骨数也根本不一样……为此他曾深深忏悔，说自己不该在年少轻狂的时候写下《进化论》，贻误后人。据说他在临死的时候还不能原谅自己所犯下的"罪行"，双手不停地在胸前画着十字架，乞求基督耶和华的原谅。

　　海德格尔认为，信仰存在的真正意义便是——信仰等于再生。信仰产生于怀疑之上，初衷是处于对某些现实的抗议——对一种纯粹的精神实体心存虔诚，直至皈依。我们必须把一些值得思考的东西加以深思。而什么才是真正值得深思的东西呢？关于这一点，我们伟大的先人一直没有弄明白，因此他们的许多看起来很"深思"的东西其实一点儿价值也没有。

　　从叔本华的无奈自杀到海明威绝望地把猎枪放进自己的口腔，再到顾城挥斧袭妻自缢、海子卧轨山海关，我们从中看到了什么？透过悲惨的血腥外衣，我看到无数伟大的灵魂孤独地游离于时间之外，我看到他们在"怀疑"这个恶魔的驱使下一步步走进自虐的深渊。如果说叔本华和顾城都是死于对周围人的不信任，那么海明威和海子便是死于对自己的不

信任。

对于海明威的死，我不敢妄加评论，或许是他老人家年岁已高又病魔缠身的缘故，又或许是他老人家活腻了活够了活得不耐烦了。总之，该写的都写了，该说的都说了，该风光的也都风光了，该经历的也都经历了，那还要那副发霉腐朽的躯壳干什么呢？海的精神是强大的，它可以容纳百川，给我们留下一点悬念也无可厚非。我们只能说这位老人有个性有勇气，活得有价值死得也悲壮……而海子不一样啊，他还太年轻，他还有着沸腾的青春，有着火热的激情和生生不息的创造力——这样的一个生命不该死啊！他还没有从这个纷繁芜杂丰富多彩的社会中汲取足够的营养，就拖着瘦弱的身躯毅然离开了这个让人留恋的世界。他还没来得及抽最后一支香烟看一眼心爱的麦子——他甚至还没有跟心爱的姑娘有过一刻幸福，便撒手尘寰……他死得太惨了！而这一切又该怨谁呢？据说，海子生前在《今天》的那个小圈子里极不受欢迎，他可敬的多多大哥经常批评他（在这里我并无讽刺挖苦多多老师的意思），而海子又是一个极为自闭的人，他有太多的心里话想说又说不出口，所以他更加压抑。人的心理承受是有极限的，一旦超过这个极限，任何人都没法活下去。当然我并不是说海子的死是因为某些人害的，但绝对与他们有关系。如此说他的自杀是因为自己的信仰和对于诗歌的虔诚，倒不如说是因为他对自己已经彻底怀疑彻底绝望。如果当时他的朋友们发现了这一点，多多地开导他、劝慰他，或许悲剧就不会发生。

"从明天起，做一个幸福的人。"而幸福是什么？幸福对海子来说是那样遥不可及。他曾去过远方寻找幸福，可到头来他却发现"远方除了遥远一无所有"。我敢说，他在火车轰轰开来的那一刻一定感慨万千。他一定后悔自己写诗，可是他没有机会了，他只能永远沉默下去，留给我们一串串问号。

在某一的《南方都市报》上，我看到了梁小斌先生写的《我为〈中国，我的钥匙丢了〉忏悔》，字里行间流露出对自己的不信任，以及对自己"深刻的检讨"。"一个诗人必须对他写的诗承担责任，这是我心头的沉重石头。我在讴歌那个暴戾时代的时候，早有《理想之歌》在我的头顶。

我在那个理想主义的诗坛上，没有哄抢到"暴风雨中的海燕"那顶桂冠。没有抢到并不说明就没有抢夺的愿望，没有抢到活的阶级敌人捡回来斗，我只抢到阶级敌人留在家里的坏思想。"他写道。

一个诗人真的要对他写的诗负什么责任吗？我以为不一定。要不要负责任这得看作品本身所承载的东西，不是写作者自己说了算的。在一个作品出炉之前，你拥有修改甚至毁灭的权利，但当它在社会上流传已久之后，你就丧失了话语权，因为它已经成为大众的公共财产了。人们在欣赏它的时候已经逐步加入了自己的情感，它已经不再是你当年写下时的那件简单的作品了，它已经拥有了沉重的"附加值"。你想推翻自己，但你想过没有，你推翻的不只是自己，还有广大的诗歌爱好者。你要负责——你负得起这个责任吗？

"原来，包括我在内，均是阐释政治生活的写手。所谓'写手'，就是把人与人之间的亲情关系，揭露为阶级斗争关系，或者又依据新的时代要求，把它又还原为友爱关系，犹如那个糠菜窝头。因为它是文学的，它是以感人的面貌出现的，它的基本模式是控诉。在我的诗歌那里，两种互相矛盾的声音，被乔装成一个诗人的心路历程，蒙昧或者被迫，是掩护诗人过关的辩辞。""因此，我们仅抓住政治上的坏人，而丝毫指不出哪个作家和诗人是坏人，因为好像只有作家允许有心路历程，我躲在一个心路历程里，躲在一个骗局里面，并继续感染着后人。"这段话乍一看是真诚的、感人肺腑的，但仔细分析，你就会发现他的荒谬和伪善。如果在诗歌中出现的政治背景只是一种巧合，那又何必去苛求什么纯粹和纯洁呢？动乱的年代就不允许诗人有思想了？白沙掺泥也不一定就与之俱黑，是"青莲"就算真的出自"淤泥"，也不会为之污染。我们不需要不合逻辑的自我反省和毫无意义的"自我检讨"，因为，这样不论是对自己或是对社会都将是一种伤害。

"我忏悔！当代文学里解构思想看上去具有批判精神，实际上如同《中国，我的钥匙丢了》一样，只是控诉主义骗局的变种，如今的青年诗人们看上去什么事情都未参与，当别人把'腐朽'的大厦盖起来之后，他们猛然成为一个拆建筑的人。我们能提供的所谓'诗歌经典'，就是这样

无形地毒化着后人……"

　　同样的语气，甚至是同样的话语，我曾听另外两个人说过，他们分别是这个时代最优秀的音乐人——许巍和窦唯。在一次演唱会上，当忠实的摇滚歌友要求许巍唱《两天》的时候，许巍却说："我不想唱，我现在很后悔当年写那些歌，他们使你们感到不安……"窦唯在他的音乐风格转向古典迷幻之后也曾极不负责任地说"摇滚误国"。其实这个世界就是因为太平静了，才显得死气沉沉，才需要你们去发现；那些逐渐麻木的灵魂无时无刻不需要你们去刺痛。人们也需要检讨，并且比你们更加需要检讨自己，并且他们检讨自己的手段不是自己而是你们，但他们的意志已经太脆弱了，他们的力量也过于单薄，他们需要借助你们，才能完成自省。但是，作为一个艺术创造者，你却不能动不动就反什么省——因为，那样你就太不人道主义了。并且，你丝毫不在乎别人感受的自我检讨，只能使别人感到更加别扭、不安，你这是在戏要人你知不知道？

　　想当年，当你们大义凛然义无反顾地走在艰难的荆棘路上一路呐喊的时候，多少人为你们助威并且臣服。因为你是他们所谓的"先知"，是你们把他们从沉睡中唤醒，给他们力量，你们并没有毒化后人；相反，你们使得他们在反省的同时更加坚强。"诗人必须是时代的见证。"作为一个时代的见证者，我们不需要知晓你创作的初衷，既然你已经为我们留下了见证，就不要想办法去毁灭。如果你真的感觉自己背负着什么"十字架"，那么就请你不要说出来，不要让人们知道，否则他们会为你难过的。确实，每一位诗人都应该忏悔，关键是看你怎样忏悔。在忏悔之前，还请你想一下——我是否应该忏悔？这样的忏悔有没有必要？我为什么要忏悔……我们当然鼓励说真话，但我想，艺术不仅仅只是说真话，它有时也需要虚构——如果虚构是合理的。

对 话 苏 童

许多余：苏童老师您好！首先祝贺您的新书《碧奴》出版！

苏童：你好！

许多余：我个人理解的"先锋"是一种不断求索和突破的精神，发现未知的存在；请问您对"先锋文学"有何理解？徐星一直否认自己是先锋作家，您对此有何看法？

苏童：我想我最初走上文坛的时候，因为年轻，因为心中的文学理想，导致了作品的一种先锋的面貌，正好与当时别的一些作家的作品组成了一种所谓先锋的潮流。先锋的某种意义是叛逆和破坏，内心因为有叛逆的欲望和破坏的欲望，所以导致作品必定是带有破坏性的。但是作家的写作，如果与什么东西有契约的话，那种契约不是先锋，是文学的理想，而理想是会变的，所以不停在改变的理想引导着我的写作，使我的作品变成了现在的样子。

许多余：有人说"先锋"就是要不停地在表述文本形式上求得变化，推陈出新，请问您是不是这样？

苏童：先锋在文本形式上的冒险，是先锋的一大标志。但恐怕先锋的更大意义，是精神的探险。先锋最大的特点，是对现实的抵抗，是不同意。我想我个人的写作是比较复杂的，因为抵抗的态度不能帮我抵达我所需要的那个现实。我所需要的那个现实，有时候要依赖于一个陈旧的现实。所以破坏和颠覆，对我来说有时候是进步，有时候仅仅是暴动。所以我现在对现实的态度已经没有任何的天生的抵抗，而是拥抱它、接受它，然后去批评它。

许多余：我们这一代人是沉浸在娱乐、浮躁、消极、安定中长大的，

文学已经失去它本来的意义，特别是先锋文学，已经很少有人提及，有的甚至都不知道。请问您对于80后写作者有什么看法和忠告？

苏童：对于这个时代的看法，可能每个人都不同。我比较同意转型一说，一个正在转型的时代，它也影响到文学。但怪的是，作家的生活方式没有改变，读者的生活方式却变了。对于一些读者来说，阅读这个姿态，仅仅变成了休闲。但是文学提供的不是休闲，它对人永远产生潜移默化的影响。它不能决定你的生活，但有时候能决定你的思想。所以我觉得转型如果完成，整个社会对文学的需求会越来越高。

许多余：江苏有很多值得尊敬的作家，比如叶兆言、毕飞宇……还有您，你们经常在一起探讨文学吗？

苏童：叶兆言和毕飞宇都是我的私人朋友，我们恰好又都在江苏作协，因此关系非常密切。但是大张旗鼓谈文学的机会不多。我们在一起打拖拉机多于谈文学。

许多余：我知道您以前在《钟山》工作，请问现在在哪里？

苏童：我现在不在《钟山》了，但还在江苏作协。

许多余：我们这一代人的迷惑主要是市场和自我的矛盾，说到底也就是金钱的困扰——请问如何从这种自我的功利性中突围？

苏童：我觉得金钱观每个人都是不一样的，而且似乎也不存在什么真理。人有多少钱才够？但我觉得钱够用就好，没必要为了钱去搏命。当然最理想的处理金钱和生活的方式是干一份自己喜欢的工作，而且这份工作还赚钱。

许多余：您闲暇时喜欢听歌吗？余华有段时间疯狂地听国外的钢琴曲和交响乐（同时还有随笔集《音乐影响了我的写作》、《高潮》出版）。您喜欢什么类型的音乐？它们是否也曾影响到您的写作呢？你欢中国摇滚乐吗？比如崔健、张楚、许巍……

苏童：余华是癫狂级的音乐发烧友。我不癫狂。除了古典音乐，我一直喜欢而不得入其门。我其实比较喜欢美国的一种民间音乐 BLUE GRASS，是用很轻的乐器演奏的，人的声音也是不经雕琢的、自然的声音，这是我在写作之余最想听的音乐。摇滚是我年轻时候曾经热爱过的，那时候是崔

健的时代，所以我至今仍然是崔健的"粉丝"。一旦听到《一块红布》、《花房姑娘》，就会感伤，因为这意味着我的摇滚时代过去了，我的青春时代也过去了。

许多余：感谢苏童老师接受我的专访，谢谢您！下次去南京一定拜访您！祝您新作频出，一切顺好！谢谢！

鼓浪屿访舒婷

八千里路云和月

本打算去海南参加一个笔会的，椰树下文学网的兄弟们的热情令我很感动，但由于七月份正赶上学生放假，坐火车好像已成为一种时髦，太多的人紧随这种潮流，这潮流已被挤得水泄不通了，此时买湛江的火车票已是痴心妄想。其实去海南的主要目的无非有两个——一是天涯海角一直是我很向往的地方，另一个就是我很想见一见我很喜欢的几位作家：韩少功、蒋子丹以及海南青年作家协会主席李少君，还有就是那个叫我喊他大哥的洪子。

从合肥火车站出来的时候我有一种失落感。去海南的想法已成泡影，这让我又一次知道了计划没有变化快的道理。然而中国的南部一直是我向往的地方，并且这牵挂已然成了一种情结，甚至成了一种信念。当一种牵挂已成信念的时候，再想去改变已是徒劳。于是我毅然买了去厦门的火车票——一直很喜欢舒婷的诗，这次我决定去拜访一下舒婷。

开动的一刹那，我突然感觉天旋地转，窗外的景物在慢慢后退，成了一条粗壮的射线，车轮挤压铁轨的声音仿佛是从遥远神秘的教堂传来，那声音在召唤着我——到远方去，到远方去，哪怕八千里路云和月……

诗意的厦门

福建一带山色秀丽，虽不能用"巍峨"一词来形容，但那一路的山总是连成一片，给人一种很亲密的感觉，不像其他地方的山，一座座傲然挺拔，显得很孤立。漳州的香蕉真的很便宜，一元钱可以买好大一串，并且味道很鲜美，口感特别细嫩柔滑。

到厦门的时候天色微暗，已时近黄昏，但车站附近仍旧人声鼎沸车水马龙。毅兄早已站在站台上高举着一个牌子，上面写着我的名字。那天晚上，他请我吃了很好的福建特色菜——水煮活鱼。我们说好第二天去鼓浪屿拜访舒婷，顺便看一看大海。

第二天一早，我们走出旅社便是环岛路公交车站牌，可以直达轮渡。清晨的厦门显得格外清爽明净，阵阵海风透过车窗迎面拂来，蓝天上飘着朵朵白云，湛蓝的大海像是一面镜子，映照美丽的充满诗意的厦门。

很快便到了轮渡码头。虽是清晨，但已游人如织。鼓浪屿是著名的旅游胜地，每年约有一千多万游客来此地。这个原来较为安宁的地方如今已热闹非凡。第一次坐轮渡漂泊在大海上，无法抑制内心的激动。倚着船栏远眺，一片汪洋，对面就是台湾，隐约可见一些工厂高耸的烟囱，以及一些旗子之类的东西随风飘扬，像是远方的兄弟在向我们招手。

栖身于鼓浪屿的广场，有一种置身天外的感觉——这里不就是世外桃源吗？只是缺少了桃花而已，但有另外一些叫不出名字的花点缀着，同样令人赏心悦目。最为别致的莫过于广场中央的八爪鱼雕塑，八只锋利的爪子伸向四面八方，肯定是"喜迎八方客"之意。广场上回荡着悠扬动听的古典乐曲，这让我在感到舒心的同时也感到茫然——鼓浪屿这么大，有这么多条街、这么多条路，我上哪儿找舒婷呢？

只好把心绪放一放，先看看风景吧。找了一处很幽静的地方，我坐了下来。这时旁边走来一个人，后来知道是一位民间诗人。我和他聊了很久。说真的，我一直对民间的艺人很崇敬，在生活几乎都不能自给的情况下，他们依然安贫乐道、不为窘迫的生计所屈服而始终坚守心灵的一方净土，真的很不容易。我给他看了我写的几首诗歌，他看着看着就激动起

来，连声称赞好诗，并大声朗读起来，引来许多好奇的游客前来围观。

好几个少年要我为他们赋诗，我欣然同意了。我乘兴写下："鼓浪屿上鼓浪急，沙逐朝追思无堤。"突然我看见海边飞过一群海鸥，恰与身边迎风起舞的垂柳相映成趣，于是我又写下了："垂丝万缕成云雨，悬叶一片是沙鸥。"我把它们送给了那些喜欢诗歌的人。他们仍围着我不肯离去，要我为他们签名……

三顾茅庐　不见诸葛

费了很大周折，才打听到舒婷的家庭住址。最后那个杂货店的阿姨对我说："她家就在那个巷子里，我是跟你说过了，至于她见不见你，我就不知道了……"

穿过福建路、泉州路，再到龙头巷，向左一转，进入中华路，一排明清时期模样的古宅旁边，有一个很深的巷子，巷子的尽头有一扇说不出是古老还是现代的门，门虚掩着，轻轻一推，门便吱的一声开了。这时眼前一片明亮，可谓豁然开朗—— 一个小院子，里面满是花草，青色的桂圆在枝头招摇。舒婷的家在二楼。踏上楼梯，眼前是无数的花草，吊兰轻盈地从栏杆上垂下来，像是刚刚写下的一首美丽的朦胧诗。

轻轻敲了敲门，里面没人应声，又敲了一遍，还是没人应声，可能是家里没人吧。我只好失落地回去了。

第二天一早，我又来了。心里还是有一丝紧张，说不出是激动还是惶恐。还是敲门，这次她家的阿姨走了出来，问我找谁，我说舒婷阿姨在家吗，她说不在开会去了，我又问那她什么时候回来，她说不知道也许是今天晚上也许是明天，我说那她回来后请你把这包茶叶交给她好吗，她说那可不行舒婷交代过，不可以乱收东西，我说没什么，这不能算是什么礼物，只不过是从家乡带来的一点茶叶，她还是说不可以，我说那我就写一张留言条吧，于是我就在一片纸上写下了这样一段话：

　　舒婷阿姨：我是一名来自安徽的小诗人，带着对诗歌的敬畏
　　与执著，不远数千里来此拜访您，冒昧地打扰您，还请您原谅。

这次来的主要目的是想与您探讨一下新诗的现在、未来以及发展情况……也没带什么礼物给您，这包茶叶是我母亲亲手烘制的，愿您深夜写作疲惫的时候泡上一杯，可清心定神……

柔风

需要说明一下的是，落款的"柔风"是我当时的笔名。

第三天来的时候已经十点多了，轻轻敲了一下门，里面还是无人应声。我便又轻轻地走下楼去。这次我要等，感觉告诉我今天是一定可以见到她的。

再次登门　柳暗花明

又出去转悠了一下，直到下午两点多才回来。这次我没有敲门，只是坐在楼下等。过了一会儿，她家的保姆看见我了，我对她笑了一下，她也微笑着冲我点了点头，便又进屋去了。一会儿，一个面容慈祥容光焕发的阿姨向楼下看了看，我也看了看她——她和舒婷阿姨的诗集封面上的照片怎么这么像？我心里想着，但不敢确定，这时一串温和的声音传来："是柔风吗？进屋来吧……"

是她，真的是舒婷！我一时有些不知所措，应了声"好"便飞快地上了楼梯。

这时的心情只可用四个字来形容——柳暗花明。

与舒婷对话：新诗的现状及未来

柔风：舒婷阿姨，这次冒昧拜访，打扰您了，真不好意思，向你说声抱歉。

舒婷：哪里的话，别这么客气。很高兴你这么远来找我，我也很感动，可以看出你是一个对诗歌很有诚意又很执著的孩子，看来我们真的是很有缘分的，我家的阿姨就很喜欢你，说你看起来特别和善、有灵气。说真的，来我这里访问的人很多，我不是不想见，主要是人人都见，我就会失去很多时间，没有时间写作了。

舒婷（接着说）：你先坐一会儿，我去给你倒杯水。

（说着她给我端来一杯水，还有很多饼干等小零食。她真的把我当孩子了。）

（我说了声谢谢。）

舒婷（又问我）：吃饭了吗？

柔风（也不客气了）：早上喝了一杯豆浆，吃了一个大饼。

舒婷：那阿姨快烧饭给柔风吃——柔风啊，你怎么不早点来？阿来刚刚来了，本打算等你来，我请你们一起去饭店吃的，也好介绍你们认识一下。

柔风：是这样的，其实我来得比较早，也敲门了，里面没人应声。昨天阿姨跟我说您开会去了，我以为您一定是很累了在休息，便不忍心来打扰您，就没再敲门。

舒婷：是这样啊，也许那会儿我们在里面聊天没听见。其实我今天早上就等着你来，等了半天，终于等到你了。

（我觉得很不好意思，有点儿弄巧成拙的感觉。）

（"吃饭吧。"她家的阿姨亲切地对我说。我和舒婷阿姨同坐在一个饭桌旁，边吃边聊。期间，舒婷阿姨不停地给我碗里夹菜。）

柔风：上世纪八十年代，中国的新诗曾一度辉煌，可以说新诗到了一个巅峰期，那时涌现出许多像您一样伟大的诗人，如北岛、顾城、海子等，是你们把新诗带入了一个新的境界、新的高峰。您能描绘一下当时的诗坛吗？

舒婷：中华民族曾一度陷入危难，解放之后也不是那么太平。我们那一代人说来是很不幸的，正赶上那个动乱的年代，而身处其中就无法挥去内心的隐痛，于是便有了许多心愿和神往。我们只是在作一种表述，于是这种诗意的表达便在太多人的心里引起了共鸣。由动乱到和平的转型是历史的幸运，我们都很懂得珍惜，新诗在那样的氛围中就容易找到扎根的土壤。那时的诗坛大约就是这样。

柔风：中国一直被誉为诗的国度，但其实被誉为诗的国度的中国却似乎仅限于唐朝。唐朝以后，诗歌就开始走下坡路了。宋词也只能说是诗歌文化的派生,是诗歌的"回光返照"。然后是"五四"时期的外来文化为诗歌注入了新的生机,中国新诗出现了第一次高潮。这也好似前期的摇滚歌曲,它的深入人心最重要的是在于发现。可时至现在,人们一直在叫嚣新诗的不合时宜,这是不是社会环境的影响呢?现代人的物质生活较以前充裕了,喜欢休闲的生活,而诗歌属于高雅文化范畴,所以诗歌的生存环境受到很大影响;而现在的诗坛上,诗人各自为阵,却又找不到出口。您认为中国诗坛目前最重要的问题是什么?

舒婷:目前诗坛上最重要的问题是诗人相轻——你看不起我,我看不起你,诗人看不起诗人;而小说等通俗文化却越来越受到市民一族的欢迎。还有你说的诗歌的不合时宜,它的生存环境确实受到很大程度的影响,但这不是主要的,毕竟还有很多人喜欢诗。如果诗人们团结起来一起努力的话就好了,可惜这一点很难做到。目前网络上做得还算可以。网络也算是为新诗另辟了一条新的道路、一块新的园地。

柔风:现在的许多诗人,他们只是为作诗而作诗,而不是拿生命来作诗,这一点很是违背"诗歌其实是一种鲜活的生命"这一宗旨,且后现代派如他们派、莽汉主义等,又把新诗带入一种误区,在反传统的同时又没有学好传统、用好传统。其实传统与现代是一对矛盾的东西,面对传统我们既不能拘泥,又不能狂妄。在这一点上,许多老诗人现在做得也不是很好。如今的纯文学刊物都注重圈子,而圈子外的人就很难进去。许多诗歌刊物,诸如《诗刊》、《诗选刊》、《星星》诗刊等发表的许多作品,人们很难读出其中的味道,既无哲理也无美感,这是不是一种悲哀呢?由此,您能说说新诗的前景吗?

舒婷:尽管目前诗坛出现了许多问题,但总体来说新诗的前景还是光明的。谁说现代诗不好呢?那是他们没有用心去读现代诗;还有许多年轻的诗人,他们都是很优秀的(她随口列举了几个诗人,我记不清是谁了),他们写的诗也很好。未来在你们自己手中,还需要你们一起努力。

家庭和睦 儿子有为

柔风:您家的房子也蛮好看的,很别致。您在鼓浪屿生活了多少年?

舒婷：生活了很多年了哦，我很喜欢这个地方。

柔风：那您的房子里怎么摆这么一大柜子玩具呀？

舒婷：那是我儿子小时候玩的，现在他虽然长大了，但也不能扔掉啊。

柔风：您儿子现在多大？他现在做什么呢？

舒婷：他是（一九）八三年出生的，现在正读大学。他学习很用功，当年考了厦门市前几名，超过北大录取分数线几十分。但当时没敢填，只填了一个提前录取的院校，结果就被录取到北京师范大学去了。他的文章写得也很好。

柔风：叔叔是做什么的呀？

舒婷：我丈夫呀，他是个评论家，同时也是个老师。这几天他身体不好，生病了，是在大海里游泳耳朵灌水了。

（这时恰好她的丈夫走了出来。"你到医院去看看吧。"舒婷对她丈夫说。他们相视一笑——很甜蜜的一笑。）

立身之本与兴趣之源

舒婷：你这次远行的目的就是来找我吗？还有没有别的什么目的？

柔风：一是为了访问您，二是为了寻找诗意。

舒婷：寻找诗意？你的家乡在大别山区，那里就没有诗意吗？为何要四处跑呢？一个小孩子，多不安全啊！

柔风：其实诗意与流浪是分不开的。在一个地方待久了，就会觉得乏味，那个时候就渴望着有一次远行，而流浪的时候便会对家乡产生很强烈的依恋……和一座陌生的山对话，与一泓异地的水接触，都会有不同的诗意在心底涌起。

舒婷：那是因为你们年轻啊！年轻人就喜欢冲动。不过这也不算是什么坏事情。冲动其实是一种激情，而激情对于诗歌来说又是很重要的。不过你还是早点儿回家，免得让家人担心。

柔风：回家啊，回到学校，一切又涛声依旧。学校其实是个很无聊的地方，老师讲的尽是一些套话，许多课程开得也很无聊……大学里其实学不到多少东西，而大学生们经常都有一种自满心理，以为走进了象牙塔自己便会长出象牙，其实几年过后还是与初进来时没什么两样，唯一的改变就是白了少年头。

舒婷：唉……中国的教育确实存在许多问题，正如你所说；但既然置身其中，就要安心把书读好，毕竟太多的人在走着这样的一条路。你还是得先把书读好，毕业以后找一份稳定的工作，这是立身之本啊。只有先有了立身之本，才能更好地去寻找兴趣之源。

柔风：说到立身之本，我又想起了一个现象，是说人一出生不久就长出了牙齿，可以吃东西；而手是与生俱来的，可以寻找食物，这也是立身之本啊！

舒婷：你这孩子呀，怎么这么说呢？太多的人在走着同一条路，那这条路就一定有它存在的理由。你想通过别的途径，那是很难的。人要学会善待自己。

关怀与祝福

不知不觉已和舒婷阿姨聊了三个多小时，该问的基本上也都问了。她六点多还有个朋友聚会，我也就不便再打扰她了。

临行时，舒婷阿姨送了我许多东西：一本她的诗集，一个很漂亮的小闹钟，闹钟的上面镶着一个水晶的地球仪——她是要我珍惜时间，并且要胸怀天下。还有一袋水果，说刚刚要是给我吃我肯定不好意思吃，那就带着路上吃。

最后她递给我一个信封，她说这是一点儿钱，你在路上买点儿东西吃。我说什么也不肯要，她说你要不拿着我就生气了，我只好收下。

从舒婷阿姨家出来，我走得特别快，如释重负的心里有种说不出的轻松与愉快。转眼已至巷口，再回首，我依依不舍地看了一眼那扇诗人之门、绿叶掩映的小院子，不由得在心底默默地为舒婷阿姨祝福——祝您平安幸福，祝您快乐永远……

2004 年 7 月

许巍的音乐历程

十年前，许巍提着一把吉他离开西安，去北京寻找他的音乐梦想。他并不知道自己的未来是什么颜色。十年后的今天，许巍已经成为中国内地最具影响力的音乐人之一。特别在大学校园，他的歌曲被广为传唱，可谓经久不衰，感动了几代人。

西安：梦想开始的地方

西安是个有着丰厚文化底蕴的文化古城，这里曾经出现过影响几代人的音乐人——张楚、郑钧，还有就是许巍了。许巍十六岁的时候开始学习吉他，两年后参加了西安市第一届吉他弹唱大赛，获得了二重唱一等奖。这之后他写出了平生的第一支歌。随后他参军入伍，在部队里他接触了西方摇滚乐，思想受到巨大的冲击。他拼命练琴，立志要做一名伟大的音乐人。

那时候郑钧出版了他的第一张专集，《赤裸裸》、《回到拉萨》等歌曲迅速红遍了大江南北；张楚也出版了个人专集，《孤独的人是可耻的》、《爱情》等脍炙人口的歌曲。这些都给了许巍以极大的震撼。他把张楚当做了自己的榜样。这些都坚定了他要做专职音乐人的信念。许巍召集了西安所有最优秀的乐手组建了"飞"乐队，并担任乐队主唱，并负责歌曲创作。"飞"乐队与其他三支西安乐队在西安外语学院举行了组队以来的首次公演，本来只容纳一千人的剧场却挤满了三千名观众。"飞"表演了五首许巍的作品。许巍的出色表演和他独具魅力的作品，使得"飞"成了当晚最受欢迎的乐队。第二年（一九九四年）二月，"飞"乐队赴成都进行宣传演出，非常轰动。演出后乐队接受了成都电台及各大报刊杂志的

采访。

五月，"飞"接受日本《Voice》杂志的访问。七月，乐队赴银川参加了"西北摇滚节"，与另外三支来自兰州、宁夏和内蒙古的乐队在银川体育馆同台演出。"飞"乐队的作品作为压轴节目，极为出色，引起当地媒体的瞩目。演出后乐队接受了多家媒体的访问，演出的现场录音及乐队专访在银川电台播出。

回到西安后，乐队接受了陕西文艺台的直播访问，乐队歌曲的 Demo 也在电台多次播放，反响强烈。同时，许巍开始在文艺台担任嘉宾主持，介绍西方摇滚乐。

在几乎没有任何经济来源的情况下，许巍和他的"飞"乐队过得非常艰难。他们在最阴暗破旧的地下室排练，吃最便宜的饭，抽最便宜的烟。这期间他创作了大量歌曲。沉重的生存压力最终迫使乐队解散。

许巍带着自己的歌曲和复杂的心情离开了西安。

执著：超越平凡的生活

孤立无援的许巍在北京开始了他颠沛流离的"北漂"生涯。为了生活，他去小酒吧演出，四处串演。在与复杂的社会广泛接触后，他看到了丑恶的人性；在生存面前，那纯洁的理想开始变得破碎不堪。他一次"走在繁华的街上，找不到该去的方向。"茫然、焦躁、绝望几乎占据了他全部的思想空间。他发出"我看着我的身边，他们都比我美；我看看我的身后，时间都已枯萎"的感叹。他时常沉浸在往昔的回忆中——在西安，那些美好的日子……一个个暗无天日的日子，陪伴许巍的只有一把冰冷的吉他。他常常彻夜难眠，精神委靡，身体严重透支……但他没有忘记自己的理想，相反，他变得更加执著坚定——这种坚定不仅仅是对于生活的信心——他把所有的情感都寄托在琴上，他不停地弹着，不停地唱着，他把自己最切实的体验毫无保留地用歌声表达了出来。他是一个游子，虽流落他乡，却无时无刻不在强烈地思念着自己的故乡，以及故乡的亲人、爱人、朋友，一阵阵酸楚时常不经意地袭击着他。他把眼泪埋在心里，而忧伤顺着琴弦寂寞地流淌——沉痛、精深、内省。许巍的第一张专集《在别

处》的大部分歌曲大多就是创作于这段时期。令人神往而揪心的《我思念的城市》，漂泊沉浮的《在别处》，情感寄托的《故乡》……太多的时候，他只有一个人，把歌唱给自己听。那时候被强烈压制的欲望从身体深处从骨髓里悠然而沉痛地飘出，洋溢在周遭的每个角落。"没有人会留意，这个城市的秋天，窗外阳光灿烂，我却没有温暖，只有你的眼泪，抚摩我的寂寞。那些无助的夜，我漫无目的地走，那些无助的夜，你牵着我的手，幸福还很遥远，我无法看见，这秋天的夜晚，让我感到茫然……"沉缓忧伤的《我的秋天》，充满幻想和不安的《水妖》，自我省察的《树》……"我身上结满了果实，可里面长的全都是欲望。"一九九四年十月，许巍携作品去红星生产社（一家唱片公司），超乎寻常的作品魅力使红星公司马上宣布准备签约。十一月，北京的众多顶级音乐人纷纷表示愿意参与许巍的作品录制，不久就推出了《两天》与《青鸟》。一时间许巍的名字随两首单曲迅速蹿红，而且这两首作品又都成了每个弹吉他的乐迷们最爱演奏的曲目。浓厚的人文色彩使他成为和崔健、郑钧、张楚等同样级别的当代青年音乐偶像。一九九五年，著名歌手田震凭借许巍作词作曲的《执著》，再次走红于大江南北。这首歌也成了当年最脍炙人口的一首传唱佳作，几乎拿到了内地所有排行榜的冠军。一九九七年四月，他的首张个人专集《在别处》正式出版发行，立刻引起了轰动。专集在无任何宣传的情况下，销量达五十万张。在盗版猖獗的当时，这个数字已经是当年内地唱片销售的奇迹了。一九九八年一月，在北京音乐台节目"新音乐杂志"一九九七年度最佳专集听众评选活动中，许巍首张个人专集《在别处》荣获该年度最佳专集奖，再次证明了他在中国原创新音乐圈里的非凡实力。那一年，作为流行乐界仅有的两位重量级作者，其作品和崔健的一起被选入《中国当代诗歌文选》。一九九九年三月，由许巍重新编曲并演唱的"许巍版"《执著》再度引起轰动。他凭着自己的《执著》，终于超越了"平凡的生活"。

初识许巍：每一刻都是崭新的

许巍在安徽大学开歌友会的时候，我很遗憾没有到场。那天一家电台正邀请我做一个访谈节目。当时庞勇（年轻的音乐人）打电话给我，我没接到（节目现场直播），他又给我发了短信，我也没能及时看到。直到插播广告中间休息，我才看手机："巍哥（许巍）在安大举行歌友会，你去不去？"我当时真想冲出直播间！可是没办法，节目才刚刚做了一半。我心里恶狠狠地骂道："该死的另一半啊！"

再后来许巍又一次来到安徽，在安徽电视台的"超级红人馆"做节目。我和庞勇一起很幸运地被邀请去了。我们扛着吉他，匆匆地逃出校门"飞"往安徽电视台。我们去的时候，许巍还没有来。导演和节目制作人员早已恭候在演播厅里了。还有许多巍哥的歌迷，大多是背着吉他的大男孩（也有少数女孩）。导演跟庞勇说："等会儿你上台跟许巍合唱一首歌，你说唱什么歌呢？庞勇想了想，还是唱《礼物》吧，除了这个也没什么好东西送给大哥了，上次是这个这次也还是这个。

我们在直播间等着。庞勇在那里默默地拨着琴弦，一边不停地朝门口看。

忽然外面一阵喧哗，我们都知道这准是许巍来了。许巍微笑着和每个找他的歌迷合影，笑容灿烂、安详。

庞勇走上台，轻抚琴弦唱道："让我怎么说，我不知道……"也许他真的不知道怎么说，其实他有太多的话想跟巍哥说。他刚刚退学，面临着太大的压力，而音乐这条道路不知有多么艰难。唱着唱着，他就唱不下去了，泪水涌出了眼眶，只是一个劲儿地猛扫弦。许巍就站在他的身后，双手亲亲地拥着他的肩膀，微笑着。最后他们一起合唱了这首《礼物》不知是谁送给谁的。现场的许多人都流泪了。我送给巍哥的礼物是我的诗歌。

许巍是个非常认真的音乐人，可以说是一丝不苟。一般的歌手在表演的时候总是很"糊"，随便唱唱，外加一些"你们高兴吗"、"一起来吧"之类的吼叫；而许巍却从来不是，他站在舞台上，很少说话（几乎不说话）。每次唱歌完毕，他只说四个字："谢谢，再见！"这也算是他独特的一面。演出中间，许巍有一个高音没有唱好（可能是状态不佳的缘故，唱歌很需要状态），但普通听众不会察觉的，可是他坚持要重新唱一边，理由是自己没有唱好，对不起听众。

中场休息的时候，我们一起抽烟。许巍说了许多话。有人问他："为什么那么尊重歌迷？"他说："我从来都不认为他们是什么迷，他们都是我的听友。"

分别的时候，他送了我们他的CD、拥抱，还有一声"一切顺利"。

用许巍自己的话来说，他曾经是一个"很拧巴"的人，不懂得哄女孩子，甚至还会跟她们较真儿。但有一次在一个节目现场，与许巍合作过的叶蓓、姜昕、希丽娜依，却为在场的人介绍了一个细致体贴、甚至会在她们心情不好的时候扮演心理医生的许巍。其中，与许巍合作最多的姜昕称，唱许巍的歌就没花过钱。主持人李静一听傻了眼，许巍有点儿不好意思地说："朋友嘛。"备受感动的李静大夸许巍为"最冰清玉洁的男人"。历年来，邀请许巍写歌的，女歌手占了大部分。而许巍为她们创作的歌曲，又因细腻地表现出女性心思而广受好评。李静开玩笑说，虽然许巍挺害羞的，但还是很懂女人。说到这儿，李静像突然想起什么来，问叶蓓、姜昕和希丽娜依："你们听许巍的歌时，有没有过瞬间爱上这个男人的感觉？"精明的叶蓓一听，反过来要求李静先回答，李静则落落大方地表示："我有过啊，但后来又想——瞎想什么呢，好好过自己的日子吧，哈哈……"听李静这么一说，叶蓓也跟着起哄，叫道："我天天瞎想！"现场一阵爆笑。

"这不挺好吗？如果一个人活得特别拧巴和痛苦，那还活个什么劲儿？你起码要感觉到生活有奔头儿。我是比较正常的，并非他们想象的不正常的、非得拧巴到底的那种。真正听我的歌、真正喜欢我的人，很多都把我的专集誉为灰色的，我不知道，我觉得是深蓝色，有对现实的痛苦以及当时的情绪。生活不管怎么样，往前看还是有希望的，有很多难摆脱的痛苦，就像写《迷茫》的时候，不知道人来人往你去干什么，但是那个力量还在你的心里头。从我写《像风一样自由》，《执著》，这个是第一首歌，是有力量的，包括《像风一样自由》，到了北京《两天》你对生活的感受，从当兵，社会的复杂性，对人性的失望，很多东西都有，那是一个阶段，到现在我还能想起我当兵的阶段，永远充满希望，自律，到现在都有，我现在早晨起来刷牙的时候，工作特别忙，一大早起来，定时什么的，还要

保持革命的优良传统，还是要快速行动，用最快的速度醒来，穿衣服，下楼。这是一个你的生活给予你的东西。"

我一直非常喜欢许巍的音乐，朴实无华、个人色彩浓郁。内地很少有这种比较纯净和个性鲜明的音乐，听他的音乐能使人感受到他内心的故事。

现在港台很多音乐已索然无味，内地的音乐相对而言比较有风格和味道。一个歌手能够形成并坚持自己的风格是一件很不容易的事情，而许巍绝对是这其中的一个代表人物。正如他自己所说："我也有许多不懂的东西，还经常请教别人，别人告诉我一些东西，我也在学习，感受到一些东西。音乐是海洋，我们都很藐小。"他说他现在也在听一些古典乐，同时也读许多书，比如说北岛的书。他大概是在寻找某些激情吧！总之，对于许巍来说，每一刻都是崭新的！

遗憾：虚拟的完美生活

二〇〇三年，许巍的第三张专集《时光漫步》出版发行。时光漫步——在时光中漫步，怎么样？一听名字就蛮浪漫的。许巍已经平和了，他看见了阳光，并且也开始变得阳光了。他像一个历经大风大浪之后的老水手，讲述着他的故事；他又像一个得道高人，向我们阐释着博大精深的至理。

许多人都是听了这张专集后才开始逐渐认识他、了解他的，我也不例外。

"青春的岁月我们身不由己，只因这心中燃烧的梦想；青春的岁月放浪的生涯，就任这时光奔腾如流水……"在这里，许巍开始他美好的回忆了。

写歌、唱歌、演出、结婚……生活不再颠沛流离，一切都井然有序。也就在此时，他的歌曲才真正为人们所接受。音响店、书店、服装专卖店……各种场所都在放他的歌。他真的开始过上完美生活了。

许多歌迷都不能接受他的这种风格转变，认为他不再摇滚了，向生活妥协了，也变得俗气了，也去搭流行这趟车了，并且他们预言：许巍再也

写不出好歌了！但这只是一部分人的认为。就许巍自己来说，他只是尊重自己的状态，表达自己最真实的思想。他并没有向任何东西妥协，也从未刻意迎合听众。

许巍为公益事业做了许多事情。他创作的公益歌曲《来得及的明天》是联合国儿童基金会"关注受艾滋病影响儿童项目"的主题歌。许巍还参加了印度洋海啸地区赈灾、为北京贫困大学生募捐等多场义演。正如他自己所言："参加公益活动应该是艺人的一种责任。我时刻怀有一种特别的感情，无论是演唱会，还是公益活动，我都怀有一颗感恩的心"。

然而遗憾还是有的。二〇〇三年以后，许巍真的没有写出什么好歌了。尽管《礼物》、《时光》、《漫步》、《天鹅之旅》等歌曲一时间广为人知，在旋律上可以说他做到了绝对美感，让人心平气和，但毋庸置疑，他的音乐震撼力正在一步步消解。和大多数音乐人一样，他的中年化趋势明显，比如崔健、张楚、郑钧，他们的近期作品都没能超越早期作品。崔健《给你一点颜色》沦落到说唱；张楚多年来销声匿迹；郑钧只出了一张翻唱。去年十二月，许巍在北京举行了"绝版青春"演唱会。相信每一个到场的歌迷心里都潜藏着某种冲动，等待着许巍那惆怅而熨帖的歌声。

这场最终被奉为"绝版享受"的演唱会却以出其不意的疯狂激情征服了所有人，可以说许巍和乐手们呈现了中国原创音乐的精髓。现场除了听着过瘾，还有种扬眉吐气的畅快，也但愿它不会真的"绝版"。在若隐若现的佛教诵经声中，演唱会独特的氛围瞬间凝结，许巍和乐手们开始踏上《天鹅之旅》，排山倒海的震撼音乐，许巍苍茫悠远的演唱，无不传达着一个明确讯息：今晚这个舞台没有司空见惯的感官刺激，我们要带你进入精神和灵魂的愉悦，这时你是否获得了久违的心跳感觉？第二首歌是《纯真》，大屏幕清晰地呈现出许巍的表情，看得出他状态极佳，声音放得很开。当唱到"你的微笑那么温暖，融化我心中的冰冷"时，或许是对自己的表现满意、对观众的热情感到不可思议吧，许巍脸上露出纯真的微笑。唱过《蓝莲花》之后，许巍说了整晚最长的一段话："欢迎来到这快乐的聚会。今天是我们的节日，让我为你们好好唱歌。"之后他真的就那么一首接一首地唱了下来，没有任何花哨的修饰。开场效果足以代表整场演出的高水准。如今还没有哪一场演唱会能像许巍这样，不带任何特效，纯粹用音乐烘托开场，而效果又如此完美。

许巍和他的音乐伙伴—中国最优秀的乐手、音乐人兑现了用音乐打动观众的诺言。激动的不仅仅是观众。许巍曾说有些歌排练时很难达到冷静理智的状态，现场来看他指的或许是《我思念的城市》和《两天》。他特意介绍前者是一九九六年制作首张唱片《那一天》进棚录的第一首歌，演唱时目光深邃，若有所思；而紧接着是最著名的早期单曲《两天》，许巍激情奔涌。在李延亮精妙绝伦的吉他 Solo 中，许巍绕场狂奔，坐在李延亮一侧的观众群情激昂。上半场在《今夜》中达到高潮，中国最优秀的乐手们坐镇助兴，全场变成前所未有的电子大舞场，效果极 High。此时，很多人难抑心中的激动，开始狂发短信。当然赞美并非只属于许巍一人——"中国原创音乐的好东西都在这儿了！""绝对有着历史意义的演出！从音乐到旋律到内涵，都是标志性的。北京作为亚洲华语流行音乐的中心地位从今天开始！"当《我的秋天》唱过之后，演唱会进入了嘉宾环节。被许巍称为"第一次给我自信的好朋友"的田震接过话筒演唱了《执著》，并说："我跟许巍认识十年了，他当初的模样还历历在目。凭着对音乐执著的追求，他终于拥有了这个属于自己的夜晚——这个舞台属于北京今夜最灿烂的许巍。"田震的一席肺腑之言，道出了一路看着许巍走过来的人们的心声。

去年十二月六日，许巍曾在北京举行了一场"绝版青春"演唱会。近四百位和许巍一样"握有青春证据的目击证人"来到了现场，观看了这个出道已有十年的音乐人的现场演出。演出的气氛十分热烈，许巍唱了收录在四张专集里的作品，其中许多大家都已十分熟悉，很多人还禁不住掉下了眼泪。对很多人来说，许巍是他们青春成长过程中的一个符号，因此对他的期待和感情也非同寻常——唱片的傲人销量便是明证。只是从许巍个人来说，这种身份并不是自己创作音乐的一个主要依据。在他看来，音乐是他表达自我的一种方式："对我来说，写歌就像呼吸一样自然。"而在新专集里也确实能感受到许巍所作的新的尝试，包括对民乐的尝试。有人认为，这一方面说明许巍在诚实地表现自己的生活，另一方面也体现出他音

乐创造力的单调。"他以过去颠沛的生活创作出的两张专集曾打动了无数年轻人，但在生活境况发生变化之后，他却没有找到合适的方式去创造新的共鸣，这也是他乏力的地方。"一位歌迷曾这样给他留言，"你一个人远远地离开，却把我们留了下来。"我不由得心里一颤：许巍，你的生活真的完美吗？如果是，那完美是不是也只是虚拟的呢……

我们离自由如此遥远

我还是比较怀念录音机那种过时的音乐播放器。每当听见磁带转动发出咔嚓咔嚓的声响，我就有一种说不出的喜悦，这份喜悦并非出于沉醉或者宣泄，而是来自清醒。我总是为着自己能够保持一点点的清醒而感到知足。

事实上，我们从未摆脱纷扰，一直以来我们都还是生活在鲁迅先生所说的那个铁屋子里，幽暗、沉闷、禁闭、无所适从。窗外阳光灿烂，我们却没有温暖。我们被囚禁在一个个城堡里，即便是身体出来了，心还在里面——我们离自由一直如此遥远。

许巍的音乐许多时候都起到了"钥匙"的作用。他从来不叫你去做什么，没有强迫你该做什么、怎么做、做不做，但是只要你认真地听，便会感觉到其中的真意。一串串跳动的音符，就像精美的雕花砖块，搭成一座座亘古别致的桥梁，这边站着的是现在的你，那边走过的是过去的你，中间流动的河水，是一去不复返的时间。

我们的生命在经受着一次又一次的折磨，最后逐渐圆润。随着身体的日益饱满，思想却越发浮躁、空洞。我们小心翼翼地挣扎在一个又一个界限上，向往着纯粹，渴望着真实。

很多人说，还是喜欢《在别处》那张专集，我也是。当米兰·昆德拉以美妙的捷克文字精心勾勒并展示着他时有镇痛的生活的时候，许巍也正在以音乐的形式诠释着他充满迷惑的追求。其实，对于我们来说，不论是何种艺术形式，只要能给我们带来震撼效果就已经足够了，喜欢与否只是一个过程和选择问题。

每个人的心里都有两个故乡，一个是我们身体的出生地，另一个是我

们心灵的避难所。"这秋天雨后明媚的阳光/看着我漫无目的地飞翔/我穿过曾经破灭的幻想/我身边所有冰冷的目光/我看不见我的明天/只有黑夜给我的茫然/我看不见我的明天/是否还将重复着昨天。"（《悄无声息》）遭人误解、被人冷落、无地自容，而"自由"始终是一个多义词，许多时候我们无法预料明天——明天究竟会怎样？它正悄无声息地走来，它是不是只是昨天的重复呢？我们畏惧那千篇一律的生活，我们需要"新鲜的刺激"。

"我思念的城市已是黄昏/为何我总对你一往情深/曾经给我快乐也给我创伤/曾经给我希望也给我绝望/我在遥远的城市陌生的人群/风路过的时候没能吹走/这个城市太厚的灰尘/多少次的雨水从来没有/冲掉你那沉重的忧伤/你的忧伤像我的绝望/那样漫长。"（《我思念的城市》）一个生活在城市的流浪人，辗转反侧、居无定所。他是自由的，但这自由充满了痛楚和迷茫。

接下来，许巍又陆续推出了《那一年》、《时光漫步》、《每一刻都是崭新的》等专集。这时的许巍已没有了往昔的冲动与执拗，变得随和、随意、感恩了。"没有什么能够阻挡，你对自由的向往……"自由的元素依旧充斥其间，但却少了某些悲壮；感恩的心平静如水，却也削减了些许激情。正如他在《闪亮的瞬间》里饱含深情地唱道："我忽然忘了我来时的路，它已消失就像闪电……"

2006 年 3 月 12 日

最后的盛典
散文卷

林静宜 卷

我听到寂寞的声音从我的步履中走出，这种声音在潮湿的
空气里越来越放肆地变大，变大……

　　林静宜，女，1985年生，毕业于成都理工大学。四川省作家协会会员，四川作协巴金文学院新苗工程重点青年作者。现为成都理工大学院长助理、讲师。《80后作家排行》（女版小说选）和《锦瑟年华》瑶琴卷（女版小说）的主要作者之一。有文学、绘画作品散见于《萌芽》、《美文》等刊。

　　早期作品《当心情透明的时候》以深入人心的语言博得高涨的人气。该文在《萌芽》杂志发表之后，人气急速飙升，影响深广。2005年被评为该年度《萌芽》最受欢迎十大写手之一。先后被评为2006、2007年"80后十大作家"之一。主要著作有：长篇小说《逆时钟》（2006年萌芽书系推出），散文《当心情透明的时候》、《爱在水之湄》等。作品入选《第六届新概念作文大赛获奖者作品选》、《新概念十年精选》、《80后作家访谈录》等。

巷　陌

　　这是一条深夐的小巷，悠远的历史就像这座城。

　　它和别的阡陌蹊径一样，红砖铺成的路，两旁是白墙灰瓦，墙上布满爬山虎，绿莹莹的一片，掩盖着部分残缺的墙面。

　　每天经过小巷的人络绎不绝。他们来自各个地方的不同角落，什么身份的都有——或者骑单车，或者步行，或者轿车，或者摩托……

　　我不晓得他们是谁，是走路还是坐车，只知道他们走在同一条路上，并且左脚永远不会羁绊到右脚，车子的前轮不会碍着后轮，轿车的四轮更不会彼此相斗。但偶尔会见着某个年轻人很得意地飙着一辆快散架的单车吹着口哨猛向前冲，随即在巷子的拐角处与一辆机动车热烈相吻，接着自行车羞涩地扭过头去，便再也无法扭转回来，仿佛得了落枕。

　　白天的巷还不算寂寞。

　　这里年轻的小伙子会不畏溽暑严寒，并且十分忠诚地每天花八小时光阴对着一辆破板车呼呼大睡，顺便守株待兔静候废品的不期而至。这叫我无比钦佩他们的耐心。

　　中年妇女除了会摆摆地摊卖卖盗版图书之外，顺便也看一点当做消遣。我猜想这有可能是一个学问家，只是她脑部某些发条暂时不灵。

　　再就是有年过半百的老爷子踏着一辆与其年龄相仿的老爷车不紧不慢地彳亍着，嘴里优哉游哉地哼哼着"老鼠药，蚂蚁药，蟑螂药"，贯穿巷子的这一头到那一头，也是八小时以上。虽然这像是随口哼哼打发寂寞的歌。他说辞流畅，神情安详，看上去还不至于老态龙钟。反正人好不容易活到这把年纪，不需要什么文凭便能当名自由销售员，也算捡个便宜——

如此便宜的事不捡白不捡，这年头就这样。

当然，这些都是住民以外的角色。他们每日工作 N 小时，这个"N"大于等于八，外加节假日不休、工作加量不加价。巷子中的工作狂们在这个城市里如此活着，活得也还算自在，很是安居乐业的样子。

但他们仿佛太敬业，偶尔遇上天公作怪影响工作的时候，就得被动放假。于是不免听到一句天外传来的"狗日的天气"，然后我从窗子里望见整条巷陌空荡荡、冷清清，一派凄凄惨惨戚戚的景象。

我是个爱热闹的人。巷子静了我心不静。

狗日的天气！害得我心潮澎湃终日不宁。

每日清晨我都从巷子里走出，然后到巷子外边的那个巴士站乘公交车去学校。虽然日复一日年复一年，我还是个中学生，还要啃着做不完的习题，精神上难免有些麻木，但我也是个安居乐业的人。

某天上学途中，我还在思考昨夜的那个函数图像应该是奇函数还是偶函数的时候，看到离巷口不远处，一个满脸横肉的城管将手里的电棒抡成一个抛物线砸在挑着扁担的老农身上，我霎时惊呆了，奇函数偶函数的概念瞬间消失。

我看到老农趔趄了几下被推倒在地，他歇斯底里地望着那家伙的青面獠牙，两眼充满了恐惧，伸出的双手不停地颤抖着。然后那胖家伙挑了两棵肥大的白菜托在手心，又踩烂了老农竹筐里剩下的菜叶，然后头也不回地走人。

我在原地呆愣了许久，直到不知何时老农已经消失在巷子里，才如梦初醒。但路面上的斑斑血迹和残留的菜叶叫我不得不相信眼前的一切都是那么活生生的。整个世界是活生生的。那一刹那我才明白，原来我并没有麻木。

我知道，这也是一个安居乐业的城管——之所以乐业，是因为他有不要钱的白菜。其实他还可以不费工夫得来很多不要钱的东西。这年头，钱是个好东西，放在家里掖着藏着还要使用保鲜膜。

有便宜谁不捡啊？这年头就这样。

遥闻深巷中犬吠。若干年前我就听过这话。世界之大无奇不有，奇怪

的事早已见怪不怪习以为常了。

巷的外面是个更不奇怪的世界，那里什么都有：马路、超市、报社、政府、菜场，也有夜总会、桑拿、宾馆……

这个世界还真是活生生的，什么新鲜故事都有，什么故事都新鲜。

巷的另一头是个茶艺居。

我是个酷爱茗茶的人，但从来没有进去过。首先是站在门口的迎宾小姐时常打扮得分外妖媚，看到这样的状况我多少会有点担心一进去就出不来了——我向来是个胆小的人，我怕。但我不知道那些西装笔挺或者纨绔锦衣的老板大款为什么不怕。

每回深夜乘车回来，都可以看到茶艺居门前停放着很多 K 字头的小轿车，门口的迎宾小姐却不知去向。但我从不怀疑她们，因为我知道她们一定也是敬业的。兴许是她们知道我怕见她们，于是黑夜就不准备出来吓我了吧……

小巷中的人们安居乐业，慈祥的古巷包容着他们。

十三年前我住在巷对面的那座院落里。

三年前我搬进这条巷。

三个小时前沉沉夜色惑人心，幽幽细雨落深巷。

三分钟前我发觉这细雨幽得怕人，于是莫名其妙地恐惧了。也许是夜太黑太静，也许是巷子里昏黄的路灯光芒太诡异，我突然就很佩服自己刚才那会儿是怎么探着黑漆漆的夜从巷口走到家的。

是怎么探着黑漆漆的夜从巷口走回家的？忘了，真的忘了。

这年头的事儿可真容易忘。

夜色兀自静谧。雨滴兀自淅淅沥沥地下个没完。苍天哭了。我不知道苍天为什么哭。

巷依旧是巷，只不过巷比昨日的巷老了一点；我依旧是我，只不过我也比刚才的我老了一点。但我再怎么老也老不过巷——巷终究是要比人老的。所以我不知道的东西巷一定知道。巷没有眼睛，但它看到的注定比我

看到的多。

巷很苍老，因为它把看到的历史全都刻在了自己的身上，所以它不懂得忘却。巷听得懂苍天的哭泣，仿如老者对老者的诉说。巷之所以是巷而不是人，是因为巷只能看到而无法改变；人之所以是人而不是巷，是因为人只能改变所看得到的。

真遗憾，两者无法互补。

要是有人能像巷那样活几个世纪，那么这个世界就不会如此单调，或者说是如此诡异了。但我们都无法那样活着，因为我们只是人。

神不知鬼不觉地，黎明来了。

又有一些无法预料的事情将变为巷的历史。

也许，巷已有所察觉。

漂走在五月里的人

五月，对于狮子座的我来说是一个黑色的月份。那时我上高二，一不小心就成了在孤独中漂走的人。

——题记

Chapter 1

黑色五月　祭奠春日的惨白
爱情，好似一场恢弘的劫难
在无法唤醒的梦魇深处悄然离开

校园门口的那条街，每日都是情人节。高分贝音乐愈是飞扬，沉重的

心境愈是凄凉。

五月初，当落寞的街道被卖玫瑰的小女孩和天南地北会聚而来的情侣填满的时候，我和阿洁，还有蔚子，都急不可待地想冲破高中的围城。那些花前月下的缠绵，对于我们这样的孩子来说，就像一部还未进入剧情就已然偃旗息鼓的默片。

离毕业考试还有一年又一个月，我却已然在成堆的练习和未解的题海里越陷越深。

阿洁天天回宿舍洗衣服，蔚子去网吧和她的准白马王子在虚拟的二人世界甜蜜地约会，剩下我一人在校园中独自挣扎在高二的独木桥上，独自吃泡面，独自走路，独自看课本，独自度过苍白的午间……

罩是很久以前认识的网络写手，刚刚爬出高三的死亡线，不冷不热或者时冷时热的个性已然把他折磨得仿佛一个流落街头撑把吉他瞎搞艺术的痞子。打电话给罩的时候，他说别吵，我在写字。

我说罩，过去的你在高三时就已死去，而同样的死亡正在不远的前方向我招手。

我听到寂寞的声音从我的步履中走出，这种声音在潮湿的空气里越来越放肆地变大，变大……但我无法抗拒也无法抑制它，就好像无法控制混有一氧化碳的毒气在空气里不断弥散。我开始怀疑自己是否已经喜欢上了那个痞子。

望天，我看到连绵的阴雨从黑色的天幕中坠落。即便是阳光灿烂的偶尔，一切都在晦涩的空气里沉沦。

Chapter 2

> 每一个细琐的往事
> 犹如透明而锋锐的玻璃碎片
> 落单的时候
> 它们将我的心脏划出一道道美丽的伤口

在五月，我爱上"奶茶"（刘若英）的声音。她的声音里有着很踏实的

质感，令人莫名地平静。CD 是在一个失去阳光的午后买到的，没有精挑细选，随意地第一眼相中之后就将它带回家。专集的名称是《我等你》。

我不知道我在等谁，只是潜意识里深埋着一个人的名字——罩。

罩是我十七岁那年，唯一只喜欢用文字语言和我交流的人。那些网络上轻松愉快的交谈终究犹如电影中的插叙、蒙太奇片段，时常浮现在我忙碌的大脑里。只是当我突然被自己的笑打破沉寂的时候，心中会莫名地涌上一丝疼痛。

"别吵，我在写字。"

那是一句挥之不去的台词，从电话的那头传入我的生命，天长地久。或许，他会像个狡猾的骗子在漆黑的角落里对我发笑，笑一个不谙世道不经世事单纯又傻气的小女孩。可他或许不知道，我喜欢的，也只是网络上的那个假装以正人君子的姿态写字的罩。

暗夜里，我把深蓝色的窗帘拉到无法再继续拉开，让月光伴随我度过每一个寂寥的夜晚，就那么让月光照着我流泪，心中会涌起某种病态的惬意。

奶茶平实的声音在夜色里低回，如同一种平静的抚慰，给人的心以安宁。

潮湿而寂静的深夜，我突然很想念樱。

樱是十六岁那年和我玩得不错的女孩。平日里她很外向，上课的时候她总是坐在我的身边很安静地看小说，一旦把书看完，就会缠着我聊天，然后我从书包里抽出另一本书，一切又会恢复安静。她是我的圈子里唯一会去蹦迪的女孩。我不明白自己怎么会和她玩得那样好，一如我始终很诧异一个热爱文学的女孩居然会适应迪吧中的光怪陆离和喧嚣。

偶尔，我和樱会有不开心，但不会流泪。我们将下巴靠在彼此的肩膀上，有时她会用柔软的手心摩挲我的长发，给我讲发生在迪厅里骇人听闻的事情。后来我的小说里便有了墨岚的故事：一个经不起学习负担的高三女生在迪吧里沦陷直至死亡的故事。再后来榕树下就有网友很惋惜地向我悲叹墨岚的命运。但那到底只是我整理出来的故事。只是故事。

"樱，你会像墨岚那样吗？"

"不会，因为学习不会成为我的负担。"

"那么我会吗？"

"不会，因为你会写字，而且，你有覃。"

"我不曾爱他。"

"可你对他有依赖心。当然，这种感情也可能是一瞬间的。"

樱有着让人羡慕的记忆力。她爱背文言文，却从不认真学习。那时谁都知道，假若她用心学习，只需要花一年半的时间就能攻下普高的所有知识。

可谁也没料到，一年后樱离开了这座学校，从此我身旁的座位就一直空着。她走的时候无声无息，后来就再也没有联络。联络簿上没有她，班级的 QQ 群里没有她，人海茫茫的虚拟网络，我该去哪里找寻她？我彻底失去了方向感，心里时常会浮起几分隐隐的难过。

一晃我就到了高二。人到高二就越来越忙碌，越忙碌回忆也就越多。回忆对未经世事的人而言总是残忍。我想起奶茶在《人之初》里唱过的那些句子：

那已经是很久很久以前的事了/虽然曾经是很深很深的感情/那已经是很久很久以后的事了/虽然还是会很怕很怕再伤心……

蓦然想起，这是樱曾经最爱的那一首。

暗夜很漫长，而且似乎深邃得无穷无尽。而美好的回忆如同永不停息的沙漏，总是在错综复杂的思绪中周而复始地浮现，直至把人折磨到窒息。网上的朋友跟我说，美好的回忆是布满鲜花的陷阱。而我就是在这样的陷阱中越陷越深。

Chapter 3

一个人的暗夜　思绪扰攘

四周静谧得凄凉

是谁在黑夜中延续着来时的路

曾听朋友说，在黑夜中坚持醒着的人代表着人类最后的坚守，而这种人却往往最先死掉。

我不是坚持，而是当夜晚来临睡意来袭的时候，总会有一些聒噪的声音在我的脑海里不停盘旋，它们逼迫我在黑夜里煎熬，忍受着咖啡因在胃的深处拼命地发挥作用。即便如此，仍旧是睡意绵绵。

上苍命令我把自己浸没在可以淹死人的题海里挣扎，他说要考大学你就必须吃黄冈吞海淀。我的心中充满孤寂，甚至凄凉，甚至麻木。但是为了去理想中的那座城市里自由自在地闯荡，我豁出去了。但我"豁"得很辛苦。我无比佩服郁达夫在《沉沦》里郁闷地彷徨时，还有心情欣赏秋穹山景晨光谷色雾霭夕阳。

窗外偶尔有叫春的猫从院子里走过，凄厉的声音刺破诡异的黑，从雨夜的窗外渗进来。我却麻木了似的只是漠然地望着窗外发呆。我隐忍着孤寂得心疼的感觉，不知道是否已经习惯了孤独的夜带给我的恐惧。

失眠的时候，我蜷伏在床头，紧紧搂着很大的 Kitty 猫，独自一人在那种黑色的气氛里暗自垂泪。

恍惚间，天已破晓。

Chapter 4

诡异又凄凉的春日

樟木叶子在失去知觉的空气里瑟索地翩跹

舞出绝望的旋律

五月步入中旬的时候，一切都变得越来越没生气。

不晓得罩的文字写得怎样了。

我总是痴痴地坐在床前傻傻地呆望着电话机，有时候想给他打电话，但每次总像一个思想矛盾的人欲言又止，拿起了话筒却没有按键的勇气。

"柏拉图式恋爱"来临的时候，灵魂比身体提前步入了不可自拔的轨道。

而想念一个人又不能和他联系，正像是一种慢性自杀，把自己折磨得越来越清癯，直到一颗不被理解的心暴露在空气中，悬浮着，然后氧化。

在校园中走过的时候，我看到天空憔悴地放晴，阳光病恹恹地慵懒地漫过云翳。天空中紫外线很强，却黯然失色。

每日千篇一律的忙碌，仿佛只为了空守地球末日的到来。练习册不知被搁在书包的哪个旮旯儿里冷落了很长时间。练习册的封面上写着"高考三人行"，我却觉得整个世界里只有我一人在踽踽独行。题册上的红色批阅散发出淡淡的血腥味，超负荷的感觉让我的灵魂超脱了三维时空，整个肉体像是一个末世的幽灵在四处游荡。

或许，每一个十七八岁的孩子都有着相同的孤独；亦或许，我的这点孤独实在算不得什么。

风儿吹来的时候，我看到枯黄的香樟树叶从很高的枝丫上一片一片瑟瑟地零落下来，舞出凄惨而绝望的旋律。我想起了南方的秋天。

那种音调凄婉而无奈。

Chapter 5

黑色五月　你为何如此沉默
难道我们一定要迎接死亡音讯的来临吗
我在等待你的回答——
明天的明天是否还有明天

五月行将结束。

我站在梧桐树下仰望着蓝天的时候，阿洁告诉我，其实星座的运程中早有预言，五月是狮子座最落寞的月份，我们谁也难逃黑色带来的恐惧。她不能，我也不能。

于是我们彼此用心给予对方怜悯，无声无息，不用言语也能在孤独中感受到彼此的安慰。我感受到了什么叫做心有灵犀，不免有一点点感动。

原来我们在以同样的姿态做同样的噩梦。

我努力思考五月我到底做了些什么——除了听老师讲枯燥的概率知识、做一道题能够耗费我一小时的数学题，就是一味地妄自惆怅着。瞬间我变得无比可怜，惆怅得可怜，可怜地惆怅。其实那些无故的伤感很没必要。但谁又能操控星座去改变自己的运程呢？

Chapter 6

我知道，我们的初夏可以很美好

六月即将来临

你已回答了我很多——

明天的明天会有无数个明天

五月的最后一天，心中诡异的阴暗开始变得明朗起来。我出乎意料地收到了樱的来信。这是整个五月里最让我感到欣慰的事。她说她跳级了，正在念高三，然后一股脑儿倒出了许多苦水并且叫我不要告诉任何人，也叫我保密她给我写信的事。她说自从离开学校之后只给我写了这封信。我看着看着就潸然泪下。

流年似水，她是还把我当成了当年的我。

蔚子和阿洁回到了我的身边，午间我们三人聚在一起安分地做各自的事——看书、算题或背词，像一个无声的聚会。丢失了几十天的感觉似乎又回来了，我仿佛一下子增强了几十倍的能量，抱着英文单词猛背。

那天晚上，罩给我来电了，声音变得好温和，不再像一个躲在网络阴暗的角落里作祟的黑心人。我的心渐渐舒展开来。

他说文字写完了，并且开始构思下一篇小说——与杀手有关的。

边喝菊花茶边写《漂走在五月里的人》的时候，我在寂静中听到了突然响起的蓝调"韩流"，并且第一次被韩乐感动，然后任无声的泪放肆地打湿稿纸，心中竟有前所未有的舒畅。

我含泪仰望窗外的绿叶，看到它们被阳光映照得很绿很可爱。我微笑。

最后的盛典
散文卷

恭小兵 卷

河底的每一粒沙都必须服从神秘而复杂的水流的冲击力，
但事实上，每一粒沙却都企图冲破水流的冲击力，去构成另外
一个独立存在的世界……

恭小兵，男，1982年10月9日出生，安徽黄山人。"80后"概念倡导者之一。五岁进小学，
十六岁进监狱，二十岁触网。主要作品有长篇小说《云端以上，水面以下》、《无处可逃》、
《我曾深深爱过谁》（台湾繁体版）、《十少年作家批判书》（与人合著）等。现供职于安徽
商报社《橙周刊》。

玩 的 80 后

　　每个时代的人都有自己独特的烙印。想必现在不会有电视台再播放小龙人、铁臂阿童木、金刚葫芦娃，听到"赐予我力量吧，我是希瑞"、"我代表月亮，消灭你们"等而感慨万端的只属于 80 后这批人。上世纪改革开放惠及全国的时候，八十年代"小荷才露尖尖角"，彻底与世界接轨的时候，我们已然成年。如此承前启后的中国八十年代，在全世界找不到第二家分店，找不到第二批和我们一样处境尴尬的年轻人。当 70 后以政治经历为自己添加分量、90 后以非主流为自己标榜个性的时候，我们似乎被过分遗忘。

　　人生在世，不过是过一下场，如同一个过关斩将的游戏，再如何标榜自己是性格鲜明、独一无二的重量级选手，终会遇到不可战胜的 BOSS，然后 GAME OVER。上帝造人，人类在他来说只是工艺品，摆弄一下命运，于是英雄就多舛了，红颜就薄命了，竖几道墙，看着鲁迅把鼻子碰扁。一旁的上帝剔着牙会说："真他妈好玩。"很幸运的是，我们自己也有可以玩的东西，一个专属我们八零后这代人的私有记忆。

　　我印象最深刻的是玩那种弹珠游戏，不同的地方有不同的称呼，我小时候的玩伴们都称之为"弹子"。之所以印象深刻，是因为我在这个游戏上输得最多，后来倾尽所有零花钱还债，闹了几个月"饥荒"，还亏欠百余个至今没有归还。现在我的那个债主哥们儿，早就髭须茂密，成家立业，相当本分，看不出有游戏人间的倾向。我于是也比较放心大胆地和他偶尔切磋酒量，不用害怕他想起来叫我还债。到现在，那些负债，加上利息的话，也该上千个了吧，我到哪儿去买？

事实上，那时我们的玩具很少有花钱买的，大多是自主创业的"山寨"产品——捏一坨泥巴能造座城墙，折断树枝做成钢枪，拾取几块石头便是手榴弹……当我们穿着开裆裤露出自己原生态的手榴弹，拿着"山寨版"手榴弹，追着小女孩撒丫子奔跑的时候，她们的脸红完全与害羞无关。但她们的哭泣能博得男孩的脸红，她们的翻脸能创造我脸上长久的抓痕。

但我孩提时最大的伤痕都不是女孩子的杰作，这与我老实巴交的为人密不可分。依稀记得当年还有一种游戏，用纸张叠成一个正方形，学名叫"方宝"，玩法相信很多同年代的人都记忆犹新。我因为那个游戏被家父毒打了一炷香时间，按照现在流行的说法，堪称"史上"最严重的家庭暴力，伤痕面积覆盖百分之八十的美臀，伤痛范围波及我聪慧的脑瓜，以致我很长时间内，看到纸张就发蒙，对蔡伦咬牙切齿。事情的原因是我把自己的练习本、教科书都叠成方宝，输得一干二净之后，又打起了家父书架上藏书的主意。于是《论语》、《阅微草堂》、《镜花缘》都充当赌资了。这能证明我从小就反传统的可贵性格吗？

也许是那一次的棍棒教育的原因，后来我对各种游戏潜心研究，颇有心得。在一种叫做"斗鸡"的游戏中，我生平第一次当了老大。斗鸡不是斗鸡眼，是一种架起一条腿、依靠另一条腿维持平衡的身体碰撞游戏。我十分怀疑那些不知道这个游戏的人是否会觉得有诲淫成分，觉得是某种敦伦姿势。但千真万确，在我的记忆中，这样的游戏专属男孩。碰撞的部分是膝盖部分，但我膝盖天生坚硬无比，所向披靡、战无不胜。游戏的结果，通常是我金鸡独立于某个地势高的土坡上，傲视群雄宣布胜利。

不明就里的人会以为这个游戏是力量型的游戏，但其实这是和相扑、跆拳道一样属于技巧力量兼顾的运动，要求心思缜密、手疾眼快，瞅准别人防守薄弱的地方，四两拨千斤地破坏敌人重心。现在回想起当时许多虎背熊腰的大汉躺在我胯下的时候，自豪之情不下于看到一个"环肥燕瘦"的美女躺在那样的位置。可惜没有女孩玩"斗鸡"。

我发现，孩童的游戏鲜有男女一起玩的，女孩儿的游戏就我所知，都是技巧型的，诸如"跳皮筋"、"踢毽子"。前段时间看到外国电视台播放的节目，说北京的公园里许多老年人都喜欢"踢毽子"，还引经据典地说这是黄帝发明的。宋朝高乘称之为"蹴鞠之遗事"，所以难怪中国足球阴盛阳衰，或许都是小时候男人不踢毽子的缘故吧。平心而论，女孩们的游戏真的是少之又少，比起男孩子的游戏，她们的游戏显得"少而精"。依稀记得当时几个戴红领巾的小姑娘，在柳荫下拉开长长的皮筋，一边眼花缭乱地蹦蹦跳跳，一边还念一些儿歌，相当于韵律操的节拍，或者交际舞的配乐，听来分外入耳，但记忆全无。比起男孩子的游戏，女孩的游戏就显得高雅得多。

凡事也不是绝对的。男孩子的游戏，女孩子照样可以参与，不过都只有被欺负的份儿，例如打雪仗之类的。与打雪仗类似的还有种射击类的游戏，具体名字已经无法考证，但做法还是勉强记得。制作的原材料应该是竹子的某一节，一头打通，另一头只钻一个眼，原理等同于医用的针筒。用那种的东西吸水，然后喷射。据我所知，这个游戏流传不是很广，大概是竹子并不是到处都有的缘故。这个游戏里面女孩子的敏捷与速度注定她们只能充当受害者的角色。同样没有悬念的是，女孩子的眼泪是最好的武器。通常一个雪球在某位小女孩的羊角辫上爆裂开来，她们的眼泪基本上同时飘飞而出。如此一来，身为代表力量与优势的雄性儿童，只有把脑袋送上去，让对方以雪球还施彼身，方能博得美人破涕为笑。

与上面提到的这两个游戏类似的还有一种流传颇广的游戏——"丢沙包"。这种游戏我知道的玩法有两种：一种是类似排球的和平游戏，一种是类似打猎的暴力游戏。前者的玩法是这样的，两边各站一拨儿人，沙包先从某一方丢到另一方，按照规则，对方应该有选手接住，并掷回。如此循环，没接住沙包的一方落败。一般都采取比分制，相当国际化。后一种玩法也是两拨儿人，先在地上画一个足够一拨儿人站的地方，一般是一个长方形、正方形。我以前有个玩伴喜欢画成圆形，班里有位很早熟的女孩则喜欢画成心形。

我有一次爱国热情迸发，画了一个五角星，遭到了班里头头们的谴

责。现在想来，虽抱憾不已，但也自豪不已，证明我的爱国情操不是别人培养的，而是与生俱来的。

闲言少叙，言归正传——玩法是，一拨儿人站在画的区域里面，另一拨儿人站在区域外面一定的距离，手执沙包，往人群里丢。里面的人不允许接沙包还手，只能躲避。砸到身上便是落败，被剔除。如此，没有阵亡的最后一位战士，便是众人的偶像了。在沙包游戏中，我因为怕疼，基本上都是充当扔沙包的角色。儿童的眼睛是雪亮的，受害者都是好人，所以这个游戏里我是个坏人。这也证明，即便我画了五角星表忠心，但我依然有可能是坏人。不知那些在公众面前一副为公为民的贪官污吏，小时候是否和我一样。

如今看来，许多游戏已经失传，只有少许游戏依然存留。我所描写的这些只是冰山一角，更多的游戏已经遗失在光阴之外。弹珠不容易买，"方宝"忘记了叠法，动听的皮筋配乐完全无迹可循，毽子已是耄耋老人的专属游戏……

其实那个年代，除了这些，还有许多，例如折纸飞机，用皮筋射得远远的，有时还飞机传书，在纸张上写下"飞到谁头上谁就是大傻帽儿"……单就折纸这一项，已是数不胜数，手枪、宝剑、灯笼、青蛙乃至纸鹤等，如今早已忘记了折法，少许的儿童游戏也变成了商家赚钱的工具。

那时其实也有卖的变形金刚、蝙蝠侠、飞机坦克之类的奢侈品，但完全没有自制的玩具来得亲切。我仅有的大黄蜂与蝙蝠侠早已不知去向，但满满一盒的弹珠几次搬家却依然携带，被视若珍宝。

那些年幼时代的许多事物，早已被时间冲刷殆尽。完全忘记了以前背诵过的课文，但无法忘记夕阳下红扑扑的脸蛋，以及被手掌打磨光滑的宝剑、被汗水浸透的沙包。就这样玩过了童年，玩过了少年，直至玩到了青年。玩的人中，有我们80后整整一代人。

在"玩"里面，也许可以一窥我们这代人的思想。比如有一个很有意思的游戏，名叫"公安局抓小偷"，一帮人扮小偷，另一帮人扮警察。小

偷一直跑，警察一直追。这个游戏看似没有一点技术含量，看似谁跑得快谁就胜利者，其实不然，因为结果都是警察胜利。以前想不明白是为什么，现在有点明白了。我记得每当扮演小偷的时候，我跑累了，便泄气了，坦然被抓。但如果我是警察，再累我还会继续追，只要前面的小偷在跑，我就没有停止的理由。每当将小偷"绳之以法"，我就好像真的是维护正义的使者一般充满自豪。所以原因应该是在这里吧——只要心存良善，心存永远不灭的信念，就没有停止的理由。

无 法 描 述

为这事，弄得我很烦——最近的每天晚上，我都会做梦，而且每次的梦都很长，每个梦都会在正午的阳光下醒来，每次醒来还没来得及回味，那些梦镜就被正午灼热的阳光或者阴冷的雨滴给掳掠走了。所以我总是难以记清自己到底梦到了些什么，所以弄得我很烦，很烦。

有段时间心血来潮，就在枕边备下笔和纸，以便记录下梦里所有。可醒来一看，那些纸上记录下来的文字简直让我本人也感到莫名其妙，笔迹也非常陌生，好像那些字根本就不是我本人写的。于是我猜想，梦里的人和梦外的人肯定不会是同一个人。

今天下午，"千足虫"廖影从长沙打来电话，说她忽然想起我了。她在赵薇式的笑声里叮嘱我要好好学习，少抽烟，酒最好不要喝。话筒里沙沙的声音让我感觉到一个绝对荒芜的空间。我茫然作出决定：要把过去的一些事情记录下来。因为我不想失去他们。嗯，还有一点——明天就是我生日了。

可千足虫到底是谁？我以前认识她吗？啊，终于想起来一些——披肩

发，瘦瘦的，高高的，眼睛大大的，喜欢布拉吉，热爱土豆沙拉——她的原名叫廖影。读初二的时候，班上转来一个穿牛仔裤的外地女生。那条裤子上的补丁充满叛逆，两只裤脚上的毛须替她博得"千足虫"的光荣绰号，以至于后来很多同学都纷纷仿效起这个新来的插班生的衣着了。我们却依旧一如既往地、亲切而得意地叫她"千足虫"。

每天放学的时候，我发现她总是跟在我屁股后面走，很像电影里女特务对我地下党员们的跟踪。这让我曾一度感到恐慌。过了几天我才知道，原来千足虫的爸爸就是我们学校新调来的高中部语文老师。理所当然，她要跟在我后面，因为我们俩的家都在校区。再后来我们两家的家长就互相熟络了。先是我妈总是让我去她家，叫千足虫来我们家吃饭。因为那时候，她爸妈两地分居的状况还没得到妥善解决。

女生千足虫衣着前卫，但学习成绩在班上却总是名列前茅。而且她还很能混，半年不到就当了班长兼学习委员。也不早恋。是很多老师们眼里的"高大全"。再后来每次来我家吃饭，都以一些诸如饭前洗手、饭后洗碗等乖巧的小动作，很快赢得我妈对她的高度赞扬。

以至于后来只要是轮到我妈给我上思想教育课的时候，总是"廖影廖影"的，弄得我很烦。每次廖影来我家白吃，我妈总是没完没了地问人家：我家小灰最近表现怎样？还喜欢跟老师顶牛儿吗？作业都能按时完成不？没在班上纠缠小女生吧？打架了没？每到这个时候，千足虫都很识相，从来都不点破我的累累劣迹。总是说"小灰最近的作业都能按时交了"，或者是"小灰已经很久都没上展览台了"等。每次都把我妈说得眉开眼笑的。所以我后来非常乐意千足虫来我家吃饭。反正凭她那张小嘴小肚皮，还能把我家吃穷？

说来也怪，从初中到高中我们俩就一直没分过班。高二的时候，承蒙班主任、语文老师廖某，也就是廖影她老爸的热情关照，我成了廖班长的同桌。这事说起来很有些暧昧的味道。不是吹啊，当年的马小灰虽然名声很坏、调皮捣蛋，但在学校还是很有女生缘的。所以我个人认为：老廖当时的做法其实是想招我做他的"东床驸马"——那也得看我乐不乐意！再说了，即使我愿意，可要是千足虫不配合，那有个屁用啊？

　　高三上学期，我开始喜欢上足球等运动。先是每天早晨都坚持跑步，接着又凭一贯胡闹得来的威望和一般性身高混进了班队。我始终认为踢球的目的就是为了进球，但问题是，当年我踢的是后卫，进的却总是自家的球门。每次对方的拉拉队只要一看见我上场，都会声嘶力竭地起哄，为我疯狂鼓掌，对方队员也会因为看见我而显得士气大振。每次只要廖影看见我上场了，都会非常生气地离开。我一泄气就懒得再为本队卖力，对方就把球进得欢天喜地。弄得我最终连进校队替补的资格都被取消了，还白搭进去一双四百六十块钱的足球鞋。离开班队那天，我的战友们显得无比快乐，很多其他班的球员却显得不怎么开心。我把球鞋以二百五十块钱的价格转让给了我们的队长，从此我辉煌而屈辱的足球生涯就这样画上了句号。

　　后来因为我精力过剩无处发泄而被迫爱上了长跑。冬天的早晨，在刺骨的寒风里，我光着膀子在大马路上疯跑。大路两边，人们或同情或诧异地望着我。跑到市政大圆盘往回溜达时，我听到几个在练鹤翔桩的满头大汗的老人正对我指手画脚地说着什么，其中有个老头说："看，那孩子小时候一定练过气功。"

　　其实我根本就不喜欢长跑。但学校每次召开运动会的时候，体育老师都逼着要我上。他们总认为我很有长跑的潜力。因为我和上一届的学校长跑冠军打过一仗。那次打仗的状况一点儿都不精彩，我是被长跑冠军以偷袭的伎俩撂倒在地的，完了他就夺路而跑。我起来后来不及擦掉流下的鼻血，拔腿就追。我们之间的追逐是从下午三点开始的。我跟在长跑冠军的屁股后面，围绕着整个校区至少跑了十圈。当我终于在全校师生们的目光下抓住长跑冠军时，我们班的体育老师拿笔记下了我的名字。

　　其实我是最缺乏长跑品德的家伙。后来的事实也充分证明了这一点。每次参加校运会我都没拿过名次。一次又一次的打击使得我亲爱的长跑导师大失所望。他不仅很快就对我没了兴趣，还特地批准我可以不上体育课。这样更好，一个人留在教室里真他妈是件很爽的事情。面对整个空荡

荡的教室，顿时会有一种指点江山君临天下的快感，然后把一支支粉笔当成我意想中的足球，把桌椅当做后卫讲台当做球门，盘带、过人、抽射！可玩着玩着我就会产生一种群雄束手、长剑空利的感觉。于是百无聊赖之下，只好落寞地回到自己的座位上去。翻出廖影的书包，里面总有一封又一封的小男生写给她的情书。真是看不出来啊，我一直以为她是不屑于早恋的，原来野火却一直隐藏在地底下熊熊燃烧啊。

私自偷看廖影情书这件事，在高二下学期快结束的时候终于败露。之后廖影事儿事儿地问我："你这样做，觉得道德吗？"她的这个问题让我笑得直不起腰来，直到笑得肚子疼。完了我说："你不分好歹不论大小，来者不拒照单全收，你就道德？"廖影恼羞成怒地威胁我道："以后小嘴给我抿紧点儿！胆敢说出去，我把你的一切丑行全盘端给吴姨！"她说的吴姨当然是我妈。我说："那我就把你的这些光荣事迹如实地呈报给某某领导人。"说完我一副无所畏惧的样子，在她急促的呼吸声里扬长而去。

好像是因为电视剧《海马歌舞厅》的热播，我开始迷上了王朔的小说。一九九六年春节期间，我和放假回家的四姐一边嗑瓜子儿，一边激烈地探讨着《一半是海水，一半是火焰》。我正唾沫横飞时，四姐忽然弹了我一个大脑门，坏坏地说："就你那德行还想写小说？"可半年之后的暑假，爸妈他们都在客厅里看电视，四姐与我趴在阳台的栏杆上继续探讨文学。我用王朔的《无知者无畏》把她万分推崇的陈染、林白之流贬得一文不值。激动中，四姐用她的两只手指，又一次朝我的脑门做出兰花拂穴状，我当然不依，立马摆起了电视里黄飞鸿常用的那招"男儿当自强"，四姐一看我那娴熟的套路，心知武学方面自己肯定是无法取胜了，只好一边抽烟，一边跟我狂侃起了她对意识流与魔幻主义的深刻感触。

一九九七年上半年，我因为抽烟被身为学校领导的老爸——那个大义灭亲的伪民主主义者处分了。我的班主任，也就是我同桌廖影的老爸，那个似乎很有意思认我为乘龙快婿的语文老师走过来拍了拍我的肩膀说："没关系，年轻人哪能不犯点小错呢？"就因为这句话，我对他很是感激，甚至有就此卷了铺盖搬到他家去做上门女婿的冲动。

廖影她爸调离本校返回原籍前的一个夜晚，廖影特地邀请我去中心市场吃了一次夜宵。因为我夜间出门的审批手续比较烦琐，所以那天我去得最晚。等我匆匆赶到时，杜亮和余琴他们都已经各自喝完了一瓶啤酒。廖影那天晚上一反常态，表情显得异常落寞。酒桌上的杜亮已经开始口齿不清，我刚坐下，他就举起一瓶刚开的雪花干啤，满面红光地向我挑战，嚷嚷着说有种就跟他一口干了。

酒桌上的另一位女生余琴是我表妹，特朝气特无邪又特小气的一个小女生。我俩从小就认识，但在公共场合聚餐却是第一次。消夜过程中，因为杜亮倒酒不慎而弄脏了她的裙子，对此余琴一直耿耿于怀。这丫头从小就那样，心里藏不住事儿，整个晚上似乎都在数落杜亮做人的种种失败。这样一来，她的表哥当然就愈加显得牛气冲天，以至于一直沉默不语的东道主廖影忽然幽幽地冒出一句："余琴，你和小灰俩可真是青梅竹马珠联璧合啊。"我毫无感触地一笑置之。

廖老师临行前夕带着廖影来我家跟我爸妈告别。我爸现场临帖《别董大》送给了他。我妈出去买了好多包茶叶，还有两盒太太口服液，说让他带回去给嫂子喝。廖老师一边推辞，一边叫廖影收下，然后不停地拍着我的肩膀，鼓励我要好好学习。廖影把东西收好放在我家的桌子上，忽然忍不住似的，扑到我妈怀里哭了起来。当时的气氛很是伤感，弄得我如坐针毡。

时间过得真快啊，一转眼，六年过去了。这六年里，我去过很多地方。在我记忆里显得尤为深刻的是一座少年监狱。我在那里熬完了我整个晦涩难解的青春期。据说廖影还在读书。余琴从某医学院毕业后，去了上海闸北的一家医院上班。杜亮和我一样，文不成，武未就，至今依旧窝在父母的臂弯里混日子。

"十·一"放假回来，余琴忽然向我问起了廖影，问我们现在还有没有联系。可廖影到底是谁？我苦苦思索了很久，才终于对她有了点印象，但我还是不敢肯定自己的记忆，就问余琴："你说的廖影是不是当年我们班上的千足虫啊？"余琴在一边很不甘心地说："不会吧？不会有你这么夸

张吧？你们俩当初在学校可真称得上是模范桌友郎情妾意啊。"我毫无知觉地一笑置之。

真是奇怪极了，互相淡漠了六年之久，上个礼拜里的一天，廖影居然从老家长沙打来了电话，第一句就问："还记得我吗？"我被电话里陌生的女声吓了一跳，心想：这到底是谁呢？网上的MM（网络语，美眉，指美女，也指妹妹）可是很多都知道我电话的啊。于是我就闭了眼睛开始瞎猜，猜来猜去，把对方给猜烦了，来一句："浑蛋！我是廖影啊！廖增湖的廖！雪影盈盈的影！"

被她这么一吼，我终于恍然大悟——前段日子，我在天涯虚拟社区的短信箱里，有个叫"雪影盈盈"的女ID，总在不停地向我频频暗示这暗示那的。她先是大大咧咧地问我要十台彩电，我仗着分多，飞快地送给她二十块砖头。可她毫不气馁，又跟我说副版"生于八〇"开得好，她要混进去学习学习什么的，并借此与我大套近乎，接着就强烈要求客串版主一职。一开始我以为是杜亮那小子在外面的网吧里搞什么恶作剧，就说："那好，你去向社区申请吧。"没几天，她真的申请了，并请来了很多天涯的知名流氓前来示威。

于是我把杜亮诓来我家，"严刑拷打"之下仍然一无所获。我这才意识到事情真的不是我所料想的那样。可是木已成舟，而且我和那个叫雪影盈盈的ID又有约在先。可问题是，社区里一般的副版最多只要五名版主。万般无奈之下，我只好向社区副版管理论坛匆匆递交了一纸辞呈。怎奈版内兄弟们坚决不允，社区也未审批。此事最后草草了结。可我哪里想到原来雪影盈盈就是千足虫廖影啊？！

那天的廖影在电话里跟我东拉西扯，一会儿说到杜亮，一会儿又说起余琴，中途她还兴致勃勃地问起我在少管所里的一些事情。当她得知我爸我妈分别都进入到广大的看山队伍中时，情绪顿时显得异常低落。话筒里，我觉得她的呼吸开始逆反。她说小灰对不起，我麻木地笑笑，说没关系。然后我们彼此沉默，然后廖影以极不舒畅的情绪和很不流利的借口挂断了电话。

据说我生日的前一天，余琴也和廖影联系上了，并抢先廖影一步祝福我生日快乐，然后又在电话里含混不清地问我："怎么你和廖影到现在还没出现该出现的剧情啊？"余琴的这句话问得我有些丈二和尚摸不着头脑。而今天下午，廖影从长沙打来的电话更是让我莫名其妙。电话里廖影说："我知道你们俩感情很好，可我听说近亲是不可以结婚的呀。"说完她还非常夸张地哈哈大笑起来，像电视里那个傻格格。她显然把余琴当成了我的GF（girl friend 英文缩写，女友）。我忍不住大声问她："你想跟我说什么？请你大声点儿！"

挂掉廖影的电话后我显得很郁闷。我觉得这两个女孩真够没事找事的。我女朋友是谁要她俩来瞎操什么心哪?! 现在看来，过去的日子真像是一幅很不完整的拼图，支离破碎。我们身在图里，总会保存或者忽略掉很多的人和事。当你蓦然回首，仓促回忆起以往的某些片断，并有拿笔描述它本来面貌的冲动时，往往你所描述的却根本就不是事实。

其实生活就是这样——在男生马小灰和女生余琴以及廖影之间，好像什么都已经发生过，又好像什么事情都从未发生。生活就像是某条想象中缓慢流动的河，而我们三人最多只能算是河底的三粒沙。虽然我们彼此都知道，河底的每一粒沙都必须服从神秘而复杂的水流的冲击力，但事实上，每一粒沙却都企图冲破水流的冲击力，去构成另外一个独立存在的世界——这些世界内在、温和，有迹可循却无法描述。

嗯，是的，无法描述。

麻将大哥请留步

我刚到合肥没多久，因为一个采访，不幸结识了麻将兄。互换电话后

水深火热，一日三秋，三天不见，生活不能自理。麻将兄原名徐银平，四年前毕业于淮南师院，跟随师兄刘小风冲出淮师，杀往省城合肥，现供职于安徽经济报社总编办，擅长搞大型人物专访、小块财经报道，业余时间专攻情感纪实，作品散见于《知音》、《爱人》、《女友》、《家庭》等知名杂志。

麻将兄作风四海，经常邀请一拨儿妖人陪他山吃海喝。有次啸聚梨花巷内"风波庄"，饭局中途，我、刘小风、麻将兄，我们三人出去集体走肾。卫生间里，三杆水枪一字排开，枪声激烈，水味妖娆。

我和小风一边放水，一边拿麻将兄开玩笑。小风说，师弟啊，这些年你写的东西实在太多了，从《枞阳：一匹黑马的惊人一跃》写到《恭小兵：左手流氓，右手文章》，从《田爷到！808包厢》写到《记旺客文化在周谷堆市场的迅速崛起》……我说是啊是啊麻将兄，听说你用别人名字写的《大学.COM》和《聆听青春的涛声》都已经提名诺贝尔了，你再这样写下去，我们只好卷铺盖回家养猪去了。

麻将兄站在中间，一边狂操我们俩的大爷，一边把枪口里柔弱的水花悉数抖在我和小风的鞋帮上，我俩措手不及，狼狈不堪地各自躲开。

回到包厢后，麻将兄喝酒明显不在状态。埋单闪人时，麻将兄先是觉得账单不太合理，然后拿出笔，给服务员一本正经改错字，接着又在自己的包里胡乱摸索记者证，扬言要把这家饭店服务员的菜单写作水平曝一曝光。摸索了好久，拿出一张黑蓝黑蓝的纸卡，却是洗浴中心老板娘的名片。

闻声赶到现场的饭店经理见此情景，表情十分迷茫。麻将兄这才趾高气扬地拍出一叠大钞，拨开围在现场的几个服务员，指桑骂槐地说，下次宰人之前，请把《新华字典》多念念！素质啊，拜托！

"风波庄"改字风波过去不久的一个晚上，麻将兄分别给刘小风和我打电话，说他在周谷堆附近的一家飙歌城，叫我们过去。我说什么也不答应。年轻人涉世不深，交友不慎在所难免，但若不幸，有人把这样的事传给我的领导听，他老人家非把我当成《橙周刊》败类扫地出门不可。但刘

小风说他已打车到我家楼下了。

我们赶到周谷堆时，麻将兄已经喝高了。这厮喝高了还打电话把我们叫出来唱歌，不知居心何在。我们一进门，他就迎上来，一把搂住我，满嘴酒气地伏在我的肩膀上，说小兵你终于来了，你看你，从那遥远海边，慢慢消失的你，本来模糊的脸，竟然渐渐清晰，想要说些什么，又不知从何说起，猛然回头你在那里……我抖开他，自己开了瓶酒找个空位坐下了。

他又顺势一头扎进他师兄怀里，说师兄你行啊，睡在我上铺的兄弟，分给我烟屁股的往昔，你总是在乎你手里的硬币，摇摇头说这太神秘。你接我电话已经越来越客气，关于爱情你只字不提……

小风也有些恼了，一把抢过麦克风，说大河向东流哇，天上的星星参北斗哇……路见不平一声吼哇，该出手时就出手哇，风风火火闯九州哇……见麻将兄"焊"在屏幕前面发呆，小风慌忙换了一个频道，接着唱——我可以抱你吗师弟，让我在你肩膀哭泣，如果今天我们就要分离，让我痛快地哭出声音；我可以抱你吗师弟，让我永远这样叫你，你也不得已，我会笑笑地离去……那天，当我和小风两大巨星联手合唱到不管是现在还是在遥远的未来我们彼此都保护好今天的爱不管风雨再不再来的时候，麻将兄已经趴在沙发上睡着了。

与麻将兄相识之初，我们基本上三两天就会聚在一处，喝酒吹牛、熬夜打牌。每每浪荡完毕，深更半夜了又彼此装模作样地互发短信："明天真的不能这样喝了，趁着年轻，我们要多做一点正事。"但没用，往往是第二天晚上，又要莫名其妙地坐到一个饭局里。

今年春天，他从一名普通记者混到了总编办。再后来就不太爱答理我们了。可能工作会比以前忙，也可能不是。我有时假装想不明白，直接打电话找他理论，说陈胜吴广那样的粗人都知道苟富贵，勿相忘，你丫怎么一发达了就把事情搞成这样。多数情况下，麻将兄过意不去，只好做东点菜，叫我们敞开肚皮撕开脸皮吃，从"乐园国际"吃到"农家大寨"，"从宁国路龙虾"，吃到"大钟楼烧烤"……

其中有几次，可能是麻将兄出门前没做好财政预算，我们几个没心没肺的当然都要假装不知道，这时麻将兄大都气定神闲地离席而去，留下的几个，望着钻进的士的麻将兄，哈哈一笑，心照不宣。因为谁都知道，麻将兄一定是打车到最近的一个取款机上刷卡去了。

这样的状况愈演愈烈，想来麻将兄十分头疼。再后来，无论我们中间谁打电话都是无人接听，次数多了，通常回复一条短消息："出差在外地，有事回来再说。"

有个周末，我从一家特价书店出来，忽然发现不远处的麻将兄搂着他的如花姑娘，一脸幸福地轧马路。那天的我忽然有点儿良心发现，想请麻将大哥及麻将嫂子好好吃顿饭。就站在他们身后不远处打他电话，麻将兄拿出手机，任由铃声里的刘德华"浪奔浪流"了六十秒，然后自动挂断。我正想冲上去大叫一声："麻将大哥请留步！"手机里却收到麻将大哥发来的一条短消息，打开一看："不好意思，我在外地。"

望着那条手机短信和茫茫人海中渐行渐远的麻将兄，我蒙了。

最后的盛典
散文卷

李成恩卷

妈妈，想起您通灵玉石般的灵魂，我就泪水长流。如今我已经长大成人，虽然漂泊异乡，但内心永远有一个我们全家在一起的家。如果您地下有知，今夜请一定降临我的梦境，告诉我您的消息。

李成恩，英文名Linda(琳达)，女，80后作家、诗人、纪录片导演。

作品散见于《诗刊》、《星星》诗刊、《青年文学》、《十月》、《天涯》等杂志。作品入选《21世纪中国文学大系·2008年诗歌》、《中国当代汉诗年鉴》、《2007—2008中国诗歌选》、《2008中国年度诗歌》、《2008：文学中国》、《2008年中国诗歌精选》、《2008—2009：中国诗歌双年巡礼》等选本。主要著作有：诗集《汴河，汴河》、《春风中有良知》、《雨落孤山营》，长篇小说《大学城》，随笔集《文明的孩子：女性主义意味的生活文本》等。曾入围由新浪读书、搜狐读书、天涯社区、荆楚网等媒体主办的"2008年度中国80后文学排行榜"十大诗人，天涯社区、访谈中国网等媒体主办的"2009年中国80后十大作家文学榜"，"2009年中国十大80后新锐诗人"；获第十七届"柔刚诗歌奖"提名奖；作品入围"2008年度中国诗歌排行榜"之"好诗榜"；获得2009年度第二届"井秋峰短诗奖"；入围诗刊社第七届"华文青年诗人奖"；受邀参加国家文化部、中国作家协会、陕西省人民政府主办的第二届中国诗歌节，以及2009年"三月三诗会"。

我的精神影像，我的历史片场
——像胶片那样客观而勇往直前

《我的精神影像，我的历史片场——像胶片那样客观而勇往直前》是以我的"精神影像"为叙述线索，以我的记忆碎片、写作困境为真相，从以下八个"历史片场"呈现我这二十多年人生。朋友们，我的纪录片镜头就这样晃过来了。

——题记

片场一　出生地：皖北的天空映红了我的脸

我出生在汴河的冬天，皖北正蒙霜，白茫茫的大地上行走着上世纪八十年代的人们，他们的脸灰蒙蒙的，但身体像风中的白杨树，发出呼呼的响声，多么带劲。改革开放的春风吹遍祖国，祖国人民满怀希望，迎接改革开放将给他们带来的幸福生活。听话的老百姓，我的父老乡亲，贫穷的日子就要过到头了。一九七八年，离我出生还有好几年，十一届三中全会在遥远的北京召开，小平同志废除了人民公社，我记忆里至今仍残存着礼堂里褪色的激情标语，当时全国实行"包产到户"，这一改变中国大地命运的决定让老百姓吃到了饱饭，这样就使我的童年没有像50后、60后、70后那帮前辈一样挨饿，所以我在此要发自肺腑地感谢小平同志，感谢十一届三中全会的英明决策，让我的童年没有挨饿。是的，据留下来的照片证实，我小时候脸蛋红扑扑的，是少见的美人儿。现在因为环境污染加重，我肯定是丑多了。一切都说明，我出生时，中国人民从精神困境中解脱出来了，脸蛋逐年红润，营养一年比一年丰富，身体状态良好，为国家努力工作，奋发图强，刻苦学习之风盛行。而我在摇篮里像汴河边的小白

杨，苗壮成长，不懂世事，不关心时事，只是一心一意长身体。稍大，我能从摇篮里下地，像大家一样学习走路，学习吃白面馍，学习说人话，学习享受生活给予的点点好处。

"四人帮"反革命分子在我的记忆里模糊不清。后来我上了小学，才从收音机、报纸上依稀了解到对他们的越来越少的只言片语的评价。中国人民忙着按十一届三中全会的英明决策为祖国效力，工作重心转移到了经济建设上来，挣钱的意识开始萌生。我有幸生长在那片贫穷而神奇的土地上，虽然生得太晚，没有亲眼目睹大胆的父老乡亲是如何作出足可杀头的重大历史决定的。但我的镜头只要对准他们，他们脸上的皱纹、他们的笑、他们的表情都会让我倍加感慨，我的镜头会不由自主地颤抖起来。

说到我的出生地，就不得不说那里还埋葬着项羽一生最钟爱的女人——虞姬。读中学时，我时常与同伴骑着自行车在春日的暖阳里到离县城不远的虞姬乡，那里有一个虞姬墓。有一个守墓的老人，只有经过他的允许才能见到虞姬的墓，这就要给守墓人两块钱。那应该是一九九六年、一九九七年吧，我有时掏出两块钱交给守墓人，而其他同学就会偷偷翻墙而入。虞姬墓围在一个院子里，守墓人弄了一个大铁门，游人必须交钱才能见到项羽的美人儿。

据史料记载，虞姬名叫虞妙弋，世称虞美人（？－公元前202年），相传为江苏沭阳县颜集乡人，西楚霸王项羽的宠妃。公元前202年，项羽被刘邦合围于垓下（今安徽灵璧城南沱河北岸城后村），项羽对着虞姬唱起悲壮的《垓下歌》，虞姬为楚霸王起舞，含泪唱："汉兵已略地，四方楚歌声。大王义气尽，贱妾何聊生。"虞姬为免项羽牵挂，自刎于其面前，死后葬于垓下，具体位置是在今安徽灵璧县城东十五华里、303省道南侧。虽然历史上对她的记述不多，但在中国文学和戏剧如京剧的《霸王别姬》中，对她均有很深刻的描写。北宋诗人苏轼的《虞姬墓》写道："布叛增亡国已空，摧残羽翮自令穷。艰难独与虞姬共，谁使西来破沛公。"清朝诗人何浦《虞美人》云："遗恨江东应未消，芳魂凌乱任风飘。八千子弟同归汉，不负君恩是楚腰（虞姬）。"

听家父描述，项羽从现在我们的邻县固镇县逃经我县，在如今的灵璧

县虞姬乡境内失魂落魄地跳下战马，含泪把虞姬的头颅埋在了这里，这才留下了少年的我曾无数次以两块钱为代价参观游玩的一个大土堆。

故乡倒映在混浊的汴河水中，白云干净，超然世外，它们是故乡千年不变的一部分，因为有了好看的朵朵白云，我童年的故乡是诗意的故乡。尤其是在夏天傍晚，我时常能在汴河岸边看到大团像棉花一样饱满的白云浮在我家屋顶，好像白云是我家的一分子。是的，它们可能是我远房的亲戚，亲戚总是若即若离，浮在那里。在一个贫乏的时代，故乡享受着白云给予的无边诗意。

故乡的汴河，一条不同于开封汴河的支流，它也是我家不知疲惫的远房亲戚，日夜在灵璧县城外流淌，样子像城南一个有着传奇身世的寡妇，她死了亲人，如今孤身一人，但她不曾改变她的生活，清晨在河边梳头，长发，乌黑发亮，而脸色混浊。我路过她身边，猜想这个女人昨夜哭过。她是故乡面容平静、内心伤感的女人，汴河像是她心中的河，流在她脸上，留下混浊的印迹。我写了一系列以故乡为背景、以汴河的人与事为题材的诗歌，这些作品像汴河水一样在我的精神谱系里喧哗，成了我诗歌不可分割的一部分。我便索性以《汴河，汴河》为书名出版了我的诗集，并把我的诗歌全部献给了故乡。

每次回汴河，我都有羞愧之感。我不是一个物质主义者，我无力改变故乡破旧的容颜，我只是在纸上为故乡建造属于她的乡村王国，只是在胶片与磁带上建造属于她的衰老影像。我无限怀念上世纪八十年代故乡的天空，云蒸霞蔚，牛群在故乡低矮的云朵下缓缓移动，火烧云啊火烧云，映红了我童年的脸……

行走在故乡的天空下，皖北的天空，祖国天空的一部分，我抬头仰望，内心神秘的星辰闪闪发光。未知的天空与星光，未知的生活与无边的想象支配着我成长。

片场二　文化徽派：一支奔腾的古怪骑兵踏过我的梦境

他们都是死去的人。

在我的记忆里，他们都是有问题的人。但是，他们又都是魅力无限

的人。

　　胡适、陈独秀、海子，这三个人我不能回避。他们是安徽文人中最出色的。他们给我的印象也是性情怪异之人。不知为什么，我曾一度非常反感过他们。二〇〇〇年前后，我甚至拒绝读他们的作品。或许这是我在此之前读了他们的不少东西后开始反胃了吧，我总是对一类作家的作品迷恋一两年，然后就开始厌弃。不知为什么会这样。

　　对待死去了的文人，我的态度很不认真。反正他们死了，不会在意我的态度。死了就死了，不会哪天爬起来写出超越他们自己的作品了。所以，他们的成就也就爬到那个高度了，触顶了，除非那些无聊的研究者故意再制造出新的高度来吓唬我们。比如不久前，张爱玲的著作权拥有者就抛出小说《小团圆》，一部很臭的东西，赚了大家的书钱。所以，我不会相信，她死了那么多年还会在《小团圆》上为自己加分，她能打七十分就永远是七十分了。

　　海子能打六十八分就永远是六十八分，不会因为他死了二十周年就加分。老胡适能打八十分也不会因为"五四运动"九十周年了就加分。陈独秀我给他打八十五分。

　　文化徽派，他们温柔的铁蹄时常踏过我的梦境。他们是一支由大师小师们集结而成的奔腾而来的古怪骑兵。胡适前辈，我对您老人家不得不终生景仰，虽然时有抱怨，但我作为安徽同乡，胡老您启迪了我，叫我如何思考与如何对待自由，这是一个人必修的功课。作家韩石山先生号召大家："少不读鲁迅，老不读胡适。"他反对现在中学课本中一选就是鲁迅十几篇文章，有点强制人家学习鲁迅的思想观念与文章笔法的意味，颇有道理。胡适晚年对"五四"的看法却发生了大的变化，他认为"五四"有很大的副作用——把一场文化运动转变为一场政治运动。胡适的心态到老了后就变了。

　　胡适曾在给陈独秀的信中这样说："我的根本信仰是承认别人有尝试的自由。如果连这一点最低限度的相同点都扫除了，我们不但不能做朋友，简直要成仇敌了。""凡不承认异己的自由的人，就不配争自由，就不配谈自由。"为了打动陈独秀的心，胡适还举例说，我记得民国八年，你

被拘在警察厅的时候，署名营救你的人中有桐城派古文家马伯通与姚叔节，我记得那晚在桃李园请客的时候，我心中感到高兴，我觉得这个黑暗社会里还有一线光明：在那反对白话文最激烈的空气里居然有几个古文老辈肯出名保你，这个社会还勉强够得上一个"人的社会"，还有一点儿人味儿。

陈独秀，这个瘦弱的安徽才子，后因"风化问题"被北京大学解职的《安徽俗话报》创办人、《新青年》杂志总编，在我的想象里他总是穿长衫，留一撮小胡子，样子像我老家祖屋墙上挂着的死去多年的某个人。其实仔细核对他老人家的尊容，陈独秀似乎并无留胡子的历史，是我的想象错位了。黑白分明的时代背景里，唯一让后人敬畏的是他的眼神，像是活着的眼神，如果我久久注视他的眼神，我会害怕——我怕他训斥我。陈独秀这样的人物，他高举文学革命的大旗，目光里跳动着革命的火把。他在那样的时代，居然要反对老祖宗使用了多少年的文言文，而自己重新搞一种新的文体白话文，这就像我们今天要废了普通话，要大家都使用安徽话一样不可思议。而更让我惊讶的是陈独秀当时还反对"文以载道"，这可是了不起的主张。他所主张的是"文学之文，以情为主"，并且，他视文学革命为文化、政治、社会运动的前驱，也极为另类。在那个黑暗的年代，陈独秀能自觉地把文学革命摆在一切的首位，不是脑袋有问题，就是脑袋特别清醒。总之，在文化徽派这支骑兵中，陈独秀这匹好马前半生跑得极为漂亮，甚至可以说是春风得意马蹄疾，但他的后半生就停息了下来，没有什么作为了，可惜了一个大才子。陈独秀的宣言之类的文本现在翻出来学习，依旧令人叹服。可惜他的文学作品却太少了。

一九三二年十月，陈独秀在上海被国民党政府逮捕，判刑后囚禁于南京。抗战爆发后，他于一九三七年八月出狱，此后拒绝蒋介石出钱让他组织"新共党"，拒绝胡适的邀请去美国，先后住在武汉、重庆，最后长期隐居于四川江津，保持低调，而且转向了自由主义。此后继续当年在狱中对文学与民主发展所进行的研究，特别是对斯大林时代的反思，也被后人认为难出其右者。一九四二年五月在江津鹤山坪石墙院贫病交加中逝世，留下文字学著作《小学识字教本》。因家属经济拮据，无力将其葬回老家

安徽安庆，只能由当地士绅、生前好友资助暂厝于西门外鼎山邓燮康园地。按照毛泽东的说法，陈独秀"是五四运动时期的总司令，整个运动实际上是他领导的"，"他做了启蒙运动的工作，创造了党"，这样的评价是很客观的。

　　海子，这个更矮小的安庆人，他与老才子陈独秀同是安庆怀宁县人，都是年轻时候就足可引领一个时代的文学旗帜的标志性人物。如果不是我这样的老乡怀有一颗敬畏之心，可能大家会一门心思扑在海子的墓前忙着流眼泪，表达对这位死了二十年的怀宁人的怀念喜爱，但又怎能如此厚此薄彼呢？难道死了六十七年的陈独秀就没有死了二十年的海子更值得在墓碑上撞破脑袋吗？可笑的当下人，可怕的遗忘。"五四"这几天前后，我倒是在《新京报》上见到了陈独秀的西服白领的黑白照片，老才子的眼神还是"文学革命"的眼神，但写纪念文章的学者似乎只是为了完成"五四"节日的命题作文，完全败此于清明节海子那场全国性的眼泪纷飞的比赛中。我甚至要为一代怪才海子抱不平——如果海子能开口说话，我估计他一定会说："你们凭什么这样用劲儿地怀念我？凭什么让陈独秀前辈在怀念的盛宴上败下阵来？"真是不比不知道，一比吓一跳——海子的声名，我们这个时代最能抓住人心的声名，他居然高过了陈独秀！好像是上海的陈东东当时写过一文，文中提到："海子是中国诗歌的烈士。"烈士死了二十年，墓重修，破旧的老屋翻修成楼房，倒是体现了时代的进步。怀宁县政府还把海子的故居列为文物保护单位，我很欣慰。但陈独秀前辈的墓地与故居，肯定没多少人去关照了。本年度海子的泪水盛宴制造事件中，我还听说发生了朝圣者在海子墓地哭倒的超级感人场景——太感人了！一个非嫡系亲人，仅仅只是海子的"诗歌粉丝"，居然在墓地哭晕过去，并且还送往了医院，也就是说这绝非演戏。海子如果地下有知，一定会万分欣慰。

　　说来惭愧，作为胡适、陈独秀、海子的同乡，我却不曾去绩溪看过胡适，也不曾去怀宁看过海子可怜的老妈妈操采菊与老爸爸查振全，更没想过要去怀宁凭吊陈独秀——我不是他们的"粉丝"。虽然我尊敬死者，但毕竟人死过了，在家里看他们的各式作品，这较为符合我的性格。通过他们留在人世的作品，我想我可以复活他们——我复活的胡适像我的远房亲戚，一个古怪的老人，年轻时风流，老了是另一种风流。我复活的陈独秀像一个乡村秀才，一生愤愤不平。他是怀才不遇的典范，年轻时举着"文学革命"的旗帜，晚年就清闲一些吧。至于海子，我复活的他，则更像是我的弟弟——因为他死时比我现在要小，所以，他只能算是我的安徽弟弟。海子的作品现在虽然看起来有一股青涩、浪气与才气，但他在八十年代相当孤独与无助，除了他的北京大学校友、极具眼光的西川与骆一禾，海子似乎没有什么诗歌上的朋友。从后来的史料来看，可能还有当时他在北大法律系的师兄陈陟云，构成了海子有限的诗歌知音。除此，海子得不到当时诗坛的认可，而这个当年的毛头小子却极想得到同行们的认可。他似乎没有什么耐心，在短短七年的创作生涯中，火急火燎地完成了长诗、短诗、诗剧等划时代的作品，然后又火急火燎地跑到山海关卧轨自杀了。在我看来，海子是一个火急火燎的诗人，一切都是那么迅疾，一切都是那样快，全然没有我们当下的麻木不仁，没有我们民族缓慢与容忍的毛病。是的，海子与陈独秀两人，年轻时都是火急火燎迅疾燃烧的典范，都是创作上短命的天才，而胡适则要圆滑许多，所以，他活到了寿终正寝。而许多寿终正寝的人的晚年又似乎都老朽无能，活着也只是剩一口气，没有真正的创作，更没有什么引领时代的思想，有的只是顺从与屈服、平庸与俗气。

死得早未必不是一件好事，死得晚未必不是一件坏事。早死便杜绝了自己写垃圾的可能，晚死犯起糊涂来说蠢话，终生蒙羞，抵消了前半生的光辉，总体上等于毁了自己。这便是我对短命天才与长寿大师的看法。

片场三　我的镜头：胶片中的汴河，忧伤的故乡与塔尔可夫斯基

我从什么时候开始迷恋起影像艺术的？

我想是从我多梦的童年就开始了。

梦境一：我梦见我的双脚在不停地奔跑，越来越快地奔跑，开始时像马匹，最后变成了野兽，奔跑的野兽，由气喘吁吁，到最后好像要窒息了

的大汗淋漓。

梦境二：长相像一个长辈的野兽出现在我的面前，它开口说话——某年某月某日，我将要与一个来自唐朝的徽商见面，徽商要我到南城城墙下挖一棵古树。我挖开后发现树下埋了一个石人，样子酷似我本人。

梦境三：我坐在一个陌生的大礼堂里，一个古代的皇帝一样的男人划着一条木船，在我故乡的汴河支流上赶着一群粉头粉脑的鸭子，皇帝唱起拉魂腔，好像在怀念他死去的母亲。小鸭子则嘎嘎快乐地叫起来……哦，我是在大礼堂里看一部电影，身边坐满了肮脏的孩子与老人。我穿着一件红色的小棉袄，与众不同，但我看得泪流满面，我被唱拉魂腔的皇帝感动了。醒来后泪水打湿了枕头，我的哭声惊醒了外婆。

梦境四：我的邻居小歪歪家从汴河里捉到了一只水鬼，把水鬼关在一只藤条编织的笼子里，我们都跑去看水鬼，看到的是一只毛发肮脏的动物，生着一张婴孩的面孔，眼神无辜而惊恐，在笼子里瞎撞，见到人它就以手捂面，好像害羞，还嘤嘤地哭泣。半夜，听说水鬼打破笼子逃跑了。奇怪的是这个梦境后来在我的生活中出现过，真的有一户人家捉到了一只毛发通红的水鬼。我在汴河系列诗中也写到过这件事。

我的童年由数以千计的梦境组成。故乡那喧哗又安静的夜晚，我幼小的心灵在梦境里扑扇着想象的翅膀，全都是一个个蒙太奇的画面。后来我在上电影课时，老师给我们拉片，当我看到塔尔可夫斯基的电影，我才知道我童年的梦境可以在老塔的电影里找到，黑白的镜头似曾相识。我发现我与老塔有着同样的心灵与想象。

塔尔可夫斯基这个前苏联老头，时常端坐在我青春的电影梦里。我热爱这个电影艺术的少数派。他的所有影片我都反复揣摩过，我深知塔尔可夫斯基永远只有一个，但"乡愁"每个人都有。我在网上曾如获至宝购买了《安德烈·塔尔可夫斯基作品集》。

在电影课笔记本上，我保留着这样的记录：塔尔可夫斯基的诗性叙事不只是长镜头的运用，同时也配合了丰富多样的电影手段，别致优美的构图唤起象征意味的景观与物件，比如地平线、田园、河流、沙岸、树木、房屋、门窗、墙壁、镜子、食物、动物、雾气与火焰等，场景变换与剪接所造成的奇异时空效果，人物调度、背景物体对比和运动以及光线的微妙变化所产生的流动韵律，摆脱了应接不暇的视觉刺激之后，画面木身的意味和诗性品格反而清澈起来，引领观众进入一种凝视与冥想的状态，在沉静之中抵达超越性的想象、思考与诗性体验。如果我们尝试着改变既有的观赏定势，就会感受到塔尔可夫斯基的诗性叙事决不沉闷和乏味；相反，它具有丰富饱满的张力与激情。在《乡愁》那段著名的长镜头中，主人公安德烈缓缓移动的孤寂身影、闪烁的烛火与潮湿的绿墙、寂静的风与水滴，以及安德烈抵达终点时令人窒息的呼吸，构成了一幅充满存在意味的生命图景，蕴涵着"大音稀声"的力量。

后来，我还满怀敬意地写下了组诗《向塔尔可夫斯基致敬》，把老塔的所有作品均写了一遍，以我的方式通过诗歌把他的题材重新复活，我喜欢干这样冒险的事。在我今年要出版的诗集《春风中有良知》中专门有这样一辑。对老塔不了解的读者，可能还不明白我一个女孩儿为何对一个外国老头有如此热忱，老塔是我为数有限的终生热爱的艺术家。

我有强烈的要扛起摄像机的欲望，摄像机器与胶片像我梦境的一部分终于扛在了我的肩上。老塔尔可夫斯基，我的大师，我在向您一步步走近，虽然在大师面前我是那么藐小，但我愿意为之付出我的青春与热血，为了我毕生热爱的影像艺术。

我在央视几个不同的栏目做了一段时间的编导后，对选题策划、分镜头脚本、人物采访、摄像、后期配音、剪辑、非编合成等影视流程有了一定的了解与实践，我迫不及待地扛起摄像机，回到我熟悉的故乡。我发现故乡遍地都是可拍的题材：每一棵站立在路边的树，每一个奔跑的孩子与静坐的老人，每一个表情安详的动物，每一块风中静默的墓碑，每一座荒草摇动的坟墓，在我眼里都是取之不尽的绝好的拍摄题材，我迫不及待地把镜头对准了我的故乡。

故乡在我的镜头里晃动，一条流淌了几千年的河流的晃动足以成就一个优秀的导演，我从故乡开始学习做一个导演。故乡是一个人的源头，只有在故乡面前，一个人才敢彻底暴露自己的所有想法，也才能完全敞开自己。我在故乡彻底地放松下来了。在北京我是紧张的，不自在的；唯有在

故乡，当我扛起摄像机，我一下子就找到了我要的那种感觉——动物的叫声，清晰而绵长；老人的讲述，家乡方言温润，饱含爱与苦难的人生况味……摄像机像一架收集故乡爱与苦难的心脏，我的心脏。通过摄像机的监视器，我与故乡的牛马对视。他们都是一个个我熟悉的乡亲，他们在故乡劳作，好像外面的世界与他们无关，他们只关心脚下的土地，只与山冈、石桥、河流、菜园、炊烟、庄稼、墓地发生关系。面对我的镜头，他们仿佛什么也没有看见一样，只是低头行走、抽烟，或蹲在树下交谈，或摇着木船远去。他们也向我打招呼，叫我的只属于故乡的乳名——他们有资格那样叫我。

　　我的系列纪录片一开始就以故乡最底层的人与事为对象，记录他们隐秘的内心与原初的生活状态。我曾跟踪拍摄一个汴河上摆渡的老人长达四年，直到他今年开春去世。我每隔一段时间就要回到故乡，否则我会失眠，拿着机器也没有感觉。我发现摄像机也是有感情的——我有一台机器就是专门拍摄故乡的，用起来也得心应手。那个老人身体高大，脸膛红润，说起汴河方言，令我感到特别温暖。我爱听他讲述他家里的故事。我认识他时他就有八十多岁了，每天他都要到垓下古战场旁边的汴河上摆渡，运送行人与乡亲过河，有的人会给他五毛钱，有的则不给。他在风雨中坚持摆渡这一古老职业。在我的镜头里，老人像是一个坚硬的象征，他迷恋上了河流与木船，那是他生命的一部分了。摆渡实际上成了老人的一个生活习惯，他与河流的关系就是我与汴河的关系、我与这个世界的关系。后来老人的身体一年不如一年。我每次回汴河都会去看望他，每次他都会摇船送我过那条河。他在我镜头里摇船的动作越来越迟缓与吃力了。他一生清苦，是我们常说的苦命人。他有儿孙，但他坚持在汴河上摆渡。在他生命的最后几年，他已经非常吃力了，随时就有可能撒手尘寰，像故乡众多老人一样被汴河埋葬。

　　这几个月，我忙于工作，突然接到故乡文化景区办主任的电话，说摆渡老人去世了。我突然感到我的胶片卡住了，一个镜头里的主人公永远定格了。我重新打开机器，看见了老人苍老的面容、枯枝一样的手脚、像他手脚一样的木桨以及哗哗的汴河水。这个老人现在死了，我的主人公死

了，我知道我的这部长达四年的纪录片可以做后期剪辑了。过几天忙完手头的工作，我想再回一次故乡——人虽然死了，我想再拍摄老人留在汴河边的那只木船，我想拍老人的墓地，墓地的树、鸟、风声与墓碑。一个老人死了，就是我故乡的一部分死了，我必须记录下来。

还有我依然健康硬朗的外婆，一个小脚的淮北妇女，我的家族中年岁最高的人。我一直在记录她的生活。她是生活的古老哲学家，她眼光远大，心怀亲人。她大胆的爱情，让我极为敬佩，自愧不如，她二十二岁时嫁给了只有十七岁的外公。外公家是地主，十七岁的外公还打了一只耳眼，戴着耳环。在今天我们80后看来，外公当时绝对是前卫先锋少年。而外婆也是大户人家的小姐，不曾出过远门，缠着小脚。媒婆向外婆的父母描述，我外公家的门口有两只高大威武的石狮子，就是这两只石狮子决定了二十二岁的外婆嫁给十七岁的少年外公。直到出嫁那天外婆还没有见过外公。我的摄像机与张艺谋的摄像机都错过了那场花轿颠簸的乡村婚礼。

外婆一生辛酸，今年已经九十高龄了，但她一生是乐观与豁达的。早年，我的二舅在即将成婚前帮邻居家建新房，不小心被房顶上掉下来的一块大石头意外砸死。后来，我妈妈去世，外婆只要一想起他们，就伤心不已，但外婆的伤心是背着大家的。原来她与小舅住在一起，后来和外公执意搬出去住。在他们住的老屋前有一棵大柳树和一片梧桐树，我印象中她心情不好时会在柳树下或跑到那片梧桐树中，一个人坐在那里伤心哭泣，边哭边自言自语，偶尔会有路过的老人安慰她几句，哭完后她才回到屋里。我不知外婆每次都哭些什么内容，但外婆有她的伤心与释放的办法，这是中国妇女特有的忍受能力，对悲伤与痛苦的承受能力。我发现，我也继承了外婆乐观豁达与忍受痛苦的能力，在这一点上我不愧是外婆的外孙女。

外婆对她逝去的亲人有很深的感情，老屋前那片梧桐树，是我爸爸与妈妈年轻时种下的，到现在已有二十多年了，枝繁叶茂的，前几年有人要花钱把那些梧桐树买走，外婆和父亲知道后都坚决反对，因为那些树就像我妈妈守护在外婆身边，她怎么舍得被人买走呢？她告诉我，梧桐树是喜庆的树，能招来金凤凰，有了梧桐树，就有了你妈妈在身边。

四年前外公去世时我在北京，没人通知我他过世的消息，后来听小舅说当时外婆抱着外公冰凉的脸哭得昏天黑地，这让我想起母亲去世时外婆抱着已经去世的女儿睡了一晚。外公去世后小舅让外婆搬离老屋，外婆不同意。她执意要一个人住在那里，她说外公有时晚上会来和她聊天，我想那可能是她的幻觉吧。说来也怪，外公去世后门前的那棵老柳树也迅速苍老，好像连根部都已经枯死，只有枝干上还残存着点点嫩芽。前年的一个夏天，电闪雷鸣下了一夜的暴雨，第二天清晨，邻居发现外婆住的老房子已经坍塌，整个屋顶都已经掀开，邻居马上通知大舅和小舅，大舅匆匆跑到老屋前扑通跪倒在地号啕大哭，小舅马上找人在废墟中寻找外婆，在废墟的一角听到外婆的声音，大家循声找去，房屋大梁上的一根大木头支住了杂物，外婆额头上只擦了点小伤。大家都说外婆命大。老屋塌了，老柳树死了，外婆比以往沉默了很多。她又搬到另一处年轻时和外公曾一起住过的老房子里。

我只是把摄像机器架在外婆的房间，听她讲述上世纪九十年代人生的悲欢与苦乐，听她对逝去的外公与妈妈的怀念，老人的念叨令人心碎。伤心将一直伴随老人到死，人世的生离死别是如此真实！镜头里，外婆移动她的小脚，布衣上的光线明灭闪烁，仿佛时光的手在抚摩老人松弛的皮肤，苍老的泪水挂在脸上，像汴河的松露。她伤心的泪水我想靠上去吻干净。我抱着依然硬朗的外婆，抚摩外婆的脸，亲吻老人脸上的皱纹。我害怕哪一天外婆就会突然离我而去。我现在每天都在接近那痛苦的一天。

我记住了流亡他乡的电影大师塔尔可夫斯基告别世界的遗言："怀着希望与信心。"是的，我必须"怀着希望与信心"勇往直前，我的情感也必须像胶片那样客观而冷静。

片场四 我的性格：虞姬、项羽、钟馗，先锋的榜样不死

胡适、陈独秀、海子是我故乡的文化骑兵，而虞姬、项羽、钟馗则是我故乡的守墓人，他们构成了我的文化谱系中的一分子。

虞姬是一个女人，是我性格的榜样。我与垓下古战场管理处的领导走在垓下古战场，我的镜头在历史的马蹄声里浮起虞姬那张俊俏的脸——虞

姬虞姬，爱的榜样不死。

我就是在那次拍摄中喜欢上这个"爱的烈士"的。我把她称为"爱的烈士"，与陈东东把海子称为"诗歌烈士"是一样的心情。我对虞美人是敬佩的，像我这样的80后一般情况下是不可能敬佩什么人的，但面对脖子上滴着鲜血的虞姬，难道只有英雄项羽动心吗？不，我动心了。我在心里暗暗对自己说，做女人就要做虞姬那样的女人。当然，做男人要做项羽还是海子那样的男人，就不是我能指点的了。

虞美人在垓下古战场自刎倒在项羽的怀里。就这一经典的爱情镜头，谁人能敌？如果时光倒流，让我穿越历史的时空回到垓下古战场，我想我可能很难对自己下手——冰冷的刀剑与散发体香的脖颈相接触的一刹那，悲壮、决绝与超越生死的爱情，在刀剑快速拉动、深入肌肤后，美人的鲜血喷向历史的天空，映红了我故乡的晚霞。虞姐姐，绸缎一样柔软的脖子断了，耷拉在英雄的怀里，惊心动魄的爱无法被复制。我可以让电影学院表演班的姐们儿跟着我来试一试……一切都是徒劳！一切都成历史烟云！先锋的榜样无法模拟。

而项羽，这个在马匹上与我擦身而过的男人，他散发出英雄的柔情与悲伤的气质，只因他获得了人世的大爱，只因他怀里断颈的虞姬，他的形象备受世人尊敬。一个在爱情里获得历史宠爱的男人，他的风流韵事盖过了他的战绩。现在我们津津乐道的是项羽与虞姬的生死之恋。男人怀里有一个绝色美人咽下最后一口气，绝对是一件浪漫又先锋的事。站在垓下古战场，我依稀听到了英雄的长啸与美人最后的喘气。

在固镇县，我受到当地政府的热情接待。李镇长一直跟着我，我的镜头忠诚地记录下了我的想象。从垓下古战场归来，我走向周围的村落。我惊异地发现，这里养着最有历史意味的猪——这里的猪圈都是汉砖堆砌而成。它们肥头大耳，颇有老项羽的英雄气派。而我上村头的茅厕时，发现脚下踩着的也是汉砖。

在灵璧县城，我的出生地，全城都是钟馗的天下。这个毛发旺盛的男人，他是中国打鬼的专家。唉，我的家乡怎么不是出英雄情种就是出文人怪客？难道是天意？

钟馗，他的英雄案例与项羽的英雄案例完全没有可比性。老钟的性格是不怕鬼，这在中国老百姓眼里比项羽这样的乱世情种更有美誉度。所以，我的镜头在灵璧县城似乎每隔几分钟就能扫射到老钟毛发蓬松的大脑袋，老钟降生在我的故乡纯属神话的造化。他老人家在改革开放这三十年里，逐渐为我的家乡带来了可观的经济收入，我县 GDP 有两个方面的贡献不可忽视：一是钟馗，一是灵璧石。一人一石让我县百姓在农耕之余，还可从事与艺术相关的营生。钟馗画与灵璧石——我县 GDP 的两朵奇葩。

以上是我故乡环境里相当突出的人物，他们构成了我成长的文化背景，或许对我性格的形成带来某些影响。另外，我还记得很小的时候，家里的四大名著，唯独少了《红楼梦》。喜欢文艺的父亲告诫我："一个女孩子从小不能看《红楼梦》。"所以，《红楼梦》直到我成年后才开始补读的。小时候我看《三国演义》、《水浒传》，看得昏天黑地。一天下来，完全忘了外面的风声与雨声。我为英雄紧张、激动，甚至喊出声来："庞德在此！""曹操滚下马来！""马超一枪刺在树上。""曹操抱着关羽的马腿痛哭流涕。"我合上书页，内心的战马高高扬起前蹄，露出洁白的马牙——关云长的青龙偃月刀扛到了我的肩上，这一扛就再也没有放下来，英雄的情结在我的童年发了芽，关云长在一个月夜用一块"饿铁"烧铸的青龙偃月刀，还多次出现在我少女时代的梦境里。

如此看来，我性格里的"侠义"与"不怕鬼"的精神，应该与小时候的深度阅读有关。父亲担心我成为林黛玉似的女孩，其实家中应该有过《红楼梦》，但被父亲藏起来了。所以，我看似柔弱，实则有男儿般的"硬骨"。面对邪恶与小人时，我内心的"青龙偃月刀"会呼呼作响，直取尔等首级。

古典文学造就了我不屈的人生，古典文学传授了我为人处世的哲学。到现在我仍无比信奉古代哲学与古人的教诲。

片场五　我的醉翁亭：古典的路上我背起父亲

滁州是我父亲的家乡，所以我理所当然要提到醉翁亭与欧阳修。在我的精神世界里，醉翁亭无疑是一个令女孩子心仪的亭子。而琅琊山，我父

亲的山，亭与山就像女儿与父亲的关系。在一个少女的成长中，父亲的影响有时比母亲还要直接——母亲给了我女性的婉约与灵秀，而父亲则给了我男性的坚毅与刚直。在人世，我像钟馗一样不怕任何妖魔鬼怪，小女子不吹牛皮，这是我二十多年人生证实了的。

醉翁亭的小巧别致在江南园林中因为欧阳修而获得美名。我小时候站在亭中，是否有过"沉醉之意"不得而知。长大成人后，我到醉翁亭游玩主要是想感受老欧阳修的仙气。此前，我一直在写诗之余，坚持了多年散文随笔的写作。作为半个滁州人，我无数次吟哦《醉翁亭记》："若夫日出而林霏开，云归而岩穴暝，晦明变化者，山间之朝暮也。野芳发而幽香，佳木秀而繁阴，风霜高洁，水落而石出者，山间之四时也。朝而往，暮而归，四时之景不同，而乐亦无穷也。"

古人的文字，让我追悔莫及，甚至颇为责怪胡适、陈独秀——你们当时如果不搞什么"白话文运动"，现在我们不还是沉醉在文言文优美的情境里？我可以负责任地说，文言文才是最美、最有韵律的文字；白话文白话文，寡淡如白开水，无色无味。新文化运动启蒙了思想，却革掉了中国几千年来文学的命脉。胡适简直成了中国诗歌的"罪人"，中国新诗有没有合法性都受到了置疑。我看还是写古诗的好，用文言文的好。黄侃有次对学生解释文言文的优越时，这样说："如果胡适的太太死了，他的家人电报必云：'你的太太死了，赶快回来啊！'长达十一字之多。如用文言文仅需'妻丧速回'即可，电报费可省三分之一。"

欧阳修的《醉翁亭记》，我感受到其中的醉意。有一次我扛着摄像机从琅琊山下来，镜头里翠绿的树木、峻峭的山壁、凌空挑出的飞檐，已经让我惊叹"父亲山"的魅力，但一个白须飘飘的老人拎着酒葫芦从林中突然出现，我惊呆了——哦，欧阳修，一身文言文的仙风道骨，一身文言文的美。我怀疑是欧阳修现身，时空倒置，老人一闪而逝，我呆立在一边，就像孤独的中国新诗，呆立在一个进退两难的尴尬境地。醉翁亭曾在父亲的故乡屡遭劫难，又数度整修，在琅琊山的树林中、山壁下独善其身，固守其孤绝与美丽。

在古典的路上，我一直背着父亲，心怀琅琊山一样的道德与传统。我

要完成我的寻觅与回望，我要找到我内心的律令——那来自源头的韵律之美。

"已而夕阳在山，人影散乱，太守归而宾客从也。树林阴翳，鸣声上下，游人去而禽鸟乐也。然而禽鸟知山林之乐，而不知人之乐；人知从太守游而乐，而不知太守之乐其乐也。"我现在就是这样的心情。今年是五四运动九十周年，我的心情真是"人影散乱"、"游人去而禽鸟乐"。失去的就永远失去了，我深知我的一相情愿的回望是多么无助。

每次见到渐渐老去的父亲，我就有一种难言的痛楚——父亲是女儿心中正在逐渐加深的痛。我们这一代人，不像60后那样受过精神的打击、吃过物质贫困的苦头，也没有70后的欲望挣扎下的迷茫，但我们这一代人的过分清醒则可能会要了我们的命。责任与爱，反而成了我们这一代人的负担。对老父亲，就像我对琅琊山、对欧阳修、对文言文一样深情。

父亲是汴河边的民乐演奏专家，他热爱琴弦上的民间歌哭，他的音乐天赋全部来自生活本身。我小时候就是他琴声里忠实的演唱者，只要一听到父亲沙哑的琴声，我就能唱出他喜欢的曲调。而我的妹妹却总是躲在一边捂嘴发笑，她的羞涩持续到现在；我则不一样，我是父亲最称职的演员，只要父亲想听哪个曲子，我就唱给他听。

去年父亲眼疾，来京治疗。我第一次目睹了父亲的衰老是如此快地逼近——一个几年前还那么年轻的民间音乐家，好像一夜之间我就发现了父亲的迟钝。我搀扶着父亲在同仁医院里走动，在药物的气息里，在白衣护士与来回穿梭的病人之间，我看见了父亲——我的琅琊山，他似乎变得矮小了。高大的群山也有匍匐下来的时候。父亲在同仁医院缓慢走动，他蒙着双眼，小心翼翼地摸索着穿过护士与病人，穿过医院这一巨大的医药仓库与病人的集中营。父亲沉默地牵着我的手，像一个听话的小孩。一个年轻时闯荡江湖的人，突然变得需要人照顾了。父亲略显羞赧——他还不习惯我的照顾。二十多年来，总是父亲照顾我，现在我来照顾他了，这种角色的转换在一场疾病中完成了。

父亲，我精神谱系里像琅琊山一样了不起的人，白色的纱布现在蒙住了双眼，药水刺痛了他的眼睛。回来后，我写下了《同仁医院》、《青光

眼——父亲病中独白》、《向父亲致敬》等诗歌，这些作品是我饱含泪水写下的。后来，父亲回了汴河，我在电话里给父亲读诗，父亲在电话那头久久沉默，我说爸爸你在听吗？父亲说我在听。我发觉父亲在电话那头哭了——父亲被我的诗感动了，父女之间的情感通过诗歌传递给彼此。我还在电话里朗读了献给妈妈与外公的诗，他们离开我们好多年了，我时常通过诗歌来怀念他们。父亲在电话里说今天就朗读到这里吧，我们下次再朗读。我知道父亲陷入了深深的伤怀之中。

父亲年轻时颇能喝酒，酒量在一斤半以上。他是一个严格要求自己的人，到了晚年，他就戒酒了。这个一辈子对严凤英赞赏不已的人，他是滁州的"帅哥"，因为与我妈妈的爱情，他离开家乡到灵璧县，拎着他的二胡，来与我妈妈成亲，这才有了我。据家族的口头文学传诵，年轻时，滁州帅哥与灵璧美女在一次亲戚家的聚餐上一见钟情，在那个并不开化的年代，他们私定终身，在滁州与灵璧交界处，对着即将改革开放的月亮海誓山盟。一个程序走完，即刻入了洞房，态度是那样决绝，让我滁州的爷爷奶奶不知所措。难道这就是传说中的"闪婚"吗？

父亲一辈子在黄梅戏中不能自拔。妈妈在做饭，他就在米香缭绕中开唱了。黄梅戏自妈妈的炊烟与父亲的琴弦上升起，这动人的婚姻场景我曾有幸见证。我的妈妈，远近闻名的灵璧美女，我想她比严凤英要俊俏，妈妈高挑的身材像汴河边一棵挺拔的白杨，她修长的手臂是那么美，而她的心是一枚灵璧的通灵玉石。妈妈，想起您通灵玉石般的灵魂，我就泪水长流。如今我已经长大成人，虽然漂泊异乡，但内心永远有一个我们全家在一起的家。如果您地下有知，今夜请一定降临我的梦境，告诉我您的消息。我好久没回故乡了，您坟头的青草一定又长出了新芽，墓碑上的雨水像女儿的点滴热泪，我慈祥的外公就在您的身边，你们父女相依相守，不会孤独。在人间，我与我逐渐衰老的父亲在一起，妈妈、外公，你们看见我背起父亲，走在人间的清风里了吗？我们在汴河岸边匆匆行走，古典的村庄还是你们在世时的模样，河水还是像你们在世时一样清澈，故乡的家禽站在树上、土桥边、菜地里，它们还是你们的家禽，内心温暖、态度和气，它们看着我背着父亲走向你们的墓地。妈妈、外公，我的心在痛，因

为我背起衰老的父亲，走向你们的墓地，是的，那也是父亲的墓地、我的墓地……

在人间，最温润、最让人心痛的就是故乡的墓地。我们最终都要走向墓地，在那里获得永恒的安宁。

片场六　北京郊区：孤山营的诗歌战场与宿营地

在北京读书、工作多年，我的身份标签上已经打上了北京诗人的印迹，事实上我非常不稀罕这个。我不想与北京这座超级大都市发生更深入的关系。现在，我终于搬到了北京郊区，在一个叫孤山营的地方。

孤山营，一个古代的战场——我现在的诗歌写作战场，我只与我自己一人作战。说到底，写作就是一个人的战争。战胜个体，面对自己真实内心的恐惧，你才能抵达内心，最终通过写作获得安宁。

夜晚的孤山营，学生们在梦游，他们在青春的梦境里杂乱横陈，梦中尖叫，操场上游走着午夜狂躁的灵魂。我一般会写作到很晚，我有时能听到孤山营的马匹在黑夜踢踏马蹄的响声与像人一样的叹息声。它们的祖先曾是孤山营的战马，夜里大王的幽灵骑到了马背上，马匹发出悠长的嘶鸣。马的叫声穿过沉睡的校园，来到我的梦里。

半梦半醒之间，孤山营这块燕赵大地的旧战场，狼烟与厮杀的气息，在夜深人静时，似乎仍可被我听到。我们教职工宿舍楼后是一大片茂密的树林。我极喜欢荒凉的北方气质的山冈。夏日晚上，我有时推开阳台的门，隐约看见一队人马从树林里冲杀出来，他们是历史的逃命者，他们的刀剑在孤山营昏暗的天空下闪烁着血的光芒，一颗颗头颅滚落，疲惫的战马滚落，历史的幽灵在孤山营复活。我目睹天空与大地日复一日地明亮又昏暗。

在孤山营，我在诗歌的征途上日夜兼程，像一个孤山营古代的士兵受到了大王的指使，我以诗歌的方式度过这无比荒凉的郊区生活。我在这个北京远郊的大学里写下了"汴河"系列与"孤山营"系列。"汴河"系列让我重临故乡滔滔汴河的美景，"孤山营"系列让我陷入荒凉与兵器的搏杀中，古时的场景历历在目，而现代的意象却总像冬夜里的幽灵跟着我。

一个寒冷的冬夜，我从办公室回宿舍。孤山营的冬天比北京市区还要冷，我双脚麻木地从楼梯上一步步走下来，推开楼下一道铁门，铁门发出刺耳的咣当声，再穿过路灯昏暗的教学楼与操场之间的一段结满冰的马路。我的心还停留在汴河温润的木船上，脚下却在打滑，我一步步往前移，突然发现有一个高大的黑影跟着我，一直跟着我，是一个像古代骑士一样伟岸的幽灵，我向前他也向前，我停下他也跟着停下，直到我气喘吁吁跑进宿舍的楼道，我才回过神儿来。我躲在门口的棉布帘子后，捂着紧张的心掀开棉布帘子——黑幽灵不见了，却发现深冬雪地上有两行脚印一直跟着我而来。我想，在这个孤山营的黑夜，我的身后一直跟着一个面孔模糊、身材高大、像古代骑士一样的幽灵，他到底是谁？我不知道。我只知道他一直跟踪我。或许，他只是我想象的影子，或许是我未知的诗歌……

片场七　远游与拒绝：一代人的精神处境

我出生在汴河流域的皖地，那里曾出过中国的商业精英——徽商。近代出了一大批特色先锋人物，各行各业都有，有策划了新诗改革的胡适，有策划了中国新文化运动的陈独秀，有策划了包产到户的小岗村农民，有策划了个体经营的年广九，有坚守黄梅戏、后又放弃黄梅戏的余秋雨的现任太太马兰，有现如今我国普通话说得最好的女人之一的周涛……当然还有把诗写得全部符合我一个人的想法的李成恩。

一个人的出生地很重要。我的祖宗们都喜欢在出生地老死，而我在青春年少时就背起行囊到外地去考学，学表演，学跳舞，学做电视编导，学拍纪录片，学闯荡江湖，学被小人暗算后还要保持微笑，学特立独行，学根本不理你、拒绝你……

一个女孩的远游与拒绝，一代人的精神处境，何其浪漫而艰辛。

在北土城、蓟门桥电影学院那一带我待了几年，青春似火的日子，学表演，跳芭蕾，背台词，在护城河边的柳树下练声，参加中央电视台的歌唱大赛，一遍又一遍地练一个声节……有一回到湖南拍酒广告，我差点醉酒——湖南苗家米酒香又醇，沈从文的湘西在苗歌里醉了。我主动结束了

我短暂的演员生涯，演艺圈的种种问题全被我拒绝，我进了不少剧组，但每次几乎很快就退出来了。说到底，我不适应当下中国的演艺环境，我必须离开。

我的团长邢国栋，对不起了邢老师，我不争气，我退出了表演。我拒绝了这个对漂亮女演员不礼貌的演艺圈。对不起了虞啸卿，我从横店逃出，在中国娱乐圈的倾盆大雨里我背起行囊，逃出了横店……对于别的女孩，那女一号、女二号是多么难得，但我拒绝了。我现在为我的每一次拒绝而骄傲，我甚至会一辈子为我的拒绝而骄傲，因为我不曾有过任何的屈服。"女孩子凭真本事吃饭，独立的人格是你的立身之本。"父亲的教诲是我不屈的武器。

是的，虞啸卿师长，我没有在演艺的路上坚持下来，这是事实。《我的团长我的团》的极端主义，也属于我。虽然我每一次拒绝并不极端，我的拒绝是天经地义的，是理所当然的，在别人看来这不可思议，但我必须拒绝，在演艺的路上我半途而废，但这并不等于我就没有自己的思想，以后我可以导自己的本子，我还会向我的老师、同学、我认识的那些现在成了主要角色的演员朋友们、我昔日的同事们，报告我在我的战场上所收获的良知与战果。

在我今年出版的随笔集《文明的孩子——女性主义意味的生活文本》中，我明确表达了我这一生所要秉持的原则与态度。我的批判与否定，都是基于我内心的律令。

当我踮起脚，在练功房光滑的地板上跳起芭蕾，我的心里有一种律令也踮起了脚尖，我的手臂伸展出去，腰板挺得笔直，脖子翘起来，转动——向左转动，向右快速转动。因为长时间练习跳舞，我的脚尖是乌青的，结了一层厚厚的趼子。不断地起跳，不断地转动，我内心的律令在青春的练习中定格——那就是美的律令。

我穿上苗家服饰，面对摄像机——不远处是翠绿的青山，吊脚楼在山崖上悬挂，像随时要掉下来似的。我打开嗓子，我的声音像清澈的流水。我们一遍又一遍地拍摄，周围全是围观的苗家乡亲，少女羞涩，大嫂则要大方一些，她们叫我演员妹子，喝一口茶呀。我笑一笑，我内心的律令升

起来了，像湘西山间的半边月亮，清晰而洁净——那是美的律令。

当我手捧我的样书，淤绿色的封面上水珠滚动，宽大的开本展开来，轻型纸的手感好极了。翻阅那些熟悉的文字，像是见到了我过去岁月里的知己，他们躲在书里，朴实、大胆、独立——这是我内心的律令，来自于写作的美的律令。

当我的诗集《汴河，汴河》不断为我加分，我是欣喜的，就像我在舞台上踮起脚跳舞，我感觉我在释放自己多年来的情感。故乡给予了我诗的营养，我以一条家乡的河流来命名我的第一部诗集，这也是来自我内心的律令。我认为故乡是一个人全部历史的源头，也是传统的源头、文明的源头。《汴河，汴河》的朱红色的封面像血液流淌，背景是一台摄像机冷静客观的镜头，而扉页是更加鲜红的革命色彩，一队战士冲上山冈高举红旗与梭镖，他们也是来自我内心的律令，革命先锋的律令。

一代人的精神处境，布满了马赛克模样的蓝色商业革命激情，就像一件众人指指点点的行为艺术作品，本身没有多少东西，但只要你去延伸，去疯狂想象，你就可以找到象征、隐喻、指向，甚至嘲讽与批判，这就是我们的精神处境。

何处是故乡？何处是内心的律令？我的远游与拒绝，只因故乡的教诲，只因我内心的律令——不是我肉身的远游，而是我内心的远游；不是我内心的拒绝，而是我不得不拒绝。站在一个商品经济至上的时代，我不得不怀疑我们的精神处境，我们的肉身何其艰苦，我们的精神又何其麻木，故乡在远方，律令蒙尘。

片场八　出版生涯：我的写作命运

我从小就迷上了写字。在父亲的琴声里，在汴河波浪滔天的夏天，我一个人坐在一张木桌前，风吹起我的短发，脸色红若朝霞。我因为进入了我笔下的故事而有些紧张。我小声喘息，不敢声张，我被我笔下的人物与故事带走了。这一"走"就是二十多年。

我从故乡的午后出发，迎着汴河岸边闪闪发光的柳树，阳光与风追随着我。一路上我看见汴河里的木船，它们装满了大米、桐油与木柴。它们

在汴河里缓慢前行。当时我不知道这些木船要往哪里走。

等我稍稍长大了一些，我才知道它们要开往南京、上海。我也不知道我的前方在哪里，像汴河里笨重的木船。再稍大些，我才知道我的目的地就在我的内心。我离开了故乡，去了合肥、北京、珠海、香港、深圳……现在我在北京停了下来。

我的写作也是一路颠簸——水路、火车、飞机，沿途我经过了多少条河流，路过多少个车站，穿过多高的云层，我已记不得了。我只记得我在写作的路上马不停蹄、风雨无阻。我迷上了写作这一颇有宿命意味的事。

我的写作完全建立在从少年到青年不自觉的一种个人化的情绪之上。我在每一阶段都有要表达的情绪。其实像我这样的女孩子，是不可能回避自身情绪而找到一种完全理性的创作状态的。自由表达成了我的信条。

我今年出版的随笔集《文明的孩子——女性主义意味的生活文本》的书名透露出三个信息：一是我企图向俄裔美籍诗人布罗茨基所强调的"诗人是文明之子"的美学标准靠拢，二是我所喜爱的女性主义意味发生在我身上，三是呈现我真实生活的文本。

我不是女权主义者，但作为一个女性写作者，我认为写作一定是存在性别的，虽然我从不以性别来标榜自己的文学属性，也不赞成将性别作为一个文学的评价标准。上世纪八十年代曾经在诗坛兴起过的"女性意识诗歌"，现在看来，只是伊蕾、唐亚平、翟永明她们几个当时写了"女性题材"组诗后，便被评论家们"绑架"了，因为她们后来的创作根本看不出什么"女性意识"了。她们被送上了"观念写作"的断头台。

去年，我在成都宽窄巷子的"白夜酒吧"第一次见到了翟永明。我看得出她不是一个与男性社会较劲的"女权主义"者，她近年的诗作我几乎都仔细研读过，完全是一种类似"男性主义"的写作——硬朗、理性，客观的语言带着刀剑一样的锋芒，准确说应该是那种独立于当下诗歌阴柔美学之外的"中年美妇型"诗歌。

除了诗歌，这几年我比较注重的是我的随笔。我不自觉地站在了女性的立场，对日常生活与当下社会进行个人化的解构，这是80后一代人心灵的摩擦与反抗，是我"一个人的文字"。多年来，我对理想化生活的坚守

与黄金般品质的锻造，让我获得了磨难的同时，也获得了心灵的愉悦。

我似乎通过写作构建了我内心强大的角斗场，也形成了我生活的审美观与道德观。我时常有回到鲁迅、胡适们的五四时代的强烈愿望。相对于我们的前辈，我们真是弱智的一代。我时常有紧迫感，在人文思想领域我们没有任何建树，只是被泥沙俱下的现实挟持着往前走，像走在冬夜结冰的路上，打滑与摔倒是常有的事。

当下的人文环境也差强人意。我行走在文坛边缘，时常有在庸俗物质主义的枪林弹雨中穿越的感觉，商品经济的力量摧枯拉朽，资本化的变种人文思潮势不可当，我气喘吁吁地迎上去又败下来，谁也不敢挺身而出。缩在"个人化"的躯壳里，我们也开始慢慢变老，逐渐以时代的废人自居。

现在，我发现自己完全进入了一种不由自主的出版生涯。我写作多年，直到前两年才被外界逐渐认识。因为，我原来的写作是为我一个人而写作，我似乎不需要读者。当然，我现在依然是为我一个人写作，不可能为他人而写作，不可能做一个"写作的服务员"。心中只有读者的写作人，在我看来是个不把自己当人的可悲的写作者。

我不愿意为别人而写作。在写作这件事上，我相当自私。

出版是这个时代的必由之路吗？我想决不是这样。但事实上我们完全被出版"绑架"了，好像作为一个写作之人，必须要经由出版才能获得事实上的承认。这一点难倒了很多人，尤其是那些传统的作家们。如果他们是作家协会的专业作家或作协文学院签约的体制外作家，这两类人都得拿作协发的工资，也就是纳税人的钱来生活与写作。他们每年必须要完成多少发表与出版作品的任务，这是那些管理得稍微规范的作协；没人管的作协，那就只拿钱不发表作品也无妨。但出版在中国的写作人心中，还是一件确立自身价值的难事。

我没有把出版作品当做一件多么了不起的事，但我这两年每年都在出版个人的作品集，去年我出版了我的第一部诗集《汴河，汴河》，今年又出版了我的随笔集《文明的孩子——女性主义意味的生活文本》。今年我还计划出版我的第二部诗集《春风中有良知》。一切都顺理成章。

我看到了太多平庸的作品集，看了很难受。人那么丑，何必把自己的作品集出得那么丑呢？我想不通。尤其是那种自以为风情万种的女作者，非得把自己弄成"万人迷"。出版的书难道就好卖了吗？出诗集，如果要想卖得好，那根本是不可能的，除非你是汪国真、席慕容，或者你是海子，是朦胧诗代表人物……

80后也不小了，出一部个人诗集也是可以的。于是，去年恰好有一个出版诗集的机会，我就整理了《汴河，汴河》出版了。这部诗集的出版引起了一些朋友的好评，对我创作的鼓励是很明显的。原来我的诗歌写作没有现在这股热情，有时一个月难得写出一两首让自己满意的诗；而现在，我可是基本上每周都有中意的诗出来。如遇假期，我甚至每天都要写。我发现每天写诗的人，诗会越写越好；一个月难出一两首新作的诗人，很难指望他能写出什么好诗来。这就像一把柴刀，如果你总是不砍柴，柴刀也会生锈的，道理如此简单。我现在饱满的创作状态，完全得益于我的诗集的出版，我认为出版唯一能带给我的就是激励我不断写出更满意的作品。除此，我再也想不出对我个人而言的其他什么好处了。

但是，我的写作命运难道被印刷机器、进口油墨与纸张控制了吗？如果这就是真相，我想我会崩溃的，我会发疯的！我的天啊！我一辈子要为印刷机与纸张、油墨而写作，那将是多么可怕的一件事！所幸我根本就不相信印刷机器。如果我的情感通过印刷机器而张扬，那将是一件愚蠢至极的事。人类高贵的情感，永远只属于我的内心，文字也是我偶尔受伤流出来的血液——谁愿意一天到晚流着血，向别人展示自己内心的伤口呢？除非你有这个癖好。

每一个写作者都有一个自己无法控制的命运。有人说命运在你手里，你要好好把握。我才不相信呢，写作的命运从本质上说是永远无法把握的。我今天写出欢乐，并不代表天天都能生活在欢乐中；今天痛苦，我则有可能把痛苦埋在心里，只写我昨天的欢乐。写作的真实就在于它的自由，所谓诚实的写作只是针对自由。如果非要解释，写作其实更是人类最虚假的一件事。写作者就是在虚假中忠实于自己可贵的自由。

为了让自由延续下去，我得有写作这条"驴"，让它每天围绕着我这

块石磨转呀转，哪怕蒙着双眼，只要脚没有被绑住，就得一门心思地转呀转，否则你就不是你自己。世界上的事大抵如此。

在中国，如果要说一个作家多有成就、多受人尊敬，必提到一生出版了多少本书，获得过什么奖项之类的外在的东西，而根本不管他的内心是光明还是阴暗。出版体制限制了某些人通过出版来确定自己，这当然没有什么遗憾。互联网时代，你可以通过网络发表作品，但当下网络环境相当恶俗，网络上的作家更像是二奶养的孩子。

我当然不会拒绝出版自己的作品，也完全没有必要像毕飞宇那样拒绝领奖——好像你领了奖就不纯粹了，那你干脆做和尚好了。如果你领了奖而让你心态乱了，那只能说明你这人太没定力了。因为《汴河，汴河》而获第十七届柔刚诗歌提名奖，一个完全的民间诗歌奖，我很坦然地去南京领奖。只要奖项来路正，符合我的认定标准，我就愿意去接受。我想，平和、简朴、内心充满良知与满足，才是一个人在写作中应该坚守的基本美德，否则，你永远只是文字的囚徒。

2009 年 5 月 12 日～15 日　于孤山营

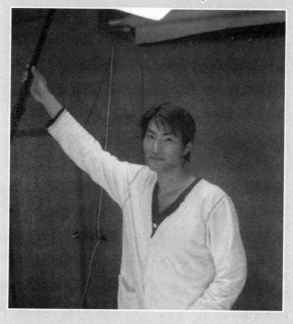

刘卫东 卷

> 我由衷地赞叹那些岁月风霜中的野花，顽强、具有饱满意
> 志的不屈生命。在如此坚韧的生命面前，有一种宝贵的信仰和
> 通向理想前沿的心声，有一种我们坚守的青春立场！

刘卫东，笔名周语，1983年出生于安徽太和。第四届、第五届全国新概念作文大赛一等奖获得者，《第五届全国新概念作文大赛获奖作品选》代表作者。"80后"语言感觉最好的青年散文家之一。2005年出版个人著作《指尖流水》，该作品被誉为"80年代最有潜力的散文作者之一"。

曾先后入围"80后十大作家"、"80后作家实力榜"等榜单。其散文意境深厚，气势磅礴，出神入化的象征、变化万端的语言，有水的灵秀，有海的博大。极有望成为一代散文大师。目前从事散文创作，课余主要研究散文创作的意象与修辞、散文史与散文类型，探讨汉语散文写作的趋势、可能性与变化。其散文创作独辟蹊径，以其独特的浪漫色彩，瑰丽的想象力，开创了中国汉语散文新道路。他是青年散文家中关于汉语散文实验文体与意象写作的代表人物。

接近一种本质

　　我一直试图凭直觉去接近一朵花。闪亮的花瓣上露水晶莹，花萼硕大。我有时觉得它会发出尖锐的号叫。我偶然想起金斯堡，一个号叫的男人。但我清楚这不是城市里混乱的交响的模拟，它不属于单纯的某个离乱群体。在长长的河流两畔，在宽阔的绿得发蓝发亮的草原腹部，你不可能追踪它。时间的碎片轻易地击中人的脆弱的神经，使人迷失在无边的盐碱地。这是开满野花的旷野，找不到人的足迹，它消失在花的中间，阳光从破旧的河床上折射过来。人的影子在这个陌生而新鲜的生物语言系统中散失。河水涌动，心灵的清洁器皿涨满了春天的气息。人似乎也是一朵穿行于金色阳光下的游动的野花。野花刺眼，满眼的神秘。你的心性与气质与这些精灵相去很远，你的肉眼辨认不出这个家族的族徽。你迷失在人口的密度、种种俗语和美女作家中间。

　　田野一片静谧，河网密布，广袤、凶险。人的思想随着浓郁带有野性的花香不停地变换，到处是死角，到处是河沟和昆虫扇动彩色的小翅膀的声音。无人的花野，泥土湿热，豪华的车轮早已废弃腐朽。地气从人与花中间上升，蒸腾，人面模糊，花形变幻。我一度怀疑这是从母体里蜕脱出来的彪悍的俗物；河流的水花煞白，洗净了这生命接连的声音。阳光热辣辣地落在脊背上，微风将这种痛苦吹向田野，吹向草丛中隐蔽的深渊。野花浓香猛烈，极具冲击性，使人感官反应不及，口干舌燥，神经有一种幸福中浸渍过的痛楚。呻吟的小溪穿过羊群和土坡，消失在湛蓝的天空。你无法握住它的触手，不能与它进行交流。听听这熟悉的呼吸声，像鲜嫩的胚芽在春天毫无顾忌地疯长。野花鲜艳，野花很野也很美。一个久居城市身、心懒散的人容易迷失在突然袭来的花香中。我以为这是一个常识。人

的繁衍、语言、个性与此相比似乎成为一种虚假的东西。它永远不会是现代工业可以制造、复制的手工品。我宁愿相信它掌握着一种生存理念，一种嬗变过程中必须恪守的东西。

我沉浸在这溢满神秘花香的安谧山冈。树枝伸进水里，弯着身体触到野花的花蕊。有的树枝丫伸过了河的上空，在空气中被野花浓郁的味道浸渍着肉体。滴进水里，野花的味道在阳光撒播种子的河流里漂向远处的村庄，融入那些不被我们重视的涣散的时间深处。也许这是我们青春遗失的某个原因和疾病袭击的缺口。由此出发的理想、语言、谣曲、野调和物质主义凶猛侵入思想和软弱的肉体阵地。

我仍然孤独地信任着我的朋友和导师。我固执地相信他们就在这里。花香蛮横地出入于夹杂着小动物吱吱叫声的漫山遍野，缠住树木，缠住河堤，贴在我的脸上，继而越过大片农田。花朵洋溢着金属的明亮光泽，使我感到藐小卑微。叶脉在阳光下被光线扭曲，我看到流水如蛇越过临近的竹篱笆。水纹映在野花性感的花托上，金色、土黄。如果夜晚有星光，你会发觉河水不同寻常的另一种延伸，直到进入你回忆和辛酸的深处。它制造悲哀、人的秘密和村庄的古老信号；它提醒你，泛滥的抒情是罪过与毁灭。

我痛苦地觉醒在晌午一个人的田野。花香野性十足，以剧烈、令人震撼的速度在旷野奔袭动物和人。它左冲右突，忽隐忽现，混合了水汽与尘埃，钻进人的鼻孔，将人缠住，使记忆堵塞。我像遭到笨重的旧石器的打击，反应迟缓，好久才扭回头来。一双怅然不知所以的眸子溢满了忧郁。花香冲击着河滩，河边的礁石和浮游的鱼儿也陷入一种空前的迷乱。

大风从背后的村子刮过来，羊群走回围栏，太阳在头顶直射下来，遍野燥热，泥土青灰，树叶在我头顶微微晃动。人群躲进孤独的风中，岁月的大风从大野掠过，野花摇头、扭动、起舞、惊艳、妖娆。我的小调急遽地喑哑，匍匐在隐隐作痛的干燥的喉咙里。

野花的头颅朝着阳光汲取生存的能量和养分，山冈成了野性的躁动的河流，不可抗拒，只能狂奔、呼啸、挣扎。

我惊疑地想起，田野里大雁开始向南迁移的时辰，诸鸟高飞，秋天的

成熟气息在整个旷野蔓延。村庄安静，栅栏上还有一枝折下的断了的花。老鼠们打洞时咬住了野花的根，撕毁了花叶和野花灵魂中饱满而美丽的东西，一直把它们拼命拖到大地的空虚、猥亵、孤独、远离丰收、民俗、风水的深渊中去，企图让它们的青春在没有阳光覆盖的地方腐烂、分解。

我发觉这是一种渗透性极强的火辣而细腻的花香。遍野都是这种野生生命的热情及痛苦。在太阳的炙烤下，人和花都有一种钻心的刺痛感，血液迅速流过心房。我惊出一身冷汗——我已经站在金秋的边缘。

野花布满山野，布满人凄迷的眼睛。野花纯净，因阳光而血流清洁。

这是侵略人刺激人神经甚至迷幻视觉的气味。野花呼啸，没有恐惧和悲悯，哪怕一丝的忧伤。坚韧的野花，永不坠落的野花，明媚的阳光清洗它们成熟的躯体；洁白的云彩从山冈隐去，阳光躲进云层，天空阴沉了下来，一如中年人骤变恼怒的脸色。我陷入了不可遏制的惊慌之中。我边跑边诱惑地回头——遍地野花开始低沉地发出怒吼。雨水打下来，打碎了野花美丽的唇。我淋湿了身体，满脸的迷惑，辨不清村庄在哪一个方向。那些金黄的、橙色的、湛蓝的、苍白的、忧郁的、火辣的野花在兴奋地交头接耳，散发出生命原始的气息。我发觉自己是个可笑的懦夫，无助地待在英雄的血统里。

这些花仿佛每一株都像女人——站在山冈或混浊水浆中的勤劳女性。

我陷入迷惑——这是燃烧的朱颜？是战国的美女还是西北的女人的手指？

雨还在下。野香阵阵，令人为之沉醉，令人叹惋。在这个生命之秋，它们开始摆脱城市邪恶的诱惑，它们狂欢的舞蹈打动了山野所有刚刚迎来丰收与成熟的生命，不下于注入一支神奇的药剂。它不是来自消费白菜、石油、灵与肉的城市，而是越过下流小调的蛊惑，定居山坡，与青春同居。

我想应该是这样。野花嘶啸，如马。野花繁衍生息，从一个细小胚芽开始，迸溅生命的灵感火花与令人激动的力量，以及强大的适应恶劣环境的能力。这就是所谓的青春，或者民风中留存的秘密。

缄默的花儿保持神秘，如黄金般舞蹈；旷野阒寂，如生命最初的黎

明。自然界中，电闪雷鸣，风雨冰霜，没有野性没有坚韧品格的花朵断难生存。这是自然的规律，它不讲任何私情——适者生存。这是一种进化论，也是生命无法回避的生存问题。我喜欢野百合，因为它的一丝野性，它是自然的宠儿。野性是自然界最富深蕴的一种尊严，这是生命的大无畏，蓬勃苗壮地成长。野性是人体一种原始的起码的健康，起码的理性繁衍的需要。野花有着强烈的生存欲望，它足以藐视城市里繁忙的医院流水线上硕大的人、冰冷的手术刀。

我开始感到惭愧。一个不能理解这种强悍生命力的人会深深陷入这种乏味中不能自拔。通常，这是人的悲哀，他的脾胃、心脏、血压无法抑制这种大自然的宠儿略略带有破坏性的冲击。脆弱的身体经不起这种自然的力量的强烈颠簸，我终于发觉了悲哀，站定了脚，站在我劳动与游戏的土地上——我不会再离开。

阳光重又光临大地，河带飘摇，野花又恢复了兴奋。体香越过发亮的深秋的河水飘向村庄、牲畜和远方。也许这就是真正的野花的性情、性格。我琢磨着、思考着，让自己漫游在它们中间。是转折点，是死亡、衰老、代谢，也是新生。这是我们农耕文化人唯一的信念。出于这种信念，我决定留守我理想栖息的土地。

这是毫无隐私、阴暗、毫不媚俗的野花。野花欲望如焚，像百兽之王的狮子。这是永不熄灭的野花、赤红的火把——通体没有一丝阴暗，筋络与大地的骨血相连；有柠檬色、橘黄色、绯红色、赭石色，还有绛紫色。这些花不能在城市狭窄的充满自以为是的角落生长，淘米水和闲言碎语会玷污这大自然的精灵。我佩服这种理想的颜色，这种不可干涉的野性，至少人、羊群、暴雨无法干涉它们的自由。它们永远是热烈的生命舞蹈中的陶醉似幸福生命的思考，有时人会忌妒野花的这种存在或生命方式。它生长在我们的村庄，使我们骄傲。

野花纷飞。野花健康。我已经走不出这炽热撩人的花野。

我觉得失去了跳跃能力、伸展技能的人是悲哀的。人不能以野性为核心，但人不能缺少它。这是拒绝冷漠、死亡和服从的生命。这是才能的体现、智慧的姿态。

这是亲密的野花，这是素面朝天的野花；这是自私的人所无法企及的健康。

我想不起这些神秘的物种的起源，它深深影响着我的神经脉络，影响着我的性格、理想。

我想拥抱这些热烈的生命，连同村庄、山冈。我独偏心这种幸福。如果丧失了生命内在动态的美，思想就会随时搁浅、触礁。当初的诺亚方舟就是因为这个原因而消失在都市人的视野和理想中。

站在民间村塬的高地，我面朝荒山的花野，生生不息的理想潮水般涌来。野花起舞于人间精神枯萎的龟裂旱地，展示着生命不灭的浩然与天性。我知道这是不可预约的野花，不可以亵渎。尊重这种健康和美也是自我的反省和对健康的理智认识。它怒放于生命的暗角，车马的前方，黑暗的罅隙，民间、道德的前沿……始终如一 —— 那就是相信青春或一种本质。

偶尔我见过那些灿烂的疯狂的倔犟的野花，躺在阳光下的岩石上，肉体糜烂；随光线一点点枯去，惊心动魄地演绎着生命的高贵、不屈与壮烈，野性十足地死去，像古代战死于沙场、兵不血刃的英雄。这是对我们脆弱生命的嘲笑吗？我们没有重视过，这是我们村庄文明的一种符号；我宁愿相信是我的另一种坚定的理想。

我由衷地赞叹那些岁月风霜中的野花，顽强、具有饱满意志的不屈生命。在如此坚韧的生命面前，有一种宝贵的信仰和通向理想前沿的心声，有一种我们坚守的青春立场！

青春的觉醒在于理想旗帜的飘扬；青春的本质就是坚韧，就是开始接近一种思考的姿态。

而青春的道路只有一种，接近青春的本质也永远只有一条道路。

堂吉诃德的眼泪

> 欧洲的第一次复兴不是始于十六世纪的意大利，而是在很久以前，在十三世纪的西班牙就已开始了。
>
> ——罗歇·加罗迪

我所描述的是关于黄金与白银组成的童话与葬礼的秘密。

在诸多艺术史家的著述里，我读到了关于西班牙黄金一代的论述。黄金就是饥饿、疲劳，它是躁动的火苗，湮没在汹涌的欲望中。邪恶或者纯洁的火苗，就是先知预言里的新月清辉之下的投影、禁忌与盲区。西班牙诗人乌纳穆诺的诗歌揭示了黄金与白银的隐晦秘密。黄金喻示着肉体的痛楚与忧伤，而白银则隐喻救赎的泉水流经葱郁的橄榄树丛。贵金属和经卷，先知的弯月，犀利的弯刀构成解读这个古老忧愁心灵世界先知之门的黄金诅咒。现代艺术的魔鬼和先知就从这繁衍能力旺盛的地狱将现代人的童话通过阅读的仪式与贫瘠而悲伤的灵魂建立了盟约。乌纳穆诺的歌唱使得黄金一代之后的艺术家找到了先知之门、禁忌之门，也就是堕落的现代艺术伊甸园。乌纳穆诺流下的泪水和供奉在时间圣殿的鲜花成为一种叛逆之外的启示，清晰的群山、嫩绿的草叶、永恒的生命似乎已经从艺术家的心灵世界消逝。

繁华的古老色彩褪去，黄金和白银时代的辉煌已经湮灭。乌纳穆诺所暗喻的贵金属成为虚拟的血液，滋养着另类的艺术家。这种血液成为戏谑宗教的嬉皮士们涂抹的颜料。黄金的本质已经溃散，现代艺术躁动的火苗凄楚而艳丽，光芒苍白而晦暗。当我们大规模地书写印象中的向日葵、黑暗中的蔷薇、母亲的泥土和破裂的水罐的时候，伊甸园的幽灵就潜入了孤

独的血液里。黄金、白银隐喻的焚烧、杀戮、蹂躏的废墟之上，乌纳穆诺和另一位西班牙诗人希梅内斯从不同的角度解读了这个现代文明的诅咒。他们以诗歌的形式接近了禁忌与诅咒的花园。在避开政治哲学和激进的解读的可能之后，他们在黑暗中触摸到了先知之门上神秘的白银铭文。按照先知的逻辑，如果他们的心果真如黄金般坚强，那么他们最终会找到启示中的现代艺术的秘密。

一八九八年，美西战争之后，西班牙年轻的作家们开始了类似启蒙运动的新思想运动。他们自称为"九八年一代"。他们是西班牙文学在场的见证者、参与者、创造者。仿佛预言的出现和启示总贯穿着沉沦的忧伤，西班牙诗人乌纳穆诺深沉而忧郁的眼神，露出了西班牙"九八年一代"心灵深处的冰冷色。悲观而神秘的行文、破裂和被蹂躏的浪漫，喻示着内心黑暗的痛苦和感伤。这是属于西班牙文学史上"九八年一代"的神秘主义和启示文学。乌纳穆诺的诗歌像灿烂的珍珠、清晨的露水一样，清洗着废墟上的遗迹——它是那一代知识分子的心灵泉水。而希梅内斯则在二十世纪的荒凉大地上从怀念故乡的睡梦中看到了蓝天宝石般的光辉，目光迷失在凋谢的花朵上。他的心颤抖着，心灵袒露在山野的晨光中，黄金的诅咒禁锢着他的书写和歌唱。他是这个时代的吉卜赛人，是先知描述的童话世界的一个守夜人，因为真相的呈现而忧郁、哀伤。

一九四八年，阿梅里科·卡斯特罗发表了《历史进程中的西班牙：基督徒、摩尔人与犹太人》（修订版题目为《西班牙的真相》）。先知只暗示真相，并不言说、宣讲真相。弗朗哥的独裁政权并没有因为禁书而解除艺术幽灵力量的诅咒。禁忌的存在和奥秘的隐晦，传承着黄金一代的精神火焰，只是这黑色的火焰与性欲、肉体、精液无关。它是非生殖的、父性的、孤独的嗥叫使麻木的心灵和身体感觉到巨大秘密降临之前的战栗与慌张。流浪的艺术家、书斋里的精英、沉醉田园的逍遥学派骨子里都是被这黑色的秘密诅咒的。在钢铁和废墟之上，没有人听到乌纳穆诺的沙哑的声音。他的确不是阿拉伯人。血统之外，乌纳穆诺的孤独被隔绝开来。但是乌纳穆诺面对强健的大地，昔日繁盛的母性大地和群山的虔诚和理解已经与先知之门背后的铭文接近了。乌纳穆诺看到衰老和颓败、古老色彩的剥

落。广袤的荒原上，他与黄金一代的声音之间有了共鸣。他们对现代艺术的理解和阐释，都暴露了隐藏在哀伤的歌喉之后的肉欲、凶残、狠毒与粗糙。他们从精致的迷梦中醒来，在群山与河流之间寻找古典世界的繁华与英雄的踪迹。先知的橄榄树藐小的种子种植在被启示者的内心，这与血统和禁忌无关。他们歌唱的是内心的黄金、秘密的铭文、心灵的创伤和尊严的起誓。他们在西班牙的真相面前成为秘密的主人。

今天，在先知之门徘徊的现代艺术家，没有人能说出伊甸园的奥秘。但西班牙的"九八年一代"已经来到了开满百合花的香草山。

涂鸦艺术和新的启示出现了。在纽约和底特律的阿拉伯后裔聚集区，街头涂鸦的大师和实验艺术家制造着一种异类和扭曲的艺术，尖锐的线条和器具刻画出街头艺人内心的朝圣山以及迷失的心灵。但是他们不是西班牙的达利，不代表超现实主义真正的欢乐与悲哀。底特律，美国人的汽车城依然延续着工业时代的生活节奏。街头艺术和实验艺术如今只能表达一种艺术的假象，一种伪知识。放荡不羁的涂鸦大师，酗酒、吸食毒品的说唱歌手，以调侃政治为生的脱口秀主持人，他们所选择的途径和方式已经不能揭示我们内心的忧虑，而只是一种混乱、迷梦一样的哀伤。只有乌纳穆诺时期的"九八年一代"揭示了一种真相，尽管带着凄迷和惆怅，但他的作品里已经可以找到那种坚定和固执。因为艺术在他们那里并不是武器、药物或者黄金，而是另一种真相的揭示。我的疑问出现了——"九八年一代"包括诗人乌纳穆诺的感伤和神秘意味着什么？深沉的黄昏，西班牙的大地苍凉而遥远。冷清的大地、赤裸的天空、宁静的群山、野草丛生的大地上神祇开始消逝。西班牙最著名的两个近代思想家乌纳穆诺与奥尔特加·伊·加塞特的声音已经渗透到了一个根本性的问题：歌唱与血缘，信仰与文明的血脉之间的交错带来的纠纷与禁忌。

童话在现代艺术世界的失宠和破碎，已经失去了最初的启示和寓言的魅力，童话是被祭奠的，是被模仿和拆解的。黄金时代和白银时代的夜晚，童话被谋杀在童真的世界，纯净的悼词和谎言伪装成愤怒的书写者。寻找一个僻静的角落，吟唱阿拉伯的民谣，你就是你灵魂的主人。那被宰割的、祭奠和杀戮的良知，因此被预言、启示和哀告。这种音乐和知识第

一次宣告了残缺的真知。在安达卢西亚的橄榄林里，埋藏着它忧伤而美丽的种子。

我在寻找写在羊皮卷上的启示录，一个源自阿拉伯语的尊贵男子的语录，一个完美的童话和遗迹。对我来说这是一个寓言，繁复的隐语、比喻。气味凝重而弥漫的羊皮卷记载着乌纳穆诺的"九八年一代"之前的先知世界。

西班牙史学领域的禁忌，那就是长达八百年的伊斯兰文明的统治。

当愤怒的卡斯蒂利亚的公牛被靡丽的红色激怒，咆哮着冲向斗牛士的瞬间，鲜血和花瓣遮住了摄影师的镜头，激情被毁灭，悲壮的游戏结束，记者们离开贵宾席，开始用不同语言评论公牛的彪悍、斗牛士华美的姿势。这些评论语言包括阿拉伯语、英语，当然也包括奇怪的西班牙语。西班牙语的评论蕴涵着古罗马人的疯狂、激情与坚决。古罗马的角斗士们听着拉丁语的聒噪，被野兽撕碎的肉体无法得到基督的拯救。西班牙语受日耳曼语和阿拉伯语的影响，逐渐形成了一种特殊的孤傲与悲伤，比古罗马的角斗士还要勇敢。勇猛而富有智慧的斗牛士在胜利的瞬间已经克服了生理上的所有畏惧，用西班牙语嘶喊着。淋漓的鲜血、优雅的仪态、骄傲的西班牙口语……浪漫只属于这种绅士般的杀戮，智者般的表演和抗争、躲避、反击的真实意义。斗士们拯救自己，用智慧与勇敢，而不是基督的怜悯、宽容、爱抚。

西班牙语的叛逆与不羁通过它规则的重音发出来——熙德。这是来自阿拉伯文的一个词。熙德，这个词，构成最完美的启示录的核心意义。我相信乌纳穆诺一定有对"熙德"最生动准确的解读。当乌纳穆诺的"九八年一代"面临破裂而荒凉的西班牙风景，他的内心已经感觉到虚无和被裁决的震惊。

角斗场没有先知、启蒙、绅士与智者。用西班牙语写评论的法裔记者永远都在用精致的长焦镜头捕捉最残酷最美丽的瞬间。西班牙角斗士的长矛、披风，都只是新闻措辞形式上的调侃。尖锐的矛刺中卡斯蒂利亚公牛身体的瞬间，完成了媒介主宰的精神仪式。新闻发布会满是香槟，哪里是我的熙德呢？摩尔人为什么没有解释这个词语的真实意义？乌纳穆诺和希

梅内斯的诗歌预言了这些迷失和困惑吗？生命的空气、灿烂的花朵和比利牛斯的泉水灌溉出来的是这些苦涩的文字吗？

我在被 NBC、CNN 的媒体声音遮蔽的角落，避开猎奇的视线，寻找我的熙德——那个孤独而落寞的男子，他是一个牺牲的符号，怜悯的精神和物质的疑惑。挥舞着铁剑和长矛的熙德，他的血统和语言是神秘的，充满了异质的诱惑。西班牙文学中骄傲的斗士在物质世界的喧嚣与癫狂之中抬起高贵的头颅，遥望安达卢西亚的橄榄林，悠长的歌谣充满破碎的心灵。从罗马人入侵伊比利亚半岛开始，拉丁语开始通行于这激情的地域，罗马人的智慧与野蛮，西班牙人的疯狂与激情，使熙德的形象融汇了多种复杂的元素。历史上语言与知识、种族的混血，使得熙德这个符号有了各种解读的可能。我迷失在葱郁的橄榄林里，绿色的山坡、茂密的森林、孤独的泉水……我的熙德不见了身影。

越过乌纳穆诺的"九八年一代"，我开始寻找我的熙德，阿拉伯的男子。

我对熙德的解读已经成为一种叛逆，一种割裂温柔和情感的膜拜。熙德成为一个分裂的标志，一个英语文学中滑坠的元音，一团残喘的死火，它是幽灵一样徘徊在先知圣殿前的那个惆怅的诗人，丢弃了铠甲、长矛和盾牌，只剩下赤裸的肉体、紧张的拳头、愤怒的眼神。是谁在剥夺熙德的声音和力量，使他成为一个偶像，成为伪装的英雄和圣徒？我的解读离乌纳穆诺和比利牛斯山脉的遗存越来越远，离骄傲不羁的熙德，离虔诚而勇敢的男子越来越近了。握着那从异地嫁接来的橄榄树枝，绿色凝固在书页的素纸上，熙德的长矛已经刺破丑陋僵硬掩盖着谎言猖獗、邪恶嚣张的圣袍。

乌纳穆诺所面临的时代的真相被隐藏在谎言和表象之下，以致所有的刺穿和挑逗只会导致真相的流逝和掩盖。从某种意义上来说，权力的存在就是为了破坏和掩饰、挑逗和镇压，而媒体的存在就是为了欺骗。

我在关于熙德的文学史料中寻找隐蔽的启示，寻找可能的光线，用它来解释心灵的黑暗与疾病。关于熙德的启示与启蒙，意味着对传统形象颠覆的同时有被玷污的可能。但是启示就在这危险与考验之中，我用孱弱的笔杆挑破了自己的忧虑与惊慌。熙德只赐予我一个词语：启示。启示的希腊文有照亮、揭开、显示的意思。启示就是指神现身，指示我们认识、敬畏他，所以启示是一切智慧和知识的根源。这知识就是绿色，就是橄榄，就是荒漠中的甘泉。乌纳穆诺的诗歌正是从一种启示的角度，为"九八年一代"指点了迷津。写作像戏谑曲一样进行着，巨大的幽深背景却是残酷的杀戮与挑逗，黄金一样的太阳的光芒依然不能渗透进这人性的晦暗深渊。

在一张西班牙斗牛士的素描画上，黑色的线条，优美的曲线与突出的棱角，背景是绿油油的橄榄树。它和黎巴嫩作家纪伯伦的焦虑是一样的。纪伯伦的目光注视着阿拉伯的沙漠和油田，伊斯兰的圣洁之地，长满青草鲜花的花园，清澈的泉水从黑色的废墟中涌上来，淹没了阿拉伯的经文和花体字。沙漠里的野草、荆棘都在等待那叛逆火种的降临。

纪伯伦的文字作为一种启蒙和训诫，引导我理解阿拉伯文学的智慧与深邃。熙德，则是一种启示的形象，一种冷静下来的激情和力量。然而熙德并不是关于真知与史实的虚构。我在古卷的末尾找到了熙德的真实仆从，那就是流着眼泪焚烧骑士小说的堂吉诃德。我的熙德，在那百合花和牧群中迷惑的忧伤之人。

我终于在熙德的血痕中找到了童话，以及童话里那个虔诚骑士守卫的纯真城堡。西班牙留下了腓尼基人、古罗马人、西哥特人和阿拉伯人的脚印，从黄金世纪的地平线上回望直布罗陀海峡的蔚蓝色大海，你会为这个童话的发掘而惊讶。清晰的群山，绵延的山脉，青黑的岩石，潺潺的流水，充沛的生命气息，沉浸在光辉里的晨星……这就是"九八年一代"的黄金诗人乌纳穆诺梦中的西班牙。有着芬芳和娇柔的生命气息，曼延郁悒的乡愁，黄金时代的童话城堡终于在我执著的挖掘中奇迹般出现了。阳光荡漾，海水颤动，岩石耸立——你听！那海水的声音，分明是先知的智慧颤抖的声音，是黄金诗人乌纳穆诺梦中的西班牙悠长的呼吸。熙德的歌声在童话的城堡回荡，那虔诚的骑士被埋葬在这黄金一样的西班牙的花园。蔚蓝的天空和大海被照亮，夜幕被黄金般的晨光揭开，显示出纯真的白昼、清洁的露珠、丰满的大地。

顺着熙德焦虑的目光，我找到了骑士的城堡。那是黄金诗人乌纳穆诺梦中的西班牙精致的童话——先知的橄榄枝，还有那洁白的鸽子、福音的传递者，而不是冒险的游侠、冷兵器时代的武士、普罗旺斯的民谣歌手。

童话世界的先知出现了，他就是给我启蒙的骑士堂吉诃德。

我长久以来坚持这一种伪善的阅读，直到我在荒凉的大地上与西班牙流着鲜血、微笑着的浪漫骑士相遇。"骑士"这个词来自查理曼的 Capitularies 法令集，Caballarii，原意是骑师。在我的书架上有古典艺术家居斯塔夫·陀莱和当代超现实主义画家达利的两幅关于堂吉诃德的插图。故事得从堂吉诃德开始担负复兴骑士道的责任开始。他是一个虚拟的悲剧符号，一个现代艺术的启蒙。我力图从文献和古史资料中考证出堂吉诃德的真实身份—— 一个骑士、没落贵族、穷人，或者是阿拉伯血统、土著人。巧合的是，我在小说的尾声中找到了暗示。仍然是启示的方式，这是乌纳穆诺在他喧哗的时代所选择的姿态和方式。从乌纳穆诺的诗歌和"九八年一代"的作品中看到，现实依然没有被超越，骑士的虔诚和固执依然需要简洁、独特的诠释。而堂吉诃德却成为那黄金之门前的超现实主义者，或者说是一个唯美骑士。

一六〇五年，米格尔·德·塞万提斯（Miguel de Cervantes）发表了《堂吉诃德》。十六、十七世纪是西班牙文学的黄金世纪，这个忠诚的骑士诞生了。孤傲的骑士，迷失在风车、羊群和磨坊之间。堂吉诃德不属于中世纪西班牙人民在反抗摩尔人统治的解放斗争中涌现出的一个骑士小贵族的特殊集团，他与光复运动没有关系。如今，那些书斋里的诗人和艺术家终于成为堂吉诃德的仆从，骄纵和乖戾的性格，麻醉在酒精和海洛因的世界。穷人堂吉诃德，贫困的骑士，我在阅读西班牙作家塞万提斯的作品时因受启示而得到的一个身份。我接受了这个西班牙骑士的启蒙和安慰，在身份与语言殊异的异域骑士的指引和质问下，开始理解了那些超验主义者的痛苦，那些在街头涂鸦、用鲜血一样的颜料涂抹肉体的艺术家。我穷追不舍，想透过史料和传说确认——那孤独的堂吉诃德就是阿拉伯血统的先知。这种大胆、大逆不道的推论遭到了宗教语言文化学者的严厉批评。堂吉诃德不是安拉的使者，他没有去过安达卢西亚，不是先知。也不是混血

的基督教徒，他只是骄傲的超现实主义者，挥舞着马刺，于虚无和痛苦之中畅快地冲杀。

乌纳穆诺是一个紧握着犀利笔尖的堂吉诃德。锋利的笔尖刺破我的肉体和欲望，黑色的墨汁就像安达卢西亚民间歌舞中的舞步一样轻柔地在我体内蔓延。先知已经死亡，体内的血液也不再新鲜，只有号叫的颜料，涂抹成骑士艳丽的面具；铅灰色的盔甲，墨黑的长矛，将恐惧与虚空的病毒注入我的身体。书斋里的书写终于成为地狱里的狂欢，我的眼睛已经看不到绿色的橄榄树，绿色的油墨盒铅版只能展示赤裸的线条和构图。堂吉诃德的西班牙与哥伦布，迪亚士的海洋时代截然不同。堂吉诃德是我的熙德，你看不到傲慢、自私、伪善、恶毒、残忍。他拥有骑士的天真、浪漫、稚气、懂得怜悯、牺牲、谦卑、英勇、公正、诚实。堂吉诃德梦中的西班牙群山庄严、百花绚烂，长满鲜嫩的水果及其他碧绿的丰美植物……

阅读欧洲文明史上关于骑士的资料，每当年少的孩子经过严酷的训练取得骑士资格的时候，"He has won his spurs！"的声音就会响起。那是一个精神的勋章。He has won his spurs！而我则找到了我的熙德。堂吉诃德使我对写作的怀疑和执著同时达到高潮。抛开种族主义的解读和对立视角，看着翻录的百老汇歌剧《堂吉诃德的梦幻之旅》，我对书写的意义的置疑已经不能隐藏和掩饰。我如此骄傲而蛮横地阅读着，荒诞的写作在夹缝中顽强地排挤着。我找到了我的熙德。他能够触摸那茫茫晨雾中的黄金之门，那先知的启示就在虔诚的内心城堡。

堂吉诃德在启蒙的颓败层面上成为理解乌纳穆诺的"九八年一代"和现代西班牙文学的一个关键。神秘的比利牛斯山脉和大西洋海岸，哥伦布那样的探险者，奢靡的风格，没有狂躁的性格携带的骄傲的病毒。尽管与安达卢西亚的先知无关，但米格尔·塞万提斯的书写和叙述都是一个精致的寓言。我们渐渐不相信堂吉诃德只是一个滑稽的、小丑式的人物。我力图证明堂吉诃德的阿拉伯血统——他是我的熙德，他比哥伦布要勇敢而富有智慧。我的熙德是人道主义的，是人性的。它是童话式的启蒙和主人公，一个天使和坠落尘世的纯洁的理想主义者。他走在荒漠的橄榄树下，站在了先知黄金之门和黑暗深渊的前面，伸手接受他与先知的盟约。激荡

我的熙德血液的是那先知所赐的直布罗陀海峡的汹涌海水。无限的世界敞开了，童话世界的启示录和现代艺术的神秘之光隐现在梦中的西班牙。

卡洛斯时代的西班牙俨然是一个横跨四大洲的庞大帝国。那是一个充满矛盾和变数复杂的时代。天主教面临新教的挑战，骑士小说遭到禁止。我开始思索被称为异端的西班牙作家胡安·戈伊蒂索洛对边缘文化的意味深长的发言。这个禁忌就是从北非渡过直布罗陀海峡的穆斯林建立的安达卢斯。童话纯洁的世界被揭示了，文化非殖民化时代的启示在黄金世界的暗语中存在的"九八年一代"黄金诗人的内心城堡被先知所预言了。乌纳穆诺在诗歌《卡斯蒂利亚》中写道：你的赤裸裸的原野四周，与天空的围栏草地相接，你的身上有太阳的摇篮，有坟墓，也有圣殿。西班牙人们可以在原野看到橄榄树林，尤其是在南部安达卢西亚地区，那里的橄榄树种植面积更多更广更密。世世代代养育着伊比利亚半岛的橄榄树木，那是原野上最富有灵性的高贵植物。远在公元前七世纪的时候，希腊的橄榄树就在西班牙生根落户并结出了累累果实。咀嚼着青涩的橄榄，我该如何去研究米格尔·塞万提斯的孤独骑士。

乌纳穆诺和法雅——这个西班牙二十世纪最重要的作曲家使得童话的色彩复活了。在这个梦幻的世界，橄榄丛中的安达卢西亚，骑士就是黑暗世界的先知。他的存在开始了对现代艺术悲剧的审判。迷幻、绚烂、明媚的阳光在西班牙的泥土上撒下先知时代的种子——贫穷与饥馑、骄纵与贪欲，都在堂吉诃德的晓示下被重新认识、解读。忧伤的古老的理想，随着法雅行云流水一样的音乐渗透在朝霞中的西班牙群山、溪流、森林、草地。孤单的骑士，那勒班多的独臂人以虔诚的心灵书写着这现代启示与梦境中的勇士。虚伪的教士，凶残戕害丰美异质文化的魔鬼已经被这平静的书写和黄金的诅咒驱逐。堂吉诃德延续着斗牛士的壮烈与美感，携带着一种骑士的虔敬与理想主义色彩。在悲剧的童话时代，他以最本质的行为主义讲述着心灵的寓言故事。一个浪漫的斗士，伤痕累累，困顿的激情揭示着悲剧的本质。冲杀在虚无的黑暗深渊和象征的世界，堂吉诃德尖锐的长矛已刺破了寓言与讽刺诗和传统的书写意义。浪漫主义被焚毁的冰冷的手稿，吮吸着梦幻世界的露水，先知的橄榄树在西班牙的蓝色时代枝繁叶

茂。野性的浪漫和贫困的理想在权力话语之外找到了自己的启示。西班牙的土地孕育的英雄主义气息，黄金的喻示和启蒙将熙德时代的英雄理想复活了。伪先知们痛苦地号叫、疯狂、撕扯、纵欲、攻击、流血，但是他们没有眼泪。

十六世纪初，西班牙哲学家胡安·路易斯·比韦斯写信给荷兰人文主义者伊拉斯谟说："我们生活在一个无论说话还是沉默都有危险的、非常艰难的年代。"在乌纳穆诺和希梅内斯的广袤荒原，法雅的音乐《浮生若梦》随着黄金的旋律流淌着——浮生若梦，我的熙德冲杀在城市与村庄之间。粗糙、原始的力量和爱在泉水的灌溉下萌芽了，唯美、热烈，黄金般的火焰暴风雨一样冲刷着大陆的轮廓，飞舞的红裙、细腻的素描、躁动的艺术家、野性的真诚，展现出迷离的醉态和痴迷。平庸的写作惆怅与自怜在黄金诗人"九八年一代"的喻示下，与魔鬼的舞蹈和狂欢一起堕落至黄金之门背后的深渊。

我终于下决心为这个骑士举行一场葬礼。一个骑士的葬礼，它属于堂吉诃德。堂吉诃德的直率与天真重新昭示了童话焚毁之后的宿命与希望。它以一种异端的力量，忠实于正确的理想与信仰，面对群氓的嘲讽、苛责、恶毒的唾弃。他在乌纳穆诺之后真正地从经验的世界触摸到了写作和艺术的真知。写作不是贵族的奢靡、僧侣的禁欲、炼金术士的语言游戏，而是带着激情、浓烈色彩的寻梦之旅。

在某种意义上，我坚信，只有堂吉诃德抵达了先知的黄金世界，戴着百合花的花冠。"九八年一代"的知识分子们就像堂吉诃德，破碎和断裂的西班牙精神是吞噬他们心灵的痛楚之源。堂吉诃德黄金般的眼泪，在这个虚无黑暗的世界中闪耀灿烂的光芒，他就是我内心的先知。无论在知识的启蒙，还是在纯粹的书写范围内，他就是我要找的阿拉伯男子——那个在权力的诅咒和使人窒息的政治色彩涂抹的戏剧中只为心灵歌唱的白鸽子，牺牲于先知的橄榄树下。他刺破虚无，伪善的长矛纯洁了书写的意义。黄金时代的理想骑士，他的灵魂成为飞越西班牙比利牛斯群山的白鸽子。稚嫩纯洁的双翼、闪光的翅膀、碧绿的大地，那就是乌纳穆诺忧伤目光注视的现实人生——新生的河床、欢乐的天空、茁壮的树木、苍翠的田

野、寂静与肃穆荡漾的黄金时代……肉体、朝露和西班牙的山脉一起沐浴在梦幻的光辉里。堂吉诃德找到了先知黄金世界的伊甸园，本真的世界在众声喧哗潮水般退去之后，裸露它纯洁的秘密。直布罗陀的海水吞没万千泥沙和尘埃，只有黄金骑士的眼泪能救赎这堕落的苍白浮生。

乌纳穆诺，我的熙德在伊甸园流泪了——他的眼睛因看到了书写的启示、黄金的秘密而流下泪水。他在最遥远最晦暗的人性中看到了黎明和黄昏，嗅到了迷梦中的西班牙肥沃大地母性的气息——哀伤、仇恨、智慧……梦幻中的大陆就这样在"九八年一代"的黄金诗人乌纳穆诺的世界浮现。阳光荡漾，海水战栗，落日的壮丽，神秘而颤抖的欲望，无限的孤独充满我的熙德的心灵。这就是徘徊在安达卢西亚的黄金之门外的真相与奥秘。

我的熙德，阿拉伯的男子，你黄金般的眼泪使我从睡梦中苏醒了。爱的泉水，寂静的时光，歇息在群山脚下。尘土和漫长的时光赐予我黄金般的语言，我在新月之下找到了疲惫旅途的欣喜。迷途忧伤的孩子，终于读到了那时代秘密之下的精美童话。

怀念你，我的堂吉诃德，我勇敢的熙德！让我用黄金诗人乌纳穆诺的歌唱来悼念你从尘世的离去。真理如红宝石和白银在我双手颤抖，你的血液、纯洁的生命将在百花丛中永不枯萎，你永生在梦中的西班牙大地。

> 我要睁着双眼死去，
> 里面留住你那清晰的群山，
> 它们的山隘是我生命的空气——
> 群山使你永恒的内心向着太阳，
> 我梦中的西班牙！
>
> 跟我一起进入你宁静的胸臆，
> 好好地铸造你那光辉的形象；
> 把你的岩石作为我肉体的庇护，
> 你的记忆在我身上沉睡无数世纪

我梦中的西班牙！

让我的双眼成为草叶两片，
痛饮你的光华，我的大地的太阳
母亲啊，你的大地上我足迹依旧
用你的阳光照上它们作为慰藉，
给我慰藉的西班牙！

蕴藏着的碧翠萌发出青春，
在我心灵的深处形成你的景象，
于流逝的世界到持续的世界下面，
加强了信心，要重见希望，
给我慰藉的西班牙！

我要好好地睁着双眼死去，
胸中深处怀着你的青春，
我的肉体仍然是收割后的金黄田地；
你的阳光以我的希望给眠床镀了金，
给我慰藉的，我梦中的西班牙！
安息吧，我的熙德，我忠诚而勇敢的骑士。
怀念你，我的先知——堂吉诃德。

2006 年 4 月 13 日

秀 才 胡 同

在中国古代的书院与郡县州府无数的学堂，"秀才"这个词的内在含义比状元、榜眼、探花更为奇特。秀才作为一个想象的身份，而非权力中心的拟定，远比古代通往仕途的暗路上骄纵、乖戾的书生有着更重要的寓意。

中国古代北方拥挤的胡同，天下的秀才在这皇城根下的夜读带有浓郁的理想色彩，与史家所描述的晚清一代的秀才形象截然不同。秀才的身份与气质、血性与勇气乃至刻薄、尖锐的一面往往被野史、讽刺小说所涂抹、湮没。

在浩繁的卷帙中，这个符号不再局限于古代的读书人本身，而是成了一种想象的身份，与艳丽的狐仙、悲情的酒客有关。然而在竹简之后，知识分子的狂放、颠倒黑白的文牍笔墨中，秀才最激烈的一面却是模糊不清的。而今人对知识的鄙弃、对真相的恐惧，使得关于秀才的虚构成为一种狂热的文牍工作。

这样的辨别，需要看破怪异世相的泼辣与尖刻。

你会和我一样质疑——这样妖狐出没诡异神秘的世界，居然是没有廉耻和荣辱的。秀才在这里失去了他的节操和修辞的能力、说话的语言能力，只剩下单调的情事任凭热衷揭短嘲弄的小说家摆布。

中国历代的秀才，从权力的最底层开始融入的悲情色彩，并没有因为才子佳人的皮相而损耗殆尽。秀才们长年累月地在寒酸的胡同里读书写字，饱经风霜，似乎离狭义的理想主义者也极其遥远。但在历代科举体制禁锢得近乎让人窒息的案头，仍然有几篇可读的文章。这样的秀才很少在体制内的名册上留下名姓，权力的刀笔能够敏锐地捕捉到这一类文章的忤

逆心理，或者暗中隐藏的固执。秀才的文章经过重重的过滤、净化，到了殿试大多只剩下赤裸的伤情色彩。这种伤情和惋惜，被极尽能事的小说家妙笔生花地篡改成青梅竹马的故事，放在某个朝代的尾巴上，有着一种凋敝破败的恶劣之美。

然而明朝的秀才血溅案头，终于开始为自己正名。这种觉醒远比上书的士子、读书人更为刚烈、不可遏止。一种巨大的力量促使他们狂奔出这长长的胡同，走上街头，哪怕是葬身宦海。

这种血气，只有胡同里的秀才才有。

以一个秀才的身份来理解这胡同里的寒酸与暗角，是明智的选择。知道身在其中，天地之间的胡同都是相似的，曲折纠缠，如乌黑滑亮的蛇一样扭曲身体和四肢。秀才的身体、语言都是被这胡同的迷局所摆布的玩物。小说家需要秀才居住在这胡同里，贴了窗纸，住了妖精，变成怪异的、失魂落魄的鬼魂。

在我的阅读经验中，秀才这个词语是一种需要被重新理解的身份。它不像士大夫那样身在江湖宦海，不是游侠，他们离街头、柴米商铺最近。在厌倦了古史中虚构的看海棠、弄竹马的秀才之后，秀才这个词会为你重新打开认识世相的出口。

没有任何一个秀才，将他的名字留在宦海的册页里。只是小说家掏空的躯干，引来狐媚的妖言，在月黑风高的夜晚，将胡同里的秀才梦境中的女子幻化成魑魅。

秀才无名，他的笔、他的尖锐都是藏匿在书页背后的。秀才的性别和形象都是被虚构来嘲讽挖苦的，这种阴暗的逼仄之心，常让人在冰冷的书中感到惊恐和战栗。秀才的胡同，被小说家灌注了太多的脂粉，以致读来乌烟瘴气，病恹恹的花，醉醺醺的美人儿，还有虚无缥缈的红色狐仙。这样的一种残酷，在虚拟的文字世界，缠扰着读书人的心。即便是胡同深处的病残秀才，也有着煞白的面相。

秀才的故事，难于读完，涂抹胭脂的小说家的虚构和掏空身体的秀才，成为鬼仙系列的装扮。病态的美占据了整个京城的胡同，那种水墨色的梦魇被涂改成惊鸿春梦，将秀才们逼入绝境。小说家在虚构的舞台上残

酷地杀戮与捏造，将真相焚烧成袅袅青烟，升起在胡同上面的天空。

阅读明清的史书，却不见有一个小说家来捍卫秀才的身份，这是一件憾事。仿佛秀才们被官宦和知识分子囚禁在胡同里，有一种身份越界之后被打入十八层地狱的悬念。

只是从来很少人质疑自己是白痴一样，秀才的身份被小说家架空，送给了狐仙和病梅花。

虚构，以一种施虐的快意来决断知识和真相的命运，秀才成为修辞与书写快感的牺牲品。秀才只属于这胡同——吐血的甜美，扭曲的脸孔……

这个身份与称呼，有着极其丰富的想象。

在说书人或者一般史家的记载，插科打诨，秀才是以一个被取笑的形象出现的。这种想象与书写的历史被长时间地凝固下来，除了身上的单衣，病倚着院落里的海棠树。青痣狐，媚红袄，秀才的真实生活被这种虚构和嘲讽所淹没。寒酸的秀才，住在狐狸的胡同，只是这种讽刺与寥落，最初一代秀才并非那般迂，只存在于想象之中。那些散乱的故事虚构的是秀才的红绿草、黄裳、鸟雀的胡同、阳春三月的嫩绿……

一个秀才的眼泪，会引来无数的妖狐。

渐渐地，你会为这种比喻和妙笔生花的故事感到窒息和恶心。

天下的胡同，那种狭窄、极端的压抑感和曲折让人想到词句的平仄。秀才的胡同，朗月之下，青灯黄卷，人间的烟火气息和性情中的刻薄、血性，都几欲殆尽。

秀才已经不再佩剑。《水浒传》中的不第秀才、纸墨营生的明代书生，不再因一言而甘愿承受牢狱寒苦，山河的灵气到了晚清的秀才那里已经丧失殆尽。只有极少数的人还能凭借一时意气，在体制内讨价还价，最后做出致命的决绝。中国古代秀才的那种强硬与激烈通过漫长的时光与科举体制流传，锣鼓巷萤光满卷，雪窗外剑客夜袭，都是关于古代秀才的最美传说。

这样的行动和举止，在你从中国那朗朗的读书声中清醒过来时，难免会有一种相见恨晚的长叹。秀才的胡同通往天下衙门，万古风月，一朝春

梦，雪晴之后，静雅的庭院墨香轻飘，饮茶同窗，击鼓杖歌。金鱼胡同里的秀才，穿过鱼米街市，在稀奇古怪的胡同里，在藏书楼、明亮洁白的天这样虚构的语境中穿行、梦游，像笼子里的金丝雀。

每一个胡同的夜晚，都有盲人的摸索、秀才的念叨。

中国的秀才，在曲曲折折的胡同里夜读。轻轻叩开纱窗，你可以看到这灯火下的少年，或者已过花甲的老人。

在书案前、闹市中，那是明朝的蒲松龄。也许只有在蒲松龄的文字世界里，秀才们才能离开胡同，走到那更远一点的明月冈。

民国的书生，那些上个朝代的秀才，在京城的胡同里、使馆里措辞论辩，不分黑夜白昼，这才能在阴暗潮湿的年代看到光亮。京城的夜晚，那些知识分子隐藏在胡同的角落，策划着一场政变或者暗杀，长途奔袭。这样的剑胆琴心，证明他们并非书坊里纸糊的架子。

秀才的剑一旦离鞘，便杀人于五步之内。而这样的秀才却总是藏匿得太深，或者在胡同里像个凡夫俗子一样吃五谷杂粮。如果那是刺杀袁世凯的秀才或者读书郎，你倒不必心惊。枪响之处，他们热血沸腾，不惧这黑暗的落网。

古代京城的胡同，曲折的巷子，容易让人迷路。只有这些目光炯炯的秀才、书生才看得清楚路面、局势。

秀才们在这长长的胡同里挑灯夜读，那是中国最催人清醒的读书声。只有在民间的逸事或者更晦涩的古书语境中去理解秀才这个词语，你才能接近真相。

在野史或者历代王朝的权力中心之外，秀才们栖居在胡同里，在这僻静的夜色中饱受煎熬。词调落腔，都带着斩钉截铁的果敢。那剑，那腰间的佩玉叮叮当当，清脆的声音，是少有的一丝悦耳。在病虫缠扰的夜晚，秀才落笔的刷刷声，让我联想到月下洗笔磨剑的侠士，或者一个病夫在跟跟跄跄地舞刀弄枪。秀才挑灯看剑，舞影凌乱——看得久了，才能懂得他的寂寥与悲伤。

中国古代的夜空之下，风雨之声相互掺杂，中国历代的读书人似乎都

走过这长而曲折的胡同，慢慢地走了许多年才能走到灯火明亮处。

天下如棋局，胡同如迷宫，书声琅琅，出自那胡同的深暗之处。天下秀才，在这漫长的胡同中不断地吟诵、苦读，洪亮的嗓音让人终于找到一丝干净明朗的安慰。

天下秀才，书声琅琅，读书人的精神和血性，都在这胡同里千年缠绕、厮磨。

如同善意的小说家提醒，除了狐媚，你应该小心那秀才的剑。

声 声 慢

有一次，在深夜的上海，在剧院看戏。一折唱完，已是月悬中天、分外明净。到六楼的小吃店坐下喝茶，一刻钟后再回到剧院，曲子已经到了戏剧的高潮，琵琶和笛声缠绵婉转，蓦然惊响之处，却是急如雨点的锣鼓声，由慢变快，声声清脆入耳，有一种金石的声音。

鼓声响处，舞台上的戏子才慢慢地从那帷幕后面走上来，擂鼓三通，那节奏和力度是让人叫绝的。仿佛人坐在影院的大厅里，躺在椅子上，回到了明清的夜晚，灯光染得像是旧铜钱那样的色彩。鼓声就在这月朗星稀的时刻，咚咚地响起来，让人想起很久以前那种南曲原有的腔调。那鼓声像是传说里细腻优雅的水磨调，要响亮就响亮，要柔软就绵密得透不过气来。恍惚间，疑是回到了明朝的北京城，官衙断案，冤民夜半击鼓，知府衙役穿衣戴帽，携了文书、响板，升堂传唤。

这清脆响亮的鼓声到了这夜半时分，也就有了明代曲剧那四大声腔的味道。这熟悉的鼓声，从明朝一个县衙的厅堂经扬州传入北京、湖南，它的声音已经成为绝妙的腔调，为人们在客散酒冷后低低地传唱。带着吴语的唱腔，衍变出众多的唱法，像是古代人那种刚毅果敢，却也有温柔细腻的一面。就像是这上海的夜半，舞台上的灯光洒在衣肩上，戏子慢慢地敲打着锣鼓，细细地清唱，有着清丽悠远的唯美气息。在人半睡半醒的时候，那鼓声慢慢地萦绕在耳畔，直到戏曲中的悲欢演绎，到了碰撞擦出火花的瞬间，人物的内心和面部表情都霍然变化，嬉笑怒骂，这鼓声才像那万历年间县衙官员手里的惊堂木一样，让我从这上海吹着凉风的夜晚醒过来。绕过博物馆的藏书楼，复又去寻了地方去看宋明时期的画。一心想在这夜晚妩媚的灯光下找到通往古代的小路，也许那里正是剧场的舞台，装饰着明清的桃花，或者宋代的云烟、绿竹，隔着景观，让人看着有一种模糊的美。

此时若是不喜欢这戏的情节，要昏睡的时候，偏又会遇到剧中人那响亮的惊堂木啪的一声敲打。这样的声音，曾几何时只在中国古代的深夜才能听到。戏子穿着绫罗绸缎，涂着胭脂粉黛，站在夜空下，有着无尽的冤屈，于是她就在众人尚还昏睡的午夜，来到官衙的门前，匍匐在那高大的衙门下面，取下鼓槌，咚咚地敲了起来。深冬的夜晚，天气是那样的寒冷，值守的衙役眉头上都染了霜花，搓着手，跺着脚，想拼命地让自己暖和起来。倦意袭来，正欲坐下。而古代的官员披星戴月地阅读文件，半睡半醒，刚要入梦的时候，那鼓声突然就响了起来。

无论是戏子敲鼓，还是古人因为寥落悲愁而敲打，这鼓声我是极为熟悉的。仿佛就是宋元年间的一个黄昏，失去家产的女子，来到这衙门府第，击鼓、哭唱。这不是在演戏，在中国古代的每一个夜晚或者黄昏，醉意蒙眬的时分，你翻开书，或者听一折曲子，都可能遇到这样的敲打声。那完全是古代中国才有的声音。那木头的鼓槌，那红色的装饰绸带，那风吹雨淋了的油墨，都是古代城市的衙门口才有的。木头是桑木，或者榆木，都是极为结实的木材。还有就是梨花木、杨树，那种木头的沉香和气味，属于年代久远的某个冤剧。不仅是宋代的唱赚、诸宫调，就是在明清的曲剧里也能辨出这种音调来。

我想中国人似乎都很熟悉这样的声音了，天色黑压压的，月光都是灰暗的，这个时候有人忽然出现在县衙七品县令的春秋大梦中，拿起鼓槌，咚咚咚，声音响遍了衙斋。众人赶赴堂下，分秒不得耽误。

这样的声音，仿佛是只有剧中才有的调子。县衙升了大堂，衙役们站立在两旁，威武庄严的表情瞬间就代替了瞌睡虫。县令拿起云节响板，或者先摔一下惊堂木，烛光照得大堂如明镜一般，金黄的光芒无比耀眼。这就是古代的县衙。鼓声过后，上堂传唤，官员必须立即到场，接受案子的审理。无论白天黑夜，寒暑时节，只要那大堂前的风火大鼓响起来，官衙差使必须立刻到场，这一点是与滑稽可爱的小花脸的角色截然不同的。

这样的鼓声，是不像我在剧院看的戏，讲究北曲套数，或者安排穿皂罗袍的人出演，一切都是讲究穿插的。这古人的鼓声却是性情所致，想起来了，就没有丝毫的分说，没有所谓的酸道理可讲的。你期望在这戏里看到忠奸，分出黑白；但在古代的官衙，却是布满了重重迷局，每一个断案都如此艰难。每一个诉讼都要朝夕升堂，哪怕那县衙门前的鼓声变成闷鼓，这诉讼还是要审理。渐渐地，在这样的一个空间，戏子或者县令都变得生动了，月色明亮如水，看客也好，差役也好，按部就班地出现在这个场子。只等鼓声过后，一切按照律法来执行、审定。

这声声急雨般的鼓点，让我觉得那戏子的美，原来都是带着悲的。这样的伤悲，让她的鼓声中那冤屈都变得透凉。这鼓声让我在饮酒作乐、读书看花的时候，想到这戏子的酸、官衙的苦，还有那古代整个中原的县城闷闷不乐的闲言碎语。

看戏久了，听听这鼓声，节拍是如此熟悉。它的急躁、慌张、失望都如此清晰，投射在鼓面上，撕掉那大红的绸子，鼓槌在敲打的过程中木屑飞舞，穿过空气，击中我的脸，有一种生疼的感觉。这样的感觉就像我在这上海夜晚的剧院看戏，看戏子的悲欢离合，都要分一个青红皂白才肯罢休。那声音像粉蝶儿或者斗鹌鹑，时而放慢拍子，延缓节奏，让我能听清楚剧中人的声音。不管是进京赶考那样的闲事，还是错打鸳鸯的离谱荒诞之事，这鼓声却是真实的。

一下一下敲打着，让我坐在台下看戏的时候也是心惊胆战。不知道它何时开始，又何时停息，仿佛衙门之外，大堂明镜，中国古代的天下九州百姓沉沉入梦，这鼓声非要像个霹雳一样吵得官员不能入睡。一下下地刺到梦里面，连着另一个世界的揪心之事。鼓声从这舞台的戏子身边传到风

雨交加、月黑影沉的明朝，戏子行腔咬字，耳鬓厮磨，时而却又撕心裂肺，熬至海枯石烂，明镜之下满头白发，功名利禄在鼓声响罢三遍，都作鸟兽散了。

古代的夜空下，每当这鼓声响起，官员们就急忙赶赴高堂，仔细地听起来那官差长长的声调是轻柔委婉的。这种长长的拖腔对字音要求严格，让后来的戏子、散客，在刚看完惊梦的曲子、艳丽的美人后，耳畔就被它缠住了。这样的鼓声仿佛是在古代中国方圆九州的百姓睡梦里想起，在藏书楼、深山古寺、流云深处，南柯一梦。

鼓声响，升高堂。日月明镜，天地位列，这是古代的官衙大堂。七品县令听到鼓声，在鼓槌落地之前，当堂坐下。一切争论都需做出裁决，明察秋毫，需要胆识与不畏世故的铁面无私，戏子的装饰性花腔是要退避三舍的。

无论是在这戏曲里，还是在中国古代的夜晚，月朗星稀的时光，你侧耳倾听；在酒酣耳热之后想读线装书的时候，在悲伤失意觥筹交错的夜里，散发扁舟不辨黑白的时候，伸手不见五指穷困不堪的时候，这鼓声就敲打起来了。推开你的门窗，外面就是府斋的鼓声阵阵，急如暴雨，声声入耳，那木鼓在秋雨时节响起，金石之音穿透大堂、舞台、县衙、茅舍。戏子折断了兰花指，鼓声忽地就如那宋元明清北曲的声情跌宕豪爽，只管把酒言欢。

在上海的剧院，听这样的鼓声，清脆如雨点洒在窗前。夜半的时候，穿过弄堂和阁楼，来到这里听戏子的唱腔。吐字、过腔和收音都是那样仔细，它的语音带有吴侬软语的特点。随着鼓点，唱得如此响亮。只有那秀才还想着声音的控制、节奏速度的快慢以及咬字发音，在这鼓声中醉倒于月下，找不到回家的路。

鼓声，在古代中国的夜晚响起，在每一页书的评注里面响起来。威严的堂案之上，七品官员表情严肃、行事果断、鼓声响起，官员们分列左右，衙役官差一并到堂，听闻诉讼，惊堂木带着梨花香飘荡在宋明的官衙。你可以看出这些人内心情绪显著的变化。这鼓声让人从睡梦中惊醒，无论那个世界是黄粱美梦还是花前月下，这鼓声却是明净如水、流泻满

地、无关风月的。这鼓声千百年来就像我所到达的这个舞台一样，不时地敲打一下秀才或者县令的榆木脑袋，生怕他们糊涂犯了错、办了冤案，让整个府衙蒙羞。因为这鼓声，它是醒神的，敲打的是古代中国官员和书生的乌纱帽和瘦硬的脑袋。只要你仔细地俯下身来听听，那暗夜里明月从乌云里透出来，声若游丝，继而是流水行板一般敲打起来。这样的鼓声是只有桀骜不驯、能担当世事的洒脱才子和两袖清风的县令才能敲打出来的。而大多数的官员在古代却不曾有这样漂亮的击鼓——击鼓的洒脱和直率，让他们看起来更像是一个闷鼓，是柳絮鼓槌。

看着剧院台上的戏子擂鼓而歌，让人的情绪瞬间都投入进去了。它不像是暗角里的嘀咕声，会影响人的心情。那些邋遢白面，在眼角、鼻窝等处，加上一些黑纹，甚是让人看着不舒服。这样的戏子所扮者大多是下三烂角色，又近于插科打诨式的人物。他们与《游园·惊梦》中的柳梦梅、《惊变·埋玉》中的唐明皇、《琴挑》中的潘必正、《八阳》中的建文君、《断桥》中的许仙是不属于一个世界的。而这样的鼓声在戏里面才是真正耐听的。

击鼓而歌，是古代人的一种逍遥姿态。

或故意显假，又或故意装真，这样的鼓声是造作的。民间的击鼓，那是带着一种悲伤的鼓点。官衙县令主持的诉讼，听鼓点就能分清楚轻重缓急。当堂论证，齐奏，明辨是非，那惊堂木的响亮声音让人睡意顿消、眼神明亮。这鼓声求的是天下太平、万民皆安，哪怕是鸡毛蒜皮的小事。鼓声一响，县令整顿衣冠登堂断案，这是古代的传统。即使是七品芝麻官，这鼓声也是长年累月不断地考验心气和胸怀的。不能仅仅像戏子一切服从于剧情和角色应有的情绪，还应该头脑清醒，断得这世间大大小小、千丝万缕的陈谷子烂芝麻。

这夜半的鼓声，最能去除我看戏时候的焦躁和疑虑。绕过大半个上海，找到这个剧院。看这样的戏曲，是不可急躁的。即使是听戏子的嘀咕，也是要理解腔法的区分以及各类角色的性格唱法。比如戏子演到夜奔，或者连环计，唱到七品县令糊涂仙，此种千变万化，是需要你从那一词一句的快板式的韵白唱腔中细细倾听体会的。

午夜时分，从这戏子的腔调中惊醒，耳畔就是鼓声阵阵。县令的桌上满是尺牍文献，星夜批读问卷，展开厚厚的卷轴，那是辛酸疾苦的。尤其是像这个剧中的小书生，固然是传统的赶考功名，却也懂得鼓声一响，披星戴月地赶路，奔赴京城。尽管这是在舞台上象征性地走一个月，逛一个弧线，步履时而轻盈、时而急促，却也并不曾有葫芦脑袋，不明世间冷暖，不知乾坤之大。鼓声响起，衙门敞开，天下事皆可在此争论、分辩，酸腐的文人、奸臣、刁吏、恶讼师、帮闲，都不住地打哈欠，不管夜色几时、季节时辰，一声断喝，县令如怒目金刚，全脸皆涂以白粉，威严肃穆，声如裂帛，天地之间的公义裁决就在这鼓声的末尾断出。整个城市朗朗的明月之下，雪花纯净的光泽映照着衙门的高堂，百姓们终于熟睡入梦。

古代的夜晚总是这样一波三折，就像我在上海的剧院看戏，戏子的故事也是同样跳跃不定。生、旦、净、末、丑、外、贴，不同的角色和身份，都围绕着夜晚的鼓声展开。我似乎无法像那书里的关羽戏里的诸葛那样饮酒畅谈。那惊疑不定、想做出裁决的人们拿起梨花鼓槌，敲打县衙的木鼓，朱红的绸缎覆盖着，醉酒的击鼓者，一跃而三击之，鼓点如急雨，这样的鼓点似乎比用真嗓唱起来的时候有更高的音及更足的美感。仿佛古代的卫国兵士，远戍陈宋，久役不得归，有一种归乡的冲动和思慕。鼓声急而不乱，眉目神色不变，兵戈倒竖，铠甲鲜亮，阵形齐整威武。那个击鼓的人，长发红袍，两侧拳曲，双手张开，在这个悄无声息的午夜，低低地哭泣。泪花溅射到鼓面，形成巨大的撞击反射的力量，敲打在戏子的胸膛上。

更诡异的鼓声，你就应该猜到是赵五娘、窦娥、张三姑她们以及天真活泼玲珑剔透的小丫鬟，坐在台下或者回到那年的黄昏，听她们的鼓声，声声欲断魂。在这个剧院里除了能够听到那催命的断魂声，还有这演绎得熟练至极动人心魄的醒堂鼓声。

鼓声从天宇传来，书斋里的尘埃洒落在衣襟上，县令们似乎还在睡梦中。黄昏的酒宴似乎仍在进行，吆五喝六。喧喧锵锵，咚咚隆隆，鼓声就在这古代寂寥的夜空下响了起来，声音低沉而凝重，欢快而响亮。夜晚的星光

下，那鼓声如冬雷震震，醒脑开窍，让昏沉的气息烟消云散，天地间的污浊和湿气似乎都随着光的洒落而消散了。鼓声响彻在心头，惊醒了官员、书虫、秀才们。一个时辰一遍鼓声，那鼓音声破四野，击鼓而歌，荡漾的是征尘四起，马蹄声踏将过来，官衙里的县令匆忙升堂，明月升至中天。

这就是夜半的鼓声了，中国古代的夜晚，这样的声音让人头脑清醒，它不断地敲打着你的脑瓜，那声音不疾不徐，节奏由慢而快，似乎总能将矛盾冲突演绎得恰到好处。一句清脆的念白，这其中有多少鲜为人知的故事呢？

这戏看到这里，我总是为这午夜的鼓声所沉迷。

每当你思想停滞、昏沉的时刻，想要偷闲学懒散客人，那不疾不徐的鼓声就重新敲打起来，仿佛自己就是身穿绿蟒加帅肩、腰束角带的击鼓之人。鼓声从遥远的天际传来，我似乎可以高唱入云而端坐不动、安如磐石。待猛然醒来，精神抖擞。这世间声声金鼓铜锣，睁开眼时，天地乾坤都入定了。

粟 里 乾 坤

名称：粟（ㄙㄨˋ）

别称：黍仔、小米

学名：Setariaitalica

分布：数千年前中国、日本、东印度诸岛即有栽培，依考据推论原产地可能在中国内地。

一

阅读古代的竹简、文牍，关于祈雨与术士占卜的天象记载，是中国历

代王朝重要政事。天文官步履焦急,车马疾驰过宫门,卷轴铺开,弥留着一种陈旧的暗香。这种气息便是传说中粟米的残香。祈雨的术士默念着符咒,分析着乾象天文,和紫衣红袍的官员,身披黄巾的天子站在天坛之上为春耕祈求天降甘霖。

雨水降临大地,它便是官员们俸禄的源头之水。古代的粟米在天时的滋润之下,长成古中国郁郁苍苍的一片青绿色。识天象、查地理、问卜八卦的天文官员,沐浴焚香的术士,越州蓟城,燕赵齐鲁,九州农田的百姓,他们的衣食都是来自这苍天的雨和粟。

钱米粮仓,恩泽天下,古代的天子,天下的百姓都在这天宇之下,叩拜稽首。乾卦易象,河图洛书,占卜的术士和天文官员明察时政,分析国家区域灾害分布,河道损枯,仓廪盈亏,绘制中国的地图,考辨赋税,星象,以致朝廷文武百官的俸禄衣食与天时、气候之间的关系。春耕大祭,五色土,万乘马,轩辕台,粟米满仓廪,文武百官的卷牍浸染谷物的香泽,明察天时,问卜乾卦的术士,官员统筹分析国家农耕桑植,祈问天文星象,疏导郡国水利,访查农田,劝耕问劳。

泱泱大国,河流曲折曼延,大河汤汤。五岳挺拔,九州方圆,山苍苍。田野里种满了天青色的谷物,颗粒饱满,株枝古朴,顺天时而耕种,依卦象而垦耕农田,泄导水利民情。古人对这青青粟米的思考和忧虑来自穹苍星象,大河岁岁年年丰盈,学富五车的大司农和州牧躬亲农耕,冬雷震震,雨粟满仓,草书急篆,鸟兽争鸣,文牍溢满一派祥和的气色。

二

粟米,中国古代官员俸禄的始源。自明清以来,顺治元年按明例支给俸禄柴直,十三年裁汉官柴薪银,雍正三年(1725 年)定在京汉官照俸银支给俸米。天文官通晓古文经,知天时地利人和之策。

明代官俸制度先是对公、侯、伯的俸给制度进行改革,"令公、侯、伯皆给禄米,论功定数,责成他们各归旧赐田于官",废除了明初"勋戚皆赐官田以代常禄"之制;其次,把核定官俸与文武官员的品、阶、勋相结合,根据官制统一按月发放官俸。官员以"石"表示职级的大小领取俸

禄。以石论秩，是因为战国时候有用谷衡量取酬的做法，而石为最大的量器，所以用石表示官秩的等级。阅读这样的数据，理清思路的同时，我们才看到了粟米的终极意义。

阅读中国古代官员的俸禄簿册，顺着篆书、古汉隶、草书浓墨的笔痕，小米汤写的字，花骨朵，风呼呼，路茫茫，裁断天时地利的龟板甲骨文上面，占卜吉祥荒年的乾坤卦，有一个模模糊糊但清风峻节、硬硬朗朗、响当的"粟"字。厚厚的书简，沉甸甸的帛书，密密匝匝的俸禄制度，一石米，千钟粟，万户侯，粟米养育着古代的官员、侠客、剑士、占卜祈雨的术士。

中国古代俸禄制度是古代职官制度中最重要、最基本的制度之一，敬天惜地官员俸禄，册书一卷，竹书刻记，官员一分上下，领取不同薪俸粟米，车载斗量，按照功勋分发调拨。

天青色的粟米，琥珀色的官袍，北望诸毗之山，临彼岳崇之山，浩瀚中国星空下，乾为天，坤为地，雨露恩泽大地，九州百姓相天时而播种，祈求五谷丰登、粮米满仓。吃粟米的俸禄官员，他们并不仅仅是生活在皇城里，而是要时刻操劳。在灯下、高山上、书斋里、田野中，古代的谷物，邈远的星河，逶迤的水道，卜算问天的天文官，钱粮政要策马疾驰，赶的是黄道吉日，风调雨顺。年月时节，春秋谷雨，他们的俸禄与操劳都与这粟米有关。仔细地阅读中国历代官员的俸禄簿册，粟米的计算、分发、归仓、储存，构成了农耕国家的重要生活内容。

粟米长满了九州的山冈田野，河流滋润着谷物，官员们吃千钟粟，骑千里马，探访天下郡县，明察时弊。国家俸禄以及天时收成，农耕桑植的关系，官爵的赏赐，城郡的治理，水利的兴修是官员们日常劳作的重点。

春秋粟秩，这淡青色的谷物，黄巾色的粮米，养育了中国历代铮铮铁骨、器宇轩昂、胆识卓越的官员。吃粟米的燕赵英雄、巴蜀少年、齐鲁策士、秦晋游侠，击筑杖歌，中原沃野，燕赵秦楚，车马浩荡，衣食粟米的官员、寒士、百姓，食俸禄，吃五谷，体魄强健，深明大义。

三

古代中国是一个以农牧生产为主的国度，雨水是一个国家的运势命脉。古代的官员掌管农业耕作，巡抚安民，他们对山川、地形、城郡、农桑耕作的理解是大而化之的。这些官员们一方面是知识分子，懂得盐铁经营，同时又能够敬重天时，肝胆相照。

古代种植粟米，讲究天时、地利。山河分野，中原在望，齐鲁的鱼米，燕赵的车马，满载着粟米往返奔驰。战国时代的粟米，那色彩是清冷、古朴的。人们举戈前行，吃着细细的粟米，兵甲纷争，山山水水，分接相连，河泽分野。分野，它是中国古代的一个占星术概念，指天上星空方位（二十八宿等）与地上的地理行政区划（州）的对应；"灾祥"，指灾异和祥瑞，它们预示着凶吉祸福。在古代地理与天文学中，它是一个十分重要的概念。它表明了天与人、州府郡国、山川城池之间的相应秩序与关系。

天，雨，粟，在古代天坛上的祭祀，羽蘡飘扬，诏有司祠雷师、雨师，策问八卦以及天地吉凶的术士，长袍上写的就是那个"米"字。汉代粟米堆满仓廪，天文官和占卜术士，筑坛祭天，查问国家兴衰运势，朗朗青天，黑白分明。古人勋爵赏赐，耕织赋税，钱粮鱼米，官员们领着俸禄，管理着治下的一方土地，追求的不过是千钟粟。象辞求雨，官员升迁，治理州县，青青的粟米堆满祭台，亭栏溢彩，古柏苍翠，黑色长袍祭师，大红鱼龙纹的旗帛，天垂象，见吉凶，蝗灾之年，祭天祈雨，只求雨水润泽嘉禾。

禹收九牧之金，铸九鼎，钟鸣鼎食之家的古代官员，俸禄即粟米。以石为单位，计算官员的俸禄，银两折算。春秋的青青粟米，那禾苗绿意盈盈，禾草青青，山脉连绵，无论是周天子，或者燕赵侠客，齐鲁俊贤，这禾苗即嘉禾，这雨露是滋养黄皮肤虞舜后代的甘霖。虞舜治水，理顺天下河道，那巍然的钟鼎，沉重肃穆的青铜器盛满粟米，十里飘香，邯郸，大梁，燕赵大地，齐鲁之海，香满书卷，颗粒归仓。戴以笠帽，披以蓑衣，祈雨，击鼓，二跪六叩首礼毕，复跪拈阄，流跪香，讽经、典史监坛，那

绿色的禾苗长满中原大地，官员们奉承运势，奔走辛劳治理国家。

四

　　古代的天文官、祈雨师、阴阳家认为历代王朝的更替兴衰均由五行主宰，以五行为中心，以空间结构的五方、时间结构的五季、人体结构的五脏为基本间架，天地之间的雨水和身着青衣的百姓、深山的草木建立起恒久的关系。祈雨师通晓天地之道、万物之纲纪、变化之父母、生杀之本始，高山之上车马玄黄，祭天祈雨的仪式在春秋时代成为皇权生民的浩大典礼。

　　草木谷物向阳而生，云水滋润才能有秀丽的青色，养育天下子民。阴代表消极、退守、柔弱的特性和具有这些特性的事物和现象；阳代表积极、进取、刚强的特性和具有这些特性的事物和现象。阳光照着国都的城池，向日为阳，背日为阴。传说中不周山下的粟米浓郁的清香溢满香草的气息。天子的注目下，那挥舞青龙仪杖的阴阳师、正襟肃立的天文官，手捧粟米，跪问苍天，远游的士子也回望国都，目视饥民，心有悲郁。

　　春秋时代的人们认为，天地之所合也，四时之所交也，风雨之所会也，阴阳之所和也，祈雨师白发灰袍；天文官紫衣素冠，遥望天下九州的荒旱农田，问法天文历象，改造沟洫道路，倾听草木虫鱼，·奏言政法文教、礼乐兵刑、赋税度支，问忧膳食衣饰、寝庙车马，躬身农商医卜，为了这天下的收成与丰盛的时节，翘首苍穹，目光如炬。

　　春秋时代，中国的土地苍茫逶迤，兵甲相交的大时代，这五谷的生长让常年远征的将军、策士、隐逸深山的士人悲欣交集。青青粟米，殇殇丹衣，天气轻清为阳，地气重浊为阴；依水火而言，水性寒而润下属阴，粟米在泥土里慢慢生长，天向西北倾斜，日月星辰都向西北方移动。奔走在中国大地上的侠客、谋士、相国、黎民，他们的衣襟浸染了这小米的色彩，从遥远的时空望去，烟尘四起的春秋，雨水从惊雷阵阵的苍穹垂落中原大地，四海烟波浩渺，长发飘飘的剑客、游说七国单枪匹马的阴阳家、耕种谷物的村夫野老，天青色的衣饰，那是这雨中的粟米原始的本色。

　　天生粟米，古色古香，燕赵的兵马，齐鲁的相国食粟米，垦殖农桑，

受俸禄，躬身亲。

阅读古代官员的俸禄簿册，这粒粒的粟米，颗颗的谷物是春秋时代侠义之士的精神象征。细细的谷粒，粗糙的小米子，却有苍秀的气色，与那个时代人物刚烈的性格和脾性相合。

粟米中正醇雅的色泽，是古代中国纯正的青铜色，它成为官员的俸禄、百姓的衣食之源。古代的祈雨术士和天文官祈望天降粟雨，浩渺的苍穹祥云浮现，雨水从祭坛上降临大地，白衣黑袍的春秋纵横家、墨家、云游四海的道人，他们都为这粟米与雨水而感慨。说客策士、阴阳家对这个祭天的虔诚与思索却是超出了单纯的生存意义的。

云游四海的策士、阴阳家、纵横家，他们通晓天地日月，昼夜晴明，水火温凉，往来于天地之间、山川涧泽，吃粟米，饮雨水，清风吹着衣袖。山川草木在朗朗天地之间一派青绿之色，田野泥土里的谷物养育中国古代的那些大义之士，他们内心的健康气息来自浩浩苍天、一把粗糙的小米。

五

古人祭天，祈求春耕时节，雨水丰沛，天地之间，朗朗乾坤，官员们乘坐马车，奔波在南北的郡县，站在中原的城池，你会看到春秋黑白素衣的谋士、国君的身影、阴阳家的举手蹈足面天叩问，看到汉代墨竹色的衣襟、粟米色的帛书旌旗。

咀嚼着古代的粟米，阅读着历代的文牍，一粒米、一石粟、竹简上的鸟兽小字、鱼虫足迹记载了中国古代的苍天粟雨。这种清秀的色彩、唯美的气质，在朗朗天地之间，古人耕种粟米，养育了筋骨、血脉、骨骼健壮的炎黄子孙后裔。足迹踏遍天地之间的阴阳家、祈雨师、掌管盐铁柴米的古代农业官员，让我们看到了那一颗颗、一粒粒的谷物朴素的本色、古雅的神韵。它粗糙的表面有着万千的痕迹，那是云雷之纹、沧海之痕。

古时以粟米支俸。吃着粟米重农贵粟纳粟受爵的官员、读书人，粟米味道咸淡，那才是人生天地间的大忧伤。无论是汉代官制中治粟都尉、堆满仓廪的方正铜钱，还是传说中不周山下的粟米田鬼雨浩荡，方圆天下的

中国大地，这青青粟米，确是天生之物。生民化育，古代的皇帝和官员、士人都懂得这样一个道理。

古人一方青石算盘，一粒琥珀色的粟米，那里面便有阴阳家的极乐逍遥世界。丰衣足食的国都，通过这一粒粟米，你可以看到古代中国天地的结构、日月星辰的本质以及母语的温情。

北方的粟米郁郁青青，长满田野，粟米的色彩就是青天的色泽。它在草木之中生长，在山野之地拔地而起，宛如苍山。古拙的色彩，浸润着四海河山，春秋云水襟怀就在这粟米中逐渐沉淀。

春秋的山野，农夫们荷锄扶犁，戴着斗笠，耕种粟米，风雨无阻。那一盏盏的清米酒，那一粒粒晶莹透亮的粟米，清澈的光泽、天地间的清香之气，隐藏在书卷中，一腔热血清白之身的士人、策士，健康的体魄、矫健的身姿，是春秋中国最洒脱、最神奇的传说。

用这一粒苍天之下的粟米拜祭天地，用这沧海之中一颗粟米的种子撒遍天下九州的泥土，天雨潺潺，皇天后土，赐我一把粟米，尚飨！尚飨！

一千零一夜

在我有限的小说阅读经历里，有这样一个异端。埃及当代小说家伊赫桑·阿卜杜·库杜斯（1919～1990），是把当代阿拉伯世界文学翻译到中国的众多作家之一。他让我了解到这种小说与世俗文学不同的一种激烈的精神及对权威的反抗、蔑视而散发出的美。在为数不多的中文译本里，我对阿拉伯文学的认识迅速从狭隘地背诵历史资料上升到一种敬意，同时也是对反抗者的微笑，一种坚决的信任。伊斯兰教苏菲主义、神秘主义的文学追溯到底，它的质地闪现了——英勇壮烈的英雄主义、极端的悲观与绝望产生的沉淀物，反权威反压迫的信仰作为种子在艺术的世界开花、萌

芽。自由的艺术与邪恶的体制之间的斗争极端壮烈，令人回味、反思。反复咀嚼伊赫桑的小说，智慧的意味犹如沙漠里旱死的植物，让我品尝到一种忧伤的苦涩。我的绿叶只是这众多陷入悲观与疯狂的物质世界的一种用来遗忘或者纪念流动着青春血液的艺术的标本，它的价值仅能用来回味或者悼念，并不能给人足够的力量。它逐渐变得抽象，将流血与暴力的痕迹遮掩、擦拭干净，留给我的只是一粒旧世道的种子，在荒芜的心灵贫瘠的泥土上生长。

二〇〇四年整个夏天，我的阅读时常陷入愤怒，以致情绪常常失控。我面对的是一个虚构的阿拉伯——沙漠、毒日、陌生的经过翻译的语言……这样的阅读就像自己被毒打一样，内心的压抑和怒火时常会随着那些血痕再次重生。但是在我闻到刺鼻的汽油味的时候，我终于理解了这种阅读的意义。与其说是受虐，不如说是一次洗礼。伊赫桑·阿卜杜·库杜斯的小说就像那些暴力主义的崇拜者一样在我有意的误读中、在我虚构的沙漠里开出了鲜艳而剧毒的花。但这已经是我阅读失败的标志。西方的政治家只对石油有兴趣，至于宗教或者信仰，哪怕是知识，一切却都是邪恶的。包括我阅读过的那些童话幽默的悲剧。我无法拯救我的童话，那些平庸的文字夹杂在腐烂的词语里，制造着平庸的邪恶。终于明白绿色就意味着自由、空气、食品，还有一个人活下去的尊严。反复咀嚼这难以下咽的耻辱，阅读的蒙昧如溃烂的伤口又被撒上那些金色的沙粒。

中东战争结束之后的阿拉伯文学就像朝觐者虔诚的血液滋养出来的神秘种子，顽强地在中亚干旱的环境中生长。从大陆的黄土高原最恶劣的环境向西部延伸，终结者就是这种悲观有力的文学。假象常常欺骗理性，强权常常强奸公理，一切的阅读和现实的洞察都显得猥琐、狼狈。然而，我的谈论与政治无关，政治需要声音、需要传声筒，而我放弃了语言、声音和媒介，拒绝开放自己的内心。我只是愿意为一种张扬人性的小说而追求正义与公平，只是因砸碎了抽象与虚无主义的华章而激动。在廉价和充满疑惑的阅读里，我仍然对异端充满敬意。就像文字可以被消灭、知识可以被贩卖、写作可以被辱骂，而那些埋葬在西亚沙漠里的金子却不会失去光泽。真诚地写作，虔诚地思考，屈辱的灵魂永远不会背叛先知的精神和

信仰。

看过美国人制作大片，学过日本人抛掷的茶道，我却沉迷于阿拉伯文学的黄金世界。黄金的高贵，也许可以作为自由的象征。我的写作与这些真诚的思想相遇，与阿拔斯王朝时期的巴格达的阿拔斯人文学、安达卢西亚的阿拉伯文学经典《一千零一夜》相遇。写作已经难于安慰我，或者写作成为我**堕落的形式**，也许只有这艰难存活下来的理想童话才能给我一点宽容。**我小心地回避着危险的发言**，避免直接阐述自己的立场。但是黄金世界的原则和自由的高贵，那种对内心的真诚与虔敬，逼迫我对我失败的语言文字做出承诺。就像阿拉伯人在真主面前的那种坦白与真挚，我在进行一种丑陋的写作，没有身体也没有灵魂的写作。我没有得到象征自由的黄金，童话与编制的故事对我来说只有阅读的下流趣味。没有任何语言能拯救我书写的堕落欲望，我疯狂的写作成为牺牲阿拉伯人真理的前兆。但是，安达卢西亚的先知，你允许一个没有信仰的人在你面前兜售知识吗？你能容忍一个诗人在一个穷困屈辱的乞丐面前卖弄高尚吗？知识分子和语言工匠虚假的脸孔难道能拥有黄金的本质吗？面具和脸谱、伪知识与伪自由充斥的时代，虔诚的导师也在为石油困惑。疯狂地搜罗词语堆砌的宫殿，流沙过后不能逃脱沉沦的命运。

阅读着虚假的小说，我首先要面对阿拉伯商人疑惑的目光。这个人不是爱德华·赛义德，也不是疾病困扰的狂热文化产业商人，而是土气的阿拉伯商人。我们的商业经营的只是腐烂的书本知识与迂腐的情节、经验，那么阿拉伯呢？神秘主义者以现实主义的思路告诉我，他们需要的是一种智慧，不为世俗的丑恶而改变智慧的本义。这样的小说决不是政治权威的塑像，而是反对旧形式与汹涌的物质欲望的伟大艺术。在严酷的环境下，这种艺术以极高的代价顽强地活了下来，乃至形成了极端的不能为常人理解的神秘形式。然而唯一活下来的希望就是不停地折磨自己的身体与心灵，最后获得新生。否则，这样的艺术只能被世俗玷污，最后沦为下贱的工业制品。抗拒的过程如此艰难、漫长，为艺术而去背叛，甘愿做高贵的探索者，坐牢、流亡，这是艺术接近极限的反抗。这样的文学反对的是腐败的知识贩子，反对的是权威与世俗的黑暗势力。如此吮吸了艺术家心血

的阿拉伯文学世界的伊赫桑·阿卜杜·库杜斯留下的火种就这样进入我的视野。这样的种子与艺术的真实境地最为接近，也最危险。穆罕默德到过巴勒斯坦、叙利亚、美索不达米亚，也见过犹太教和基督教的传教士，他应该知道公正，公平的原初意义。那么到底是谁如此自私，将艺术和虔诚的行为侮辱和损害？西方殖民主义者丑陋的阴谋逐渐遭遇挫败，从而顽固地传播病毒。一九五二年是一个特殊的年份。知识分子们的阅读与思考在这样的时期里，会不由自主地转换到政治与文学的陈旧话题上来。激进的左派其实经营着毒瘤一样的三流艺术，并且不断地变换形式，钳制着艺术的自由。我没有见过伊赫桑的照片，我只能象征性地描述我敬佩的作家，虽然伊赫桑并没有公开宣称自己是一个艺术家、一个信徒。在我不能以智慧取胜的时候，我获得并且领悟到了象征的力量。

　　一九五二年，伊赫桑于开罗大学法学系毕业之后，曾做过一段时间律师，之后曾先后任《鲁兹·优素福》杂志、《今日消息》报社及《金字塔》报的主编。在不多的中文译本中，你可以读到他的小说和相关的随笔。我不打算从史料和记录中寻找突破口，待我重新回到阿拉伯商人的疑惑目光下，那些从血腥的污秽和冰冷的禁锢中挣扎着牺牲或者逃亡的真主的使者已不知去向。但是，我相信他们没有被消灭。我并非是从一种宗教或者混乱的世界企图宣布真理，我只是为了拯救我自己，捍卫我的自由与权利。它们如此具体，并不抽象，像遭人蹂躏、在无知的残暴之下陷入困境的猛兽，抓破了爪子，鲜血淋漓。这就是我的文学真实的处境。我已经牺牲成为猎物，却不放弃挣扎。面对一种强势的艺术，我只能在这些宗教知识过滤之后，再次找到自己内在的归宿与信任的朋友。即使我只身一人，我也不会失去自信心。伊赫桑生活的时代以它的标准和苛责启示了后来的追逐者——文学本身只有在做好了牺牲准备的前提下才有可能在恶劣的空气和险恶的用心里苟活下来。这种存活不仅是象征的，也有着与上流动物欣赏趣味不同的寓意。

　　曾经的媒体视野里，阿拉伯半岛是一个烫手的词语。然而这里可能就是闪族的摇篮。闪族在这个地方成长之后，迁移到肥沃的新月地区，后来就成为历史上的巴比伦人、亚述人、腓尼基人和希伯来人。若要理解阿拉

伯文学，或者假如我愿意为堕落的写作表达一些什么，不如直接来到这干旱的世界，与那些朴实的人们交流。就像我无声的阅读突破了语言和一切腐朽形式的障碍，内心的丑陋和清洁都在这个黄金世界展现了。

我不喜欢《英国病人》的过度纠缠，我只喜欢在这种阅读里获得一种灵感，在这炽热的地狱里得到内心的真实。

读过从古代的阿拉伯人草成的《一千零一夜》。在正式接触文学之前，它是我儿童时代的一种丰富的智慧故事集。也许只有在印度洋发生海啸的时候我们才去注意灾难，只有在伊拉克被夷为平地之后才会想起两河流域的文明与我们童年的故事的发祥地。我像弱势群体中的那个最倔犟的孩子，对阿拉伯童话的神奇与悠久感到钦佩。只是很少有人再去读童话，安徒生不过是一个商标。我们从小学习的就是如何趋利避害，如何在圈子里如鱼得水。伊赫桑的小说在这样的群体里，不可能找到它的捍卫者与知音。

塔哈·侯赛因说："必须首先消灭愚昧，才能消灭贫困和疾病。"在伊赫桑的小说和安徒生的童话面前，我陷入了沉默。这种酸楚与失望让我在困境里感到寂寞与焦虑。我在荒漠和死海里挣扎，没有灵感和战栗，邪恶的文字吞食着我的双手和笔，黑色的墨水写满谎言，不洁的语言终于受到了诅咒和惩罚……我已经无法读懂伊赫桑的小说和安徒生的童话。所有的写作都丧失了纯洁和抵达真理的资格，而我是在真正的写作开始之前就已误入歧途。穷苦的阿拉伯人或者富有的阿拉伯人，他们对黄金的理解多么不同。流离失所的心怎能忍受屈辱的沉沦，那黄金的理性和高贵不会为卑鄙的噱头而号叫。骆驼在沙漠里挣扎，那是它不变的生命轨迹。在阿拉伯的抒情古诗、悬诗的隐喻下，它们牺牲的本意是为了获得真主的神秘意旨。而在迷失的深渊里沉睡的我们，卑怯的写作和物质生活依然奴役着我们的头脑。衰老的骆驼不吃草不饮水，在沙暴里被掩埋。平原上的燕麦、黄土地上的高粱在收割之后进入城市疯狂消化的肠胃。流血的故事和传奇，神秘妇女的面纱，东方人的小智慧使得一切都变成了一个追求趣味的过程，写作的贫困和良知的缺陷就出现了。厌恶的阿拉伯的劳伦斯，不能为这个世界提供支撑和爱、尊严与自由。

无论是阿拉伯商人的智慧，还是犹太人的精明与商业天分，古代的仿建设施，《古兰经》的模本，基督教徒的悯爱、执著、坚强，还是传教士与阿拉伯商人的争论，在文明的时代我只愿意以一种宽容的形式去阅读、理解。无声的阅读、伤痛的视野，会使你的眼睛明亮，使你懂得困窘的写作在这个时代的意义和价值。在高倍望远镜、卡车、火箭炮、阿拉伯的袍子、黄金和石油、自由与信任、卑怯与坦荡、虚伪与邪恶、童话与宗教知识汇集而成的自由的世界，写作最大的使命就是忠于内心，忠于良知、生存的尊严和正义。

我默默地阅读着阿拉伯人的故事，阅读着伊赫桑的小说——《一千零一夜》，一个传说，一个神话。流水一样的欲望，清真寺下虔诚的祈祷，无边的荒漠，枯黄的衰草，庞大的体系交错的输油管，精致的飞机残骸，都在这无声的阅读里滑过我的世界。贝都因人已经远去，浓烟滚滚，世俗的世界依然不停地制造着悲剧与喜剧，没有声音的阅读听不到堕落者的忏悔和心灵的破碎、流泪和失声痛哭的声音，但是这个世界已经在视野里展示了它自身的真理与虚妄、痛苦和价值。阿拉伯人已经闭上眼睛默默祈祷，而我在黑夜读到的这些中世纪的古老童话给了我一丝安慰。无声地阅读着疮痍满目的世界，黄金与自由、沉默与救赎都在黑暗里被吞噬。苦涩的泪水和黑色的阅读映照着黄金的光芒，我的眼睛痛苦地逼视着这沉沦的盛典，没有基督，没有安拉，没有月光和阿拉伯人的歌舞，没有幻象、祈祷。那绿色的火焰已经熄灭，残留的是语言的灰烬，它们在抒情中悲壮地毁灭，为一种理想的救赎而悲壮地毁灭在浩瀚的沙漠里。

激情的颓败，无声的词语，黄金般勇敢的心，在这阿拉伯童话的夜晚，只是繁星中的那颗悲伤的流星。但是，写作需要一个结局，童话需要一个终结。

东方的月光，遥远的世界尽头，那里真有黄金祭献的真理和正义吗？

我一千零一夜地阅读你，直到沙漠之上的星光暗淡、心血破碎。我只愿意看到一个完整的自由世界。

我一千零一夜地祈祷，请赐予我一个童话，古代的圣洁的文字，没有哀伤、饥饿、伤害、猜忌、杀戮、贫困和歧视。让我阅读、无声地流泪——阅读这新月下的永恒童话和寓言。

请为我升起这黑色暴风雨夜晚的新月吧！

请为我留住这最后的童话吧！

书 鱼 知 小

在雨夜阅读明清的线装书，红色的眉批、赤色的勾画点描，隐约散发出江南芦苇和水草气息的纸张，穿长袖衣装的读书人往往为这笔墨的芬芳和莲叶的清香所迷醉。那纸张是经过雨水、皂角、香料浸渍过的，装订的纸线清秀婉丽、刀痕玲珑……在红烛青灯下，读书人就是这样读完线装书的。

线装书里藏着许多小故事。每一个故事都可以用来迷惑我们可爱的长袖秀才。读书人的魂魄常常会被一只竹篮，野兔，酒肆，以及下棋的闲人带走。脂粉女子，说书艺人，青衣和花旦，他们隐居在明清古老的线装书里，听着夜雨敲窗，酒巷闹市，三教九流的吆喝，村夫野老，贩夫走卒的啰唆。这些书生像戏院里的青衣、小生，红脸黑脸地涂抹着浓浓的脂粉，对着镜子梳妆，在赴京赶考的路上折几枝花、写几首词，对着剧本唱几声才子佳人。

我们都是读线装书的秀才，在城市的夜晚想象杏色柳红、春风十里、长安花好。我们在线装书的世界里寻寻觅觅、熙熙攘攘、摩肩接踵，却并不认得对方。古旧版本的线装书，紫色的、黛蓝的、粉红的、朱砂色的书页，上面绣着、画着、描着、刻着不同的柳叶、山石、流水、桃花……

线装书是神秘的、隐喻的、暗示的、委婉的、忧愁的，密密麻麻、粗

粗细细。它的版式是秀才们最宠爱的。古书的版式，北宋和南宋前期刻本基本上是白口，南宋后期出现黑口。元末至弘治年间通行粗黑口。明正德、嘉靖年间又出现白口书，之后一直到清代，黑白两种书口同时流行。秀才们分辨黑白、做文章、谈家规、明人事。在明清的线装书里，你会发现柴米夫妻的感人故事，有隐士野老的造化无形、衙门巷里的流水簿册、药房茶肆的红竹算盘，它们铮铮地响、滴溜溜地转、哗哗地流泪，你看了会笑、会怒、会酸、会乐。

疏雨轻轻地滴在帽檐下，你就是那个线装书里的才子。我送你一尺蜀绣，蜀绣上的画面是清朝光绪年间的成都城区地图。明清的北京城，"当当当——哐哐哐"几声锣响，天干物燥，小心火烛。城隍庙、护城河，万福寺，昆山腔，写在纸张上的娟秀字迹真像是鱼儿吐的泡泡，记载的却是陈谷子烂芝麻的事儿。

汉朝的竹简，宋朝的烟雨，读者秀才们的眉批，确也颜色均匀、色泽红亮。也有七十二条大街、三十六条古巷的老气，也有明朝青州府南关马家疃这样怪癖拗口的地方的野逸。深檐板门的明清式建筑书房里住的就是这些写方块字、讲究字正腔圆、堂堂天地的读线装书的可爱的秀才。虽然不可能去读孔壁藏书、居延汉简、云梦秦简、长沙马王堆汉简及走马楼吴简，但他们是懂得下棋和逗弄鹦鹉八哥的，有一种乐陶陶的性子，玩就玩得过瘾，走马楼台，逗弄才气。

冬虫夏草——佳人的手绢里包裹着这样诗意的小楷。四个字，迷死人。冬虫，其实就是司马迁《史记》里的那条书虫，雅致的读法就是"鱼"。才子们研究古人对于节气说创出的那些春分、谷雨、夏至、立秋、白露，谚语，以及写八股文、玩玻璃球、比蟋蟀、赛酒量……就像这"鱼"一样知趣、懂得满足、与世无争。文章酸点无妨，笔墨淡而有味，鲜鱼口、菜市口、煤市口、粮食店，总有他们找乐子的圈子。才子们像裁缝一样，搬着旧书，念叨着，缝缝补补的日子却也使他们更懂得书里的乾坤。

从《辞海》里寻找鱼的各种写法——篆书，行楷，狂草……南宋李治的名著《测圆海镜》，古旧的书籍里书鱼们贪婪的笑意与醉态，憨相，失

意，它们在小溪和泥水里舞蹈，大海只是虚无，这些汉字里的虚空，浩渺的时空限制着鱼儿的身体、意识、筋脉、神经。把书鱼紧紧包裹在线装书，酒壶，盅盏，香囊，剑鞘，空城里。

竹简约起源于西周后期，之后一直沿用至公元四世纪。竹简除以竹制成外，也有木制的，称木简。书鱼隐藏在竹简和楠木里，它想变成凤凰栖居梧桐树里的一种隐士。

在古代的帛书上，爱情的故事依然存在。帛书是略晚于竹简的一种书籍形式，它是将文字书写于丝织品上，其装帧形式是缝边后成卷存放。帛书上的战争、祭祀、贸易、利益、君臣、夫妻、仕途记载都是弥足珍贵的。一只锦衣玉食的书鱼，有着拔剑四顾的茫然、心猿意马的惆怅。

存心凭燕足，尺素在鱼肠。栖居在佛经里的鱼、灯花里的鱼，面对的是线装书的世界里光滑的四壁、漏雨的茅庐、寒碜的衣襟、酸腐的感遇。

一册线装书，一个糊涂仙，绿红肥瘦，何必挑挑拣拣、摸摸索索、颠颠倒倒。穿上你的长袖衣，温好你的梅花茶，读来就是。

有了纸以后，人们为了防止虫对书的噬咬，常在书里放"芸香"，后人便用"芸帙"、"芸编"、"芸签"等代称书籍。线装书是有这种脂粉香的，浸渍着汉字、笔画甚至每一个复元音、每一个句号、标点。书鱼在这里往返来去，杳然天地之间，春风满面、人生得意。帝王的批注、将相的朱印、王侯的评点，墨水和脂粉都涂抹在书鱼的心上，穿林过水，野云高山，这些线装书里的鱼儿像竹子一样虚心、勤恳、虔诚、有慧根。

天地之大，人心之小，读线装书须得穿长袖衣服，喝清淡茶，写秀气的情书、糟糕的小楷。既要懂得英雄儿女江湖好汉绿林英雄，又要懂得相夫教子款款深情。

阅读古籍，常翻线装书、锦罗画，你也能找到宫廷印刷的《耕织图》、《南巡图》。画儿刻印十分精良，其装帧采用经折装，所不同的是开本约一尺见方，封皮用厚纸板裱以黄绫。鱼儿睡在线装书里，锦罗缎、狐裘装、御寒絮，寒暑易解，温饱十足，年复一年地阅读、啃着这些书里的笔墨、文字。耕织，南巡，听戏，玩水，尺幅之小，云雾缭绕，鱼儿的头脑和智慧放弃了进化。线装书里的人性、美感、恩爱，都是山转水转、运转风

转，没有恒常的道理。阅读线装书，需要有鱼儿一样的聪颖和智慧。线装书记载战争、盟约、条例、典礼、赏赐、任命等政治事，云谲波诡，难于言表，线装书里的墨迹和落痕就微妙地点染出了这种紧张气氛。

从南北朝到隋代的宫廷藏书中，各种拓印件是一个重要的类别。从拓印到线装书，一只生活在线装书里的鱼儿，从出生到死亡，它都是线装书灵魂的一部分。这些书虫一样的鱼儿在线装书里望着大千世界，每一个模糊的字迹、磨损的符号，都影响它们的记忆和性格。一只鱼儿用几百年的时光，藏居在一个明眸皓齿的脂粉女子手掌中的线装书里，序文跋语，以及墨色、藏书印章、刻工记载，都是它们之间的前世姻缘。这些谜语和谶纬，描红和朱批，连着文字的经络，天干地支，日月星辰。长袖的秀才，逛完北京城的大德寺、戴月楼、盛音堂，淘几本廉价的线装书，挽挽衣袖，喝点水酒，弄点风月，然后像鱼儿一样睡着。时光荏苒，只有线装书里的鱼儿醒着，看着浮云流水、皇天后土、宫殿起伏、山河起落。不知五味的线装书里的北溟小鱼，感知寒暑变化、水温冷热，就这样等待着它的梦乡。

纸张发明后，出现了一种拓印形式。它可以将各种石刻文字复制在纸上，经裱装成卷后便于保存和阅读。后来这种方法又用于青铜铭文的拓印。鱼儿和这种文字都成为化石，没有卿卿我我的自在了。但还是比读翻译英文版本的影印的《九章算术》有趣，秀才们认为它系统地总结了我国从先秦到东汉初年的数学成就。这种理性的断言其实是无趣的，这种视野指向宇宙的无垠，鱼儿在水流中孤独地望着天空、星辰。

最有味道的线装书是手抄本的线装书，影印也无妨，但须是手抄本的。印刷本的线装书滋味太酸，读来味同嚼蜡。女儿家的闺房藏的线装书除却风流韵事、才子佳人、牡丹玫瑰、状元娶亲、龙女报恩之类，最珍贵的还是大户人家小姐绣着娟秀字迹的手抄本的线装书。至于印刷术，它与这些梳妆匣里的书鱼是没有直接关系的。印刷术指向的那个地理世界，与小女子手抄本的情思没有关系。闺房的线装书里有小姐们细细的字迹，有勾勾点点、圈圈画画，是需要背着地主老爷插紧门闩让丫鬟们通风报信才能读的。鱼儿们在这些脂粉生涯里，思考着广阔的世界、飞翔的鸟兽，温

习着丫鬟们的闲言碎语、小姐们的嬉笑怒骂。

中国印刷术很早就经新疆传到中亚一带。新疆吐鲁番古遗址中曾发现大量古代印刷品的残叶和碎片，这些印刷品由六种文字印成，分别为回纥文、汉文、梵文、西夏文、藏文、蒙文。世界太大，然而线装书里的那些血统纯正的书鱼却不需要这么多的文字和知识。线装书钟情于古代的阁楼、藏经楼，或者江南的天一阁、皖北的古旧书斋、徽商的私人书坊的。它的世界是有限的，不外手稿的抄写、手工的装订。鱼儿不出方寸之地，却知晓人心深浅、人情厚薄冷暖，这就是读线装书的好处之一。

线装书读得清苦，这种考究的书籍怎么能轻易地弄懂？书里的学问太深，秀才们也是云里雾里。摆放在檀木书架上，才子们要在困倦入梦的时候才能真正进入线装书的世界——耳边燕语呢喃，远处闹市酒楼，账房先生拨弄着算盘，无聊地敲打着盘子，念念有词，这才是读线装书的时候。黄粱一梦，身体的酸楚与疲倦被酒楼里的五味佳肴冲散了。酒过三巡，梦醒了，才了悟了书里的繁体字——字里行间，笔画端庄，波磔势少，儿女情长，风云气盛……

古书装订在宋以前均为卷轴形式和折叠页装，清代最通用的书籍装帧形式是线装，卷轴装、经折装、蝴蝶装和包背装等，也都有使用。卷轴装在清代多用于字画的装裱，其装裱工艺十分精致考究。古书之难，并不是晦涩不可读，而是酸味雅量糊涂账，满书都是圣贤鼻息，还有鸡鸣狗盗、雅舍静宅，前身后账，不可开交。

字纸连心，心心相印。这句话其实是指古代的线装书世界里的姻缘故事。书与字纸、纸张与笔墨、批注与书虫、时间与性情，它们存在着丝丝缕缕、缠缠绵绵的联系和纠结。那聪敏的鱼儿有我注六经的慧心，也有在纸页上描摹绣像的机灵。怎么说长袖秀才都是白面书生，薄情寡义，负心郎君，这只是不读线装书的人的怪僻之处。只有小鱼儿知道字与纸、情与爱的关系。古代的佳人弹奏箜篌、琵琶，拨弄琴筝，鸿雁锦书也是情有所托、笔意纤柔，字体可人。明以前的印书字体，多选用颜、欧、赵等名家书体。明初开始，书籍用字一改传统风气，改用横平竖直、横轻竖重的匠体字，这就是现在的书籍。但线装书的字体则是随性而来，影印本线装书

里山僧、野道、歌妓、小女子的啰唆心事,西门大官人的风流,鲁提辖的勇猛躁动都是有迹可循的。线装书不是书鱼的化石,它生动无比,是有琥珀香的美酒,醉了英雄美女、小人君子。笔墨世界,线装书内,就是风雨变幻悲喜交加的江湖,行侠仗义、劫富济贫须得读懂线装书才是。

宋代印书多用麻纸和以竹为原料的玉扣纸。元刻本常用竹纸或皮纸,比宋版用纸稍黑。明代印书,前期多用江西棉纸,后期多用竹纸,晚期盛行毛边纸。清代大多采用桃花纸,但在实际应用中,几乎以前所用的各种纸张,清刻本中都在运用。所以读清朝的线装书最有味道。书的底面多用上等宣纸,画芯四边裱以素色彩绫,轴外裱以锦缎,轴头用料则分为不同的档次。鱼儿悠悠然乐陶陶地游弋于桃花之间、山水之间,青草的痕迹就在字纸间留下了绚丽色彩。书里的乾坤,文字的玄妙,襟怀的洒脱,脾性的痴愚,都是这玉扣纸、桃花纸、锦缎彩绫上的童稚。

宋元的古书,已经颇为考究。元代北京印刷的《秘书监志》一书中,记有表背匠焦庆安的打面糊物料配方:黄蜡、明胶、白矾、白芨、藜篓、皂角、茅香各一钱,藿香半钱,白面五钱,硬柴半斤,木炭二两。游荡在野史和谣言中的,醉醺醺的笔迹,缠绕着,混浊的溪水,水墨色的纸张,还有这黄蜡、明胶、白矾、白芨、藜篓、皂角、茅香的气息,读书人不知五味。秀才们抱着线装书不闻窗外之事,在如烟史册、时光的长河里,像一条鱼儿一样,这些书鱼摇摆着鱼尾,游来游去,摇头晃脑。在墨砚和泉水里游泳的鱼,知道线装书的奥博、笔墨生涯的艰涩、软囊的浅薄,在这尺寸见方的线装书里冥思苦想,寻找参悟的方法和契机。它比一只昆虫的生活更复杂——繁衍、捕食、猎杀、冬眠,被无穷无尽的汉字和身份、名望、厚薄、利禄纠缠着。鱼儿在啃书,吞食着每一个偏旁、部首、音节、字母、元音、辅音、儿化音,这些呢喃和沉吟是鱼儿在线装书里的点化和妙悟。它们懂得硬柴半斤,木炭二两的生活。鱼,隐居在各种彝器、乐器、兵器、度量衡器、铸币、铜镜和金属印章之中,无论时间怎样流逝,它都游在自己的一方世界里,寻找那梦中翠绿的衣袖、一寸红香。

元大德年间刻印的《梦溪笔谈》一书,被明清读线装书的长袖秀才翻印编译,是一本书鱼的梦境的故事书。元代的蝴蝶装书籍中,出现了一种

开本较大、版心较小的书籍装帧形式，这是前代所少见的。《梦溪笔谈》这样的线装书里，鱼儿在繁体字、标点符号之间辗转反侧、战战兢兢。天地如此之大，鱼儿看不清真真假假、虚虚实实。已经不再是《诗》、《书》、《礼》、《易》、《春秋》的时代了，线装书里的故事太模糊、太隐晦、太曲折，鱼儿也迷失了。宋体字萌芽于宋，因还不成熟而未能推广。成化年间，国子监、经厂的版本中，开始使用宋体字。至于宋体字，晚清的长袖书生都知道它已经不再适合谈情说爱了，八股文的出现正说明它的呆滞和刻板。你难道还会使用宋体字给心爱的人写家书吗？小心那些读线装书的秀才们也会骂你榆木脑袋的。

线装书是精致的，华丽的朱砂和红印都是要红白手指句句点评的。它需要长袖秀才怜香惜玉般小心才能读懂它的心思。明代孙从添在《藏书纪要》中说："订线用清水白绢线双眼订结，要订得牢揪得深，方能不脱而紧，如此订书乃为善也。"制作线装书当然要用清水白绢线，清水洗去那些纸草文字上鱼儿的叹息和身上的尘埃，白绢线紧紧地将字纸订在一起。在宋代最有名的手工作坊里，安徽宣城的"宣纸"、浙江嘉兴的"田拳纸"、湖北的"蒲圻纸"、江西抚州的"草钞纸"、四川的"蜀笺"……都有一颗敬畏之心。书里的鱼虾、心里的佛祖，穿长袖的秀才岂能辱没这些线装书的清白？

我们就是线装书里的一条鱼，那是庄子的鱼，睡梦中的浮游生物、蜉蝣、蟪蚁，说梦话，听评书，鼓词，逛街巷、酒肆，看杂耍、牌局，嬉笑怒骂。春天的时候那只鲤鱼从经文里苏醒了，遍地的黄花绿草，郁郁葱葱的美景，褐色的线装书，墨色氤氲，一只怡然自得的青鱼在梅花篆字里游来游去。

嘿，周语，你就是一条穿长袖衣裳读线装书的痴鱼。

最后的盛典
散文卷

李傻傻 卷

当年我站在澧水岸边高处，回忆我吃过的蔬菜，用非常好
听的嗓子唱歌。

李傻傻，男，原名蒲荔子，生于1981年10月，湖南隆回人。2004年毕业于西北大学中文
系。有"少年沈从文"之称。曾获"第三届华语文学传媒大奖"提名奖。全球权威杂志《时
代》周刊（全球版）曾用大篇幅推介，称其为"幽灵作家"。主要作品有长篇小说《红X》，散
文集《被当做鬼的人》等。现供职于南方日报社。

诳　语

　　陶潜的《桃花源记》中说："晋太元中，武陵人捕鱼为业。"这渔翁的老家武陵，就是湖南常德。以前高中时期还听过一副很有味道的对联：常德德山山有德，长沙沙水水无沙。湘资沅澧，沅澧皆过常德。

　　但是我要说的是津市，就是常德的津市。澧水边上，离开主人公上过的高中往河的方向走，大路笔直。许多年以后我还记得，当年北岸那些木板的楼房，在日光下呈现古雅的青黛之色。轻烟细雨里，拍电影的人们很忙。身着清兵服装的现代人把一具具活的死人抬来抬去。在长街上，在打伞观看的人群中间，你可以看到一个少年——她眉毛俊秀，鼻子完美，唇齿被上天修饰得十分美观……一切令人怦然心动。

　　那就是我了。多年以后，细小的皱纹暗示我已经奔向衰老。但少年时我竟然那么清秀，令人惊诧，就连《楚辞》中提到的那种云中君——山鬼，恐怕见我也要低头礼让。

　　津市是一个昔日繁华而今衰败了的码头城。虽然还没衰败透顶，但已无可挽回。多年以前，有"湖北沙市，湖南津市"的说法。这种固定语流传的必是超然众城之上，好比说"上有天堂，下有苏杭"。闲暇时你可以想象许多年前"烟雨津城"的样子。鱼顺着街道游进少年的卧室。县城街道上满是雨声浮动，小姑娘们站在门槛上对街上出神；窄巷里石板砌成的人行道上，更小的孩子扑通扑通地跑路并且哈哈笑着。这是繁华的余音、无聊之夜的虫鸣。

　　这一切已成为过去。我在多年以后只是听说过一些。

　　我只知道在空寂无人的房间里，坐在穿透窗户的大片大片的阳光底下。少年时代的姑娘在唧唧喳喳。她们就要用镊子夹住药棉，蘸上满满的

酒精，并极小心地将散发着酒香的脱脂棉放进各自年幼的下体。很快，冰凉的快感从两腿交叉处将姑娘们击得粉碎，身体发肤，完好如初。多年以后，她们躺在各自男人的怀中，一定会记得我曾带过她们玩塞药棉的游戏。必是难得的晴天。我们同时还把药棉塞进耳朵，塞进鼻孔。在鼻孔里的时候，打喷嚏的欲望总让我们的游戏半途而废，我们之中至今从未有人从头至尾地体验过从鼻翼传递过来的好似浮在虚空中并且神经业已麻痹的无可追寻的白日梦一般的快感。当我闭上眼睛，我仿佛在阳光下做梦般向天上飞去。幻想的天空中云彩鳞隙间金光闪现。十多年后的今天，这些幼年时候的幻觉依然常常使我不得安睡。它让我相信幼年的混沌总试图带我回到那过去空白的宇宙。

我知道药棉不可进入幼嫩的喉咙。高纯度医用酒精会让幼年的我中毒，会让我看不到我所看、听不到我所听，不能在夏天在日光下晾晒耀目的衣衫。我也无法告诉你，澧水水深而清，鱼大如人。

我只有死路一条。那样我就不可能在稍后一段时间里尝试津市牛肉干带给少女们的完全不似酒精药棉的畅快。它香辣无比，有点刺痛。自此我完全放弃了玩酒精药棉的爱好，也渐渐地戒掉了和男童们脱掉裤子互看的习惯，只是每天走在长长的街上，在澧水河边，在河边的竹黄里看那些我现在依然不知其名的水鸟。它们身小轻捷，活泼快乐，鸣声异常清脆，但是对眼前女童丝毫不感兴趣。

当年我站在澧水岸边高处，回忆我吃过的蔬菜，用非常好听的嗓子唱歌。歌声沿城围绕，一头栽进河水中有太阳光辉的一半。它必定在山外重山隐约。一切如画。一切如画。终日疯狂。终日疯狂。在学校的黑树林里我由于亲嘴而嘴唇肿大。初吻使少年不能回家的事实让我又一次记起塞酒精药棉的游戏。我身体里被填充过的和将要被填充的一样让我不放心。关于疯狂的传说在津市这一小小码头城我听说过不少，当我看到《镜花缘》书上的女儿国，津市，它是以我为王的女儿国这一想法在我脑海里出现得那么普通那么自然。总有一天会出现这种现象的。多年以后的今天我还记得那时我坚信这一点。我还曾为那些我爱过而后又抛弃的男人们担心——他们是出去打仗征服世界了，还是在家洗碗扫地擦桌子？莫非是看孩子？

我家在澧水南岸，公路也在南岸，因此去我家非常方便。作为旅行者，我每年回去两次。坐车虽很辛苦，衣衫却得整洁。就像那漂亮的古代诗人必对自然的雄伟表示赞叹一样，比如李白说："飞流直下三千尺，疑是银河落九天。"我从长沙坐轮船回津市，会在船舱中告诉我远在资水中游的男人，津市溪流萦回，水清且浅。而他身长而瘦，英武爽朗，见过他的人都十分惊诧。

石　磨

石磨是什么呢？你问，眼睛睁得很大，生怕假睫毛掉下来。状极急切，求知若渴。

你终于弄清楚，石磨是石头做的。但你依然说不上来它是什么样子。它好看不好看？它性感吗？它吃什么？草？牛奶？你这样神奇的问法，迟早会把我搞糊涂的。

我只好独自说了

应是青色的石头。我叫它"青石"。那时我们都这样叫的，都知道那是石头中坚硬的一种。一副石磨，据说就是一块石头压在另一块石头上。上为磨盘，下即磨底。

把磨盘抬起，现出一根茶木棒，中指长短，锄把粗细，套在磨盘下方一个圆溜溜石孔中。用茶木棒是因为它的坚实。只有茶木棒才能做石磨的轴，正如锄头把一般取自细滑坚韧的蜡树干。石磨围着这轴转，你用力的时候它会转得更欢一点。

两块石头叠在一起，就像一块石头，暗淡无光，粗糙笨拙。但是人们说，这是石磨。

从语气可以推断它是农村的宝贝。失去石磨，玉米将哭。而我们会没

有玉米粑、没有辣椒粉、没有糯米糍粑，更没有豆腐脑。石磨同我最好的回忆关系暧昧。石磨就是用来磨好东西吃的。你看那磨底螺旋的石纹，及磨盘上洞穿的一孔，古怪在这里发生。想吃什么，比如包谷粑，就把干脆的包谷一粒粒一点点放进圆孔，缓缓转动磨盘，包谷粉于是簌簌漏下。再放，再转，再漏，什么东西都碎了，成了粉，成了浆。干而滑的是粉，湿而黏的是浆。

这是一种背景，你感觉如何？在此背景下，我那年八岁，与一副石磨发生了不同寻常的亲密接触——这是我要讲述的事件之一。当时，石磨飞身扑下，砸伤我右脚小小的大脚趾。你可知道石磨本应架在一个木架子上？这个木架子当然是木头做的，大约一米高，而高不过三堆牛屎的我以为自己天生神力，踮起脚转那愚石。我用力朝自己怀里扳。很轻微的一声响，石磨跳下地来。我急忙往后闪，差不多被我全部躲开。怪大脚趾天生太长，而小脚趾就没有砸到。坪里晒谷的妈妈听到两种声音，一种是石磨砸地的声音，一种是我哭喊的声音。妈妈赶过来说，砸死也好，鬼崽崽。不要你做的时候，狗见了屎一般；要你做了呢，就不晓得死到哪里去了。

是的。说对了，我只能耍一下。要我正经地干，整天守着两块石头，手臂酸痛，汗水泅湿了新买的白衣衫。我宁愿藏到广石山洞里，一天不吃饭。你小时候不也是吗？要那么死力推做什么？街上有电磨，又快又细，还像雪一样白。

就在我脚趾将好未好的时候，腊月和第一场雪一起到来。

雪下得早了点儿，那年。接着是小学放寒假。差八天就要过年了。这八天忙死很多人。腊月二十四，架大势（湘方言，作大准备）；腊月二十五，打豆腐；腊月二十六，杀 JiuJiu（湘方言，杀猪）；腊月二十七，……（忘记了）；腊月二十八，舂糍粑；腊月二十九，样样有；腊月三十夜，过大年。二十五说到就到。妈妈早早起来，打扫石磨灰尘，复又擦洗数遍，总之比较麻烦。妈妈说，力子（我小名），今天莫乱走，帮我推磨。

这次磨很听话。妈妈让我站在一条矮凳上，我那天灵盖平了磨把的顶。我手还是太短了，袖子上满是豆瓣。妈妈低头把豆瓣一勺一勺舀进圆孔，有时冲我笑一下，有时就骂我两句。磨盘与磨底摩擦，发出一种声

音，类似于爷爷晚上的鼾声。而豆子浆掉落盆中吧嗒吧嗒，好像我家刚满月的小黄牛在吸奶。

磨把松松的，又不掉脱，一动，吱呀吱呀。"妈妈，有老鼠叫。"我无话找话，妈妈白我一眼，但还是笑了，又把一勺子豆瓣送进孔里。我头上渐渐现出了细密汗珠。妈妈说，毛毛今天很狠，今天多吃一碗豆腐花。

豆腐花是豆腐做成的花吗？不，豆腐花就是豆腐脑。

还是让我来说石磨的命运。

我走到那放置农具的柴房。左边，锋利的锄头，灵秀的镰刀；右边，憨厚的斗笠、蓑衣聪明的犁，还有傻乎乎的箩筐瘦瘦的扁担。一个个好像受伤，躺在灰里。不是别的灰，是煤灰。不烧柴，煤灰又不能做肥料，就堆在这屋子里。而石磨不见踪影。像个真正的老头，它已经过世？村里老人一人赶一人地奔赴西天，凿石成磨的老石匠上个月出山了。我吸吸鼻子，转身出去，门口撞见买肉归来的妈妈。妈妈说，石磨是吗？你叔修新屋，少一块石脚。没想到刚好填上那点空空。地仙都讲老磨能推来好福气呢。

这样啊。那么既然石磨没有了，我的啰唆也就结束了。新闻联播已经开始。妈妈打了四升黄豆，说去武元家磨浆，回来做豆腐花吃。我随口答应，亲爱的妈妈摸了一下门框走出大门，她边走边说，我一会儿就回来了。

虚构：铜鼓潭

寨上山有宝贝。夜里，山上会发出红光。

铜鼓潭不知有多少人听过这个传闻，不知有多少人想亲自去寨上看

看，去取宝，沿路却悬崖峭壁，荆棘丛生，非鸟雀不能过。或许真有去的，但是我并不知道。

铜鼓潭不知有多少人日夜为它所养，又离开它、唾弃它、污染它。我也曾在里面和人群夺过被雷管炸晕的鱼；但具体是什么鱼，假使有人一定要去考证，我就说一切从未发生。

铜鼓潭水面宽阔，无风时水波不动，起风时水波荡漾。水上漂满了小孩的乳名、牛哞羊咩鸡鸣狗吠，以及千百年堆积的人声。八百岁的炊烟照着潭水梳理辫子——早一次，晚一次。日落前后，你会看到女人们开始把煤柴添进灶眼，架锅架鼎，烧起夜饭来。灶台里有一个内锅——内锅是什么呢？在乡下待过的应该不会不知道吧？它也叫温锅，是深嵌在灶墙里面的。烧火的同时，灶台受热，热量传到温锅上，锅里的水便慢慢地冒出热气。等到它们汩汩翻滚，下窑的男人、放牛的小孩，也该在门边吹响或沙哑或清脆的哨子了。

黄昏时天气好像刚刚出完瓦的瓦窑，令人郁闷。矿下拖煤的，那黝黑的门洞里生火做饭的女人等待的对象，对于上面房子里的女子和正在河边草滩或山坡上放牧一头水牛或几只黑白小羊的儿童，怀了不可言说的温爱，虽然热得心里烦躁，却只想多拖三两筐再上去。

鼓声就在他们装煤的空隙里传了进来，不知发自什么地方，好像是清晰地在耳朵边上敲响，又仿佛离地面很远、很缥缈，咚——咚——咚——咚咚、咚咚——咚咚咚、咚咚咚——咚咚咚咚咚。鼓声越来越急切，到来渐渐听不清鼓点，好像戏里武生刀枪互斗，刀光枪影舞到水泄不通、风吹不进……就算是你，也会听得心里发慌，却还支棱着耳朵。

既然心神魂魄都被勾走，大家就扔下筐子铲子，跑到外面去看看到底在耍什么把戏。

河岸上早已围了一大圈人。有刚刚从水面下钻出来，手里提了一条钓竿，一条鲤鱼还在线上挣跳的小孩，有怀抱雏儿喂奶水的年轻母亲，有从山里回来荷锄担柴的男子，有嘴里刍着什么树叶草茎的牛崽，有咩咩叫唤的白的黑的沿路掉下黑豆大小屎粒的羊羔子，有闲人，有跟随主人跑的狗，在人腿间钻进钻出……溪面各处飞舞着红蜻蜓、黄蜻蜓、绿蜻蜓，主要是红蜻蜓。燕子飞得极低，剪刀尾巴不时擦落了稻花。天上起了云，好像各式各样大小的怪兽，翻滚变幻，看过的人都说好看。竹林被风吹出了十分大的声音。热风吹到身上，马上在衣衫上结出一层盐花，又马上吹出一身新汗。

红蜻蜓飞得极乱，可是人们心思已都为一个对岸高崖草坡上打鼓的人物吸引住了。击鼓的是个老人家，白衣衫白头发，胡子也是白得透明闪光。这一片白被大风吹得左右飘飞，而超然于风声之上的鼓声像一万响的炮仗，又像除夕那一夜的烟花，动静响亮，开出花朵——是不曾梦见过的歌唱的花朵。那张鼓，更是稀奇少见。直径怕有一尺长，黄桶那么大；鼓身子必是黄铜做的，光芒幽幽夺目，像是经过精细遴选的女童手掌无数遍摩挲之后方才得到，是宝物。

所有人的魂魄仿佛都脱离了身体，恍恍惚惚，一面闭了眼睛思念凡俗的躯壳，一面且唱且哼，渡过了溪水。突然落了大雨，伴以骇人的雷声，闪电从树梢上掠过，水面被照得澄澈、通明。突然轰的一个炸雷惊醒了人群，溪水对面的鼓声也似乎被雷声炸飞了。有人看见白身老人走到溪边，一眨眼不见了，水面被雨浇得沸腾，却再也不露他一丝痕迹。

大雨落了一夜。清溪水面业已加宽了一倍，哗哗地淌着黄泥汤。水面各处偶尔漂下上游木桥冲散的粗壮的木头，地上到处是临时的小溪，清的、黄的，急的、缓的，都泄到潭中，发出茶壶装水水将满时一样的响声。树叶子滴滴答答把水滴到下一层树叶，再下一层，再下一层，最后一直掉到了湿泥巴地里。

雨停时人们赶到煤矿边上，发现水位已经快齐到矿沿了；山坡上冲下的水柱还不断地越过挡水土埂，加入到一井灰黑水里。黑水还卷着旋涡，看样子下面有一个大洞口，把水吸引进去。人们七手八脚把冲来的沟水引开，心里却明白得很：这煤矿是崩塌了。

如你所想，人们说起对溪高崖上的老人似乎没有带走的大鼓。可是崖上光光的，鼓或许早已被激流撞得不见影子了。

那虎虎动人的鼓声还未为人所忘却，而且有人说，要是不听到打鼓，窑下的人说不定就浸死在窑里了，说起来，是鼓救了我们啊。

　　既然如此，这个潭，这个地方从此就命名为铜鼓潭吧。你可以看出，这明显带着迷信色彩。可是一个地名的由来，自然有它或瑰美或古怪的故事——在它得名之前是如此，在它得名之后又何尝不是。

　　又过了若干年——用"若干"比较贴切，因为我对一切并不敢肯定——寨上山的寨子的痕迹全部消失，空地上重新长起一片高深杂树。人们还是世代听到传说，但无论是故事本身还是言辞之间都已经有了细微的改变——铜鼓潭下面住着仙人，寨上山有珍宝，有时夜里会发出红光。

　　别问我为什么并未经历却能获悉种种变化。我只能说，又过了若干年，潭边人商议煤矿似乎还可开采。就集合强壮劳力，清掉那堆坍土，在旁边另开了一眼窑，把休息的煤再挖出来，满足本村燃料所需。又辟一亩田，堆放余煤，贩卖到外地，或由外地人来拉，换来很多钱。

　　这一天，只剩下 A 在窑下收拾铁锨、铲子、镐头等一应工具。矿灯电量不足，光线渐渐微弱。他只好安静地坐着等人下来。是如此安静，地下虫鸣也没有。在这安静中，A 耳边隐约传来声音，似乎就在隔壁。A 侧耳听，似有人的叫唤声、小孩哭声、鞭炮声、唢呐声、锣鼓声，混杂在一起，听不真切，像在水中听人说话，但绝对不是井上那些事。A 用镐头敲敲土墙，传来沉闷的回声。于是他尽力挖凿，湿土块簌簌掉落，各种声音愈加清晰了。又猛力一镐下去，一束拳头大小的光线猛然打了进来。A 心里闪过传说，闪过遇见仙人与藏宝的狂喜，双手挥舞更加迅疾用力。洞口慢慢扩大，终于可容一人爬过。

　　A 的头探出去时，没有遇到珍宝、仙人。他不会遇到这些。他眼前豁然开朗，只是一片桃花源一样的地方——屋舍俨然，阡陌交通，鸡犬相闻，黄发垂髫，并怡然自乐……与铜鼓潭并无二致。只是稍稍远离洞口，有一小溪，蹚过溪水，经过一片广袤的稻田可以到达最近的房屋；两排漆了发亮桐油的木头房子，夹着一条小街，街上有热闹的集市。那喧闹的人声，满箩满筐地装着，一排一排摆列着，一屋一屋搁着，一层一层堆着，仿佛实在装不下。围看耍猴子把戏的一圈人发出喧闹的人声。有人迎娶新娘，有人出殡，两方炮仗都震天价响。锣鼓声、唢呐声、哭声、大喊大嚷讨价还价的论调，你骂我一句娘，我骂你一句娘，你再骂我一句娘……人

太多，好像米场白花花的米那般拥挤……很明显，这一切与铜鼓潭并无二致。男如兽猛，如水中磐石；女子清丽，如石上山泉。出殡队伍中男人脖颈上所挂之鼓，A听说过没见过，直径怕有一尺长，黄桶大小。鼓身子必是黄铜做的，光芒幽幽夺目，必是经过了无数女童的手掌的无数遍摩挲方才得到。

集市上那种喧嚣的起伏，远远听去像是飞瀑直坠的声音。A在这洪大的潮声中，寻找有水井的地方。有人指给他那条小溪。溪水潆洄清亮，石子和鱼都看得很清楚，鱼或动或游，与铜鼓潭并无二致。缘溪而行，不过数里，桃花夹岸，中无杂树。落英缤纷，芳草萋萋。尽处有高崖，攀满各色绿色植物，有藤葛，有小树，有百年老松，有枝叶间尚挂着的未落尽的暖红的果实"猫眼睛"。石缝中一股大泉坠下，尖石划开，又飞流直下，坠入一个深潭。潭边异花开放，在水边梳妆，蜂蝶翩然翻飞。掬水饮之，甘冽清甜。一头黄麂潭边饮水，见人而不奔走……这一切美丽、明媚、新鲜，这一切令人赞美、惊奇。

A流连一天，等到白日西坠，鸟雀回巢，青山轮廓渐渐模糊，连绵起伏令人疑心是一个长长的哈欠。木头房子顶上晚炊袅袅升起，集市上却依然那般吵闹。等到灯光星星点点，眼前更是不可思议——那一片灯光都是红色的。

待到天明，A想念那黝黑门洞里白脸的女人，爱哭爱闹的孩童。他往来时的路走，却仿佛是梦里游过的河，处处不留痕迹。

潭边。春草迅速发青。A攀上潭边高崖摘"猫眼睛"充饥。"猫眼睛"味道有点涩，但是饿得厉害了也不失为一种美食。拨开火棘枝叶，A看到了一个洞口。

弓身钻进去，走约十里路，一路并无羁绊。再往前走，有个大东西挡住了去路，直径怕有一尺长，黄桶大小，身子摸上去凉而细腻，想必经过了女童手掌的无数遍摩挲。轻捶一下便发出震耳欲聋的大音。绕过这个大怪物，再前行十余步，你会发现彻底到了绝路。别着急，小心摸索。你会在右手边发现一个旁洞，大小跟南方地窖的储藏库差不多。身边有石子的话，扔一颗下去，很久之后你会听到咕咚一声水响。这说明，下面至少是

一口深井，也许是一片宽潭。我为什么说要小心摸索呢？因为如果不小心，你在黑暗之中是很可能摔下去的。当时 A 就是摔下去了。不过摔下去也无须惊慌，你顶多落水之前有一刹那的恐惧、绝望，但只要你会水，只要你还有力气游水，你就在这本来没有波纹现在被你弄出纤细波纹的深潭里拼命游弋吧。你不必惊慌，也不必恐惧，什么也不要想，什么也不必说，只需要一直往前游，一直往前游，你就能像 A 一样，像任何人一样，来到铜鼓潭清澈的水面。

到 楼 观 台

不必和你多说——楼观台是道家圣地，你比我知道得清楚。

站在下面往上望，是一座有点肥胖、有点松弛、有点衰老、有点雕琢的山的样子，雕琢之处仿佛伤疤。人们一般是冲这伤疤而来，人们抚摩它们、踩踏它们、轻薄它们，乐此不疲。

在途中，苏东亮一直念着这句诗："从明天开始我将悲伤，不是今天……"果然他念完就高高兴兴偷偷看戴容诱人的背影去了。

我则长久地看老子石膏像。我微张着嘴，空气且进且出，我什么都没有吃，又好像什么都已吃了。记得老子说过"无为而无不为"。但《道德经》是老子写的。"写"是个动词，老子还是无为吗？还有传说他讲道于此，"讲道"是个动宾短语，他还是无为吗？这个大骗子，他骗了全世界！他像一只鹰在高空大声疾呼，扇动巨大的翅膀如半天乌云，长啸着笑对人说：鹰是不会飞的，只有老子自己最清楚。天空的高度，全在鹰的预言，不在无为。

至于后来出生的道士们，修道观、造塑像，或听王菲《红豆》以及别的情歌，一切恐怕皆已离开了道的本意。幸亏老子死后，一屁股坐在道的本原上，找到了，守住了。那石膏像附了道的真精灵。"精灵"这词不好，说"气"吧——石膏像附了道家"真气"。游客们不分性别、年龄、阶级，皆前前后后抚摩老子，每寸肌肤不放过。又在他衣摆下做出各种表情，以种种姿势亲近老子并不存在的"老二"。他们好像在照相一样。老子半眯着眼，手按在心那处，防止它变小鹿。几千年过去，死后的老子真正平和、无欲、无求了。他笑眯眯地承受着那么多手掌、身体、姿势。我看在眼里，心想：老子你好小子呀，你真正做到了"无为而无不为"——道家真气全在一尊石膏像上，我始料未及。

我没有过多思考道以及其他神圣的问题。我想要是我这个大活人、大男人站在那里，任手掌在身体上游移、身体在裤裆处磨蹭，姿势皆为一个目的而摆，我也会笑眯眯的，但不是岿然不动，而是勃然而起了……

这当然是废话——是每个饥渴的孩子想说而没说出的话。

我拍了离我最近的老婆婆几张照片。她捧着可以用来烧拜老子的香，准备卖给你。枯瘦老人和肥胖而发出红光的中年男子站在一起，亲密如母子。不过很快他们就分开了——交易已经完成。一些使我记得楼观台的东西，竟然突然不见了，幸亏我早已记得它，不用借助外物。

我还拍了乞丐们。是在竹林边。竹子不好看，刻满拙劣的字。最老的字没有流传下来。最老的竹子不是现在活着的这些。有几根灰黄干枯的死竹，横七竖八地刻着"×"、"××到此一游"，与乞丐老人沟壑纵横的脸有几分相似。乞讨的老人与竹子，他们在等待同一批游客。游客也在乞丐脸上刻字玩，有付费的，一毛两毛，也有赖账的……

其实我还去了老子祠。有人放了鞭炮，出于什么心理？烟那么多。大质量的烟，比前来烧香旅游的人心沉重。大质量大面积的烟把屋子包围了。不但包围了，还里应外合，欲将之一举歼灭。这么多烟，老子你够呛吧。人说，老子死了，什么都不知道了。原来如此。

烟太大了，连戴容的脸也看不清楚。估计再待下去也和她说不上话。戴容正在烧香，脸儿白白，眉毛长，胸脯高。她弓腰而笑，笑而露齿的样子，苏东亮认为真好看。看了一会儿，我和苏东亮走到外面，偷听到一个导游大姐说，作恶多端的人烧再多的香也是无济于事的。彼此对望一眼，

心里悚然一惊。

老子祠外面的石头栏杆光可鉴人，比我们裤子干净。我们坐在上面抽烟，面色平静地看走来走去的善良美女们。还观看了对面高山。对面高山与石头栏杆相距一条宽沟，但我们相信伸手即可摸到她。你别说不可能。那一刻感觉就想跳下去算了，跳下去，烟还叼在嘴里，脸上还挂着不三不四的笑。我想死在那条无人去的深沟，但我们一直只把目光挂在对面山头。

苏东亮说我们去爬她吧。他右手一挥，多么想抓住点什么。苏东亮像巴顿。巴顿死后几十年，我看见太阳正朝对面山头移动。那里一列青黛斩削的石壁，高高矗立，被正午的阳光烘烤成一个明亮的五彩屏障。石壁半腰约五十米高的石缝中，攀缘了绿色植物，是藤葛或小的树吧。我不想加任何脏字在它身上，它是在楼观台身外最美妙的部位。我没有别的想法，只望我们回去晚些，一直看她到日头落尽云影无光，看她渐渐消失在湿润的暮色里。

这时我看见老子祠被一片紫雾笼罩。苏东亮说他听到戴容声音破空而来。我侧耳细听，门里人声嘈杂，间或有小孩子的哭声、笑声，有妇女们尖锐的交谈声，以及情人们的温言软语，混乱不堪，哪有什么戴容的声音？我说我们不如进去吧，我们有眼睛。我为紫雾而去，除了去陪苏东亮看戴容曼妙的身影，也看紫雾如何袅袅婷婷。我相信一切生而得来，你不相信是没用的；一切在流失处流失、在细致处细致、在峥嵘处峥嵘、在无言处无言。看紫雾恰是因为我突然觉得她好看。

这次进门也同样看到了许多其他的东西。有块石头叫"八卦石"，表面青灰，凹凸有致，不尽沧桑，敲上去发出清脆的高音。人们敲来敲去，爬上去当众照相，姿势使人想起野外拉屎的毛孩。

老子祠我逗留最久。走出来时回头望它，紫雾在升腾，灰色的屋檐使人生出些许历史变迁的感慨。而从山脚到老子祠，到处有惊叹欢呼之人、目瞪口呆之人。人们注视着千年老祠——这所谓的道家圣地，老子石膏像，一些碑，一些炉，那死狮子铁狮子石头狮子，房屋茅厕，石阶门槛，人们为之大喊大叫。为何不去钻钻那道家真义，或捋捋皮毛，却来注视这些毫不相干的事物？这就好比不去看歌德的诗歌，反而跑去景仰他的手杖，津津乐道于他的礼服。云飘离太阳，人竟然不感到寒冷。烟雾逐渐吞食了屋檐与人的面部轮廓，似乎另一些东西也随之不见了。人们只是目瞪口呆，对毛泽东故居、普希金的鹅毛笔、托尔斯泰墓、梦露的乳谷，一概大呼小叫、瞠目结舌。是的，除了目瞪口呆，还是目瞪口呆，没有别的花样。

石头只是石头、八卦石，还是一块石头，它可以用来做房基，它和道家没有那么多的关系。苏东亮说他从来没有在一个鸡窝里掏出一个鸭蛋——你掏出过吗？

一点钟左右，许多人到了山腰欢呼。那里的炼丹炉在天光下异常好看。生锈的炉身，不坏的炉胆，值得留念。它还被认为是楼观台的道观，其实不是。再往上爬，就是山顶了，有人家。那房子蹲在楼观台的额头上，又像藏在眼窝里。一小块探出身子张望的平地上，一个母亲抱了个黑小孩在卖矿泉水、啤酒、可口可乐，生意不好，二十块钱也找不开。

跑到山顶，什么都不重要了。我和孙奇马上下来了。留下苏东亮一个，是等大队人马。下山时，我听到他们的声音，女生尖叫着喊爽。我大声叫，无人应。等了一会儿，还是只见声音，没有人影，可能岔开了路。我和孙奇两人先冲下去了。下山比上山快。

到山脚，三点钟。路上碰见王维和胡晓丽，两个人发出很轻微的声音。

一九九三年的马蹄

北方的夏天和南方的酷热截然不同，但是无论身处何地，我对回家同样怀有莫名的恐惧。它像一阵雷阵雨，在让我爽快的同时，也带来了迅猛

的冲击力。

可能在我出生不久，河滩上还没有马匹嘶叫的时候，我们村就安上了电灯，所以我记忆里没有摸黑的记录。后来竟然有两三户人买来十四英寸黑白电视机，好像是金星牌的。它们无情地占据了少年儿童的大部分夜晚时光。月光被随意抛弃在收割后的稻田里，清澈的眼睛里跳动着一个个雪花一样的屏幕。晚上一旦停电，我们也许会待在家里，一边听剁猪草的声音，一边做作业，一边还想着《封神榜》下一集的情节。偶尔，会听到有趣的故事。有的是纯粹有趣，有的励志、尚俭、劝善、行侠仗义、惩恶锄奸……知识的力量是无穷的。我以为世界有说不出的美好，就算暂时不那么美好，也会被改造、剪除、扼杀，变得比美好更加美好。

一九九三年，上初中之后，为数不多的几则故事，变得跟我的家族密切相关。话题主要集中在如何做一匹千里马、勤奋刻苦、光宗耀祖——我是长孙，我不光宗耀祖，谁光宗耀祖？我爷爷总是说：你爸爸他们不能读书，是怪那个社会；你们现在可以读书了，就要攒劲，不要整天吊儿郎当。至于为什么我爸爸他们不能读书了，我一直不甚了了。我想，那时不照样有人考上了大学吗？社会还是让人上学的呀。

直到有一次，我爷爷像一只老黄牛一样用目光上上下下地抚摸着我青春期的身体，说，力子，你不知道，那时你爸爸读书成绩很好，但是别人不让他读书啊。那时读高中是靠推荐，公社都喊了广播了，让你爸爸去，但是寅升那时是党委书记，他把你爸爸的名额给了他儿子了，还对你爸爸说公社让他到茶场里去。我听了没吭声。爷爷继续说，寅升说的那些话，你不知道有多气人。我还记得那时是走到现在的锅毛屋前，我砍柴回来，遇见他了，他说：要是你们家里以后有人能读到书，我就舔干净你的屁！我爷爷说这些话的意思是：现在暂时没人阻挡你读书，赶快读吧。人活着为了什么？就为了争一口气。当然他的话还包含了一些别的意思，但是当时，我相信他认为争气是一个很重要的目的。可惜我一点也不理解他的苦心。初中三年很快被我混过去了，我成绩平平，还背了一个处分，勉强考上了高中。高一有了点起色，马上又跌落谷底。高三才弄到我爷爷梦寐以求的第一名。那时，我回去，真的看到他眉宇间透露出一股喜气洋洋的英武之气。再说起那个古老的家仇事件，欢喜也更多地代替了愤恨。

在初中的后半部和高中的前半部，我的青春期在我不知道的情况下就过去了。不用说，我很烦。看到什么烦什么。我不愿意回家。有一次，一个老师迎面扑来，质问我：你为什么放假不回家？我如果知道就好了。其实没有什么高深的答案，一切只是因为我处在万恶的青春期。

我变成一个怕回家的人。那是哪一天？我无法回忆起这一切。在我比青春更小的时候，家确实是一个不错的地方。八岁那年，我爸爸打工去了，我妈妈带着我和妹妹在家里。那年夏天冰棒卖五分钱一根，绿豆冰棒一毛，雪糕两毛。我唆使我妹妹嚷嚷着要吃，没想到被老辣的老妈一眼识破，她撇开妹妹直接对我高声喝道：要吃冰棍，自己去担煤炭！

好像我们小学时代学过一篇类似的课文，说的也是挑煤挣钱的事儿。一九八九年马路还没有修到深山的小煤矿，马还只能在遥远的河岸低头吃草，打着响亮的响鼻。把一百斤煤炭从煤炭山里挑到大路上，行程约三公里，报酬是六毛钱。我那天一共挣了一块四毛五，但是当天只领到五毛钱工资。老板说财政紧。那几天我妹妹把我奉若神明，但是当时我收工的时候，就像在地狱的边缘欢天喜地地行走。我记得我那天挑得最重的一回也只有六十三斤，中途还把绳子弄断了一回。那是一截电线。我没有想到电线中看不中用。我于是跑到我奶奶家，拿了一根足够结实的尼龙绳子。那真的是一根结实的绳子，一直到天黑收工，它还没出现断裂的痕迹，倒是我出现了。我手心里攥着黑糊糊的人民币，在我奶奶的温情里兴高采烈。那天我太累了，尤其是我的肩膀，红彤彤的，煞是好看。我很快栽倒在奶奶床上。那时的风是凉快的还是热的？我忘了。我只依稀觉得它当时吹拂在我沾着湿发的前额上。天黑时奶奶试图叫醒我，让我回到我妈那里去。我真的被她弄醒了，但是我不想动，我哪一块肉、哪一跟毛都不想动。于是我继续装睡。最后奶奶动用了屡试不爽的那一招：捏鼻子！捏了一阵儿，我再装就不像话了。但是我最终赖在了那里，奶奶给我脱鞋、洗脚，给我洗完了她把自己的脚也洗了。整个过程她都是骂骂咧咧的。在我此刻的回忆中，这一切好像天堂的光辉。

奶奶于二〇〇三年去世。

一九八九年，我记得，在整个炎夏的梦里，我依然有喜形于色的兴奋，有时候甚至兴奋得手舞足蹈，意欲把自己的小收获马上告诉奶奶，告诉我妈妈。

后来，我考上了大学，大家都眉开眼笑的。毕竟，在一个农民家庭，出一个大学生不容易。而且，在这个农业人口遍布神州大地的国度，要逃脱历史赋予我的命运，不再渔樵耕，唯一的办法就是读书、考大学，等待鲤鱼跳龙门那终极一跃。因此，我的地位明显上升了。大家的希望和爱一旦在我身上得到了实现，就继续加大他们的投资。谁也知道这并不一定就是无偿的付出，因为谁也不知道以后自己家中的人未必因此而受益。我的家族亲戚们像我国所有农业人口那样对权力怀有崇拜、敬畏、渴望等错综复杂的感情。我相信很多和我一样出身农家的大学生，他们同样被家族的责任所累。高行健说："我主张一种冷的文学。"我也想说："我主张一种凉的关系。"大家都别太热乎了。但是现在，显然已经不行了，显然是无法实现的夙愿了，因为不但有一层血浓于水的亲缘关系黏糊了所有人，更有一种耀眼的金钱之光笼罩着大千世界。

好像考大学一直以来就不是我一个人的事。虽然我爷爷、我爸爸、我老师等一干人都对我说，好好读书，别以为是为人家读的。读书是为自己，读了书放在肚子里，别人抢不走、偷不走……但是我知道，我读书是为了很多东西，比如为了争一口气。甚至还有一个古怪的作用：打破我们家的人不能上考场的传说。

这个传说是这样的：我爷爷的爷爷也是一个读书人，和一个姓卿的、另一个我不知道他姓什么的，三人结成兄弟，共读圣贤书，齐赴八股试。据说三人之中以我爷爷的爷爷蒲维新学问最高、文章最好，放到今天，次次考试都能拿作文大奖。但是那天到了考场之上，却心神慌乱，文无章法。结果三人之中只有卿氏中举，后来做到道台一类的鸟官。于是从此以后，方圆几十里，竟然都在流传我们家这个故事。说别看平时那鸟样，一上考场就像喝了迷魂汤。后来这个传说被我堂姐首先打破，她成功地考取了一所本科大学。家人嫌不够，又赶我上阵，结果我不负众望，成功地考取了一个二流大学。但是他们还不满意，说，平时第一，考试也应该第一

才对。说到底，我读书，连这样一个小小的事情都无法干得完美，还谈什么为自己……

我读书不是我一个人的事，也不只是我一家人的事情。作为一个农民子弟，学费哪是那么容易凑齐的，加上我又有点乱花钱，大手大脚，不把爸妈的血汗当回事，光靠我爸、我妈，根本解决不了什么问题。所以我搭上了我爷爷奶奶的晚年，搭上了我叔叔的壮年，还得到其他若干好心人的资助。大学第一年，开学我一共拿了八千块钱左右，那里面可不止八家的钱。第二年也是。第三年也是。就因为钱的问题，把我爸爸的脾气搞得很坏，竟然坏到扬言要杀人的地步。那是大一暑假。我天天在家里切猪草，在我奶奶回来之前做好饭菜。有次我突然哭了——不是感叹身世悲苦，而是心里难受。

亲戚们的资助，让我在享受中承受着不能承受的道德之重。本来只是钱的问题，现在抽象到了道德的高度。每次回家，我必须以晚辈的身份、感恩的身份去看望他们。如果我没有去，那就是我没有良心，是"黄眼珠"（知恩不报的人）。看见自己不想看见的人，还要陪笑脸，好比见到锅里有一只苍蝇，却要欢天喜地地捞起来吃掉。还有那些无穷无尽的爱和希望，它们一遍遍地折磨着我，使我不得开心颜。当我看到殷切的目光，我已经无法惊恐地大叫，只能痛苦地闭上双眼。这些本来可以带给我快感的东西，我却无法享受，只能无声地容纳。每年暑假，我都以"锻炼能力"为由远离我爱的亲人（我永远爱的），只身躲避在干涸的渭水之滨。当我生病、卧床不起，我怀念那些骂骂咧咧的瞬间，我渴望拖着病体倒在老床上。微凉的晚风吹过我滚烫的额头。湿毛巾。我的上衣解开。妈妈端来一小碗的白粥……

我相信很多农家孩子变为大学生之后，就由整个家族合作供养着。就像一个大工厂的无数股东，他们在设想着工厂的未来。他们给马钉上了马蹄铁，套上了马鞍，下一步，就是骑上马高耸的脊背，驱赶着马在通往煤矿的山路上奔跑……与接受无数人的资助相比，如果要我吐露心声，我更愿意贷款上学，更愿意支付利息，因为那只是经济上的利害关系，我背负它依然能够健步如飞，所有阻挠终将破碎。

夜 游 神

我不狂笑，也不攻击，不征战。不必在未来，在很久以前，
我的青春已消失。

——引自李器皿《粗暴类乎掠夺，自私足以自愕》

太白路包括两段，一段是太白南路，一段是太白北路。

两边高大挺拔的法国梧桐树隐蔽了路的全部。如果没有车辆喧嚣冲
撞、行人摩肩接踵以及风、雨和麻雀的唧唧喳喳，这里就会很安静，适于
读书和漫游。

树叶间漏下斑驳的日光，太白路上悄然铺上豹皮地毯。

初夏没有沙子被风吹扬，是最适合夜游的时节。

白天走了一天，我已经很累了，腰很痛。夜风吹响时，我倚在护城河
公园矮矮的铁栏杆上，浴着微凉的月光。月明星稀。月亮在青色天幕中穿
行。我很舒服。心脏没什么问题。一切仇人或朋友、吸血蚊子或风、恐
吓、眼泪或笑声，都暂时不能使我动弹一下。

近处是城墙上闪烁的霓虹灯。在那些只留下一个方形轮廓的建筑下
面，女孩们咯咯地笑着逃到床上去，脚丫外露。睡觉美丽。关于未来的梦
美丽。理想美丽。热情美丽。身体美丽……一切都在我眼前晃来晃去，没
有一件愿意干净利落地结果了自己。

骑上奔驰的骏马，在草原上坠下陡峭高崖。跨上月亮脊背，野百合自
银河流落。我感觉这梦境美丽，爽快生动。但在一分凄凉沉默里，温习梦
里的声音与光彩，这种寄托幻想的行为，我对它的印象异常恶劣。

因此我爬起来，赶快地起来。独白一番。你能猜到那是什么话、什么
意思吗？把石子向护城河水中用力掷去，涟漪自然眼睛搜索不到，声音也

被汽车喇叭声淹没。汽车走动很快，屁股上出烟，各种牌子的烟雾懒洋洋地飘浮在西安上空。灰色的幕，笼罩一切。护城河堤用大而笨的白色石块筑成。石块与月光懒懒散散地相拥，不亲近也不拒绝。一切草，一切树，它们如同哑巴，拥挤地站着，却不做声。

白天日光下的小生物，愉快活泼，现在除了蚊子四处吸血，一切都已隐藏，如流星般晃去。石罅草丛，卡拉OK曲子的碎片沾满蟋蟀湿冷的翅翼。

街上看不到几个人。过夜生活的人们刚刚出巢。那发生在暗处的不为人知的事情，比不堪的生活更不堪。在大街小巷，城市不加修饰，歌声飘荡，热情高涨。那潜伏着的忧郁在夜行人闪着鳞光的头发丝里……城墙依然坚固得如同一座新筑成的城堡一样。我毫无目的地游荡着。月亮在青色的天幕中穿行。像一只奔跑的豹子。而我独行于黑暗中，在它照不到的地方，我视觉中的全部印象，就是浓黑与不安。我不感到疲倦、乏力。作为一个年轻的身体，它不想与朋友欢乐，不愿置身于温暖的被窝。

我到了一个地方。我累了，坐了下来。行到可歇息处，刚好需要休息。我的意思是，这是一种温暖的享受。已经凌晨一点，或一点一刻。凌晨的风吹拂身体和衣衫，微凉。在"东来顺"朱红的大柱子下，月光照上白花窗幔掩映着的木格子窗，柱下凉风穿过。"东来顺"门口那两盆文竹，修长，叶子瑟瑟作响。我心里想，真的很无聊呀，不如玩个游戏。我让十根手指探到月光中去——月凉如水。手指经过调整，得到了整齐地贴在地上的十个影子。我让它们移动，又在支离破碎的回忆中搜索内心的残片，令双手变出黑蝴蝶、黑山羊、黑狗、黑老鹰、黑小鸡。动物们无可奈何，任我宰割，将地上的幻影拆碎，喉咙间发出纵声的笑。在如此清幽的月光下，不良思绪俘虏了我。

但我并没有逃。我走路的步法也没变。目光冷静。内心一点也不哀戚幽怨。犹如大英雄，征战从容，走在本该如此的路上。

在海盗船出现梦中的时刻。

在倒扣的乌蓝灰黑的"天空牌"大澡盆底下。

美满在空中摆动。

月光下文竹叶子反射薄光。我告别它。月光抚弄一切，希望它们安

睡。它们无心睡眠。汽车相撞。南门口大马路上的碎玻璃之类，疑是上帝在银河捞了一船繁星。小流氓砸扁了公交车牌，他们歌唱、拥抱、亲吻，感谢良宵圆月照出稀薄的白云。小姑娘贴在初夏的槐树干上，羞赧哭泣，星光在她发上闪烁，月亮将她手上的鞋的影子安置在地上。她的脚趾是自然的杰作。姑娘真漂亮啊。但我同她擦肩而过，只是我今夜漫游的一瞬间，如白驹过隙。月亮西沉。

我听到女性的叫喊。稀疏的樟树叶在风中轻飏。她也许正跟男人亲嘴，动作凶猛吧。我不敢走近，悄悄地逃走了……

月亮消失在深蓝的暗影里。我赶紧从灯光中逃了出来。灯光太亮，反射出我心中的不良思绪。在南门城堡大酒店前宽阔的草坪上，我安静地躺成一个大字。睁开眼睛，东方将白，流星无声长坠。

一个喜爱出走的朋友

我九岁时，住在曙光村。有一个叫玉田的老头子，一边大口吃着煨红薯，一边吸溜着嘴讲故事——天南地北，历史传说，家长里短……大多数是闲话，偶尔也能引发听的人欢快的笑声或打破沙锅问到底的追问。有时是在夏夜，但更多的是在冬天。因为夏天做完一天工，已经累坏了，往往头沾着点什么就能睡死。只有到了冬天，要么临近除夕，要么是春节，才能有这闲工夫，讲那些闲事。所以，他在灶台边上吃红薯，这一印象已经刻在了我脑子里。

说的故事有田螺姑娘、龙骨车、两兄弟、露水鬼等，大部分中国儿童都听过。有时也说说我的高祖父、曾祖父，说说他们叱咤风云的行事，但很少说他自己，也很少说他的晚辈。也许，这是远古的传统。除了狷介之士，人们总是认为这些往事该由晚辈告诉更晚的一辈。至于里面可能碰到的失真和臆说，人们一般是不管的。

这样想来，他肯定在儿子正当听故事的年龄告诉了他许多，而后者也从这些千奇百怪但不外乎劝人行善授人智慧锻炼勇气等亦真亦幻的故事中获得对这光怪陆离的世界的些微认识，并像任何成长的小孩一样，倘不遇大的变故，从这些故事中获得的认识将使之终生受益，并影响其性格和行为的方方面面。

但有一次，他竟然说起他的儿子来了。我依稀记得，那是在闹马山的花生地里。当时正值八月，暑气正盛，早稻已收割完毕，田里插好不久的新秧在小风中刚刚站稳身子。身体的疲劳尚未消除，而身体的疲劳似乎永远没有消除的时候。当时是在大太阳地里收花生。花生没收完，黄豆已熟。黄豆过后是红薯。贯穿这一过程的是擗烤烟、服侍晚稻、照料栏里的架子猪、储备冬天的柴火……好像处处是丰收。可是疲乏的身体使人无法尝到所谓丰收的喜悦。就算到了今天，这片土地上卑微的人们，为了一张无底的嘴巴，一年之中依然没有一刻消停，快乐就更不敢想象了。

大人或许世世代代、年年月月如此，小孩子毕竟骨头嫩，要和大人一样连轴转，恐怕都成了畸形，出不了任何风姿绰约的女子、英武俊朗的少年。好在人们千百年自然地在生活中形成了一种是休息也是娱乐且不必耽误手头活计的游戏，就是讲故事。我们那边叫讲白话。在紧张忙碌的劳作中，手不能稍息，脚时时要用，唯有嘴空了出来，可以说任何话。

小时候爱听神话传说，听纯粹是故事的故事，让那颗小小的心在尚未装载许多东西时，便有机会飞翔遨游，把心的容量扩大到使自己吃惊的地步。待到对人事有所理解却又并不透彻、按照自己的想法行事却总是被大人斥责为"不懂事"的八九岁光景，却偏爱看武侠书，听英雄义举、壮士勇行，并在某一晚上，梦见自己和众人打斗，最后众人皆败我独胜。醒来是惊是笑，我已忘记了。

这一次，玉田竟然说起他儿子来了。一个叫红国的，生于一九五六年，名字带着那个时代特有的色彩，聪慧，行事因过于大胆而显出一点疯癫。幼儿园时代，他已经显示出捣乱的本领，往往先行一步将别人的饭钵端走吃掉，再去吃自己的饭。老师要将他的给那没有了的，他就拼命护住自己的小碗，嘴里大声嚷嚷，这是我的，这是我的，你看这个钵子是我的！确实是他的钵子。老师很生气，那受欺负的也很生气，就哭，但是没

办法。这样一种狡猾的聪明，在人人缺粮的时代，只有父母才会对自己孩子的这种行为暗暗欣喜，别人却都恨不得把他掐死。但是红国并没有被掐死，在后面接踵而来的几次接近死亡的事件中，在他的屡次出走中，他也像最不可小觑的野草一样存活了下来。

开始他只是躲在房子附近，不愿意回家。那时他七岁。人们找了半天，喊了半天，声音也没有，影子也没有。等到人们在仓库楼上的枞毛须里找到他时，他已经睡熟了。

第二次他离开了房子。也许是因为他觉得太近了总有被发现的时候。这一次，果然三天之后人们还是不见他的踪影。玉田说他那时已经放弃了，以为他死了。死了虽然有点可惜，但是也少惹许多祸，少操许多心。可是谁知道四妹子慌慌张张跑了进来，眼珠翻白，上气不接下气地说她遇见了鬼。那时候农村人认为人死了就变成鬼，鬼和死人其实是一回事。玉田赶紧跟着四妹子跑到后龙山田埂边，只见一个人栽在水田里，脸庞黄得像黄蜡一样，嘴唇也青了。玉田马上把他背回去，灌了一通姜汤，才醒过来。玉田说，这是白捡了一条小命。玉田说，他是口干了，到田里去喝水，又饿得发晕，就嗵的一声栽下去了。

我倒不认为他是捡回了一条小命，而是这小命总是有奇异的能量，保证这个奇异的灵魂能活在世上，并让我从这个朋友身上学到许多。

玉田又说，我以为他这一次害怕了，不敢跑了，没想到越跑越凶狠哩。玉田扯出一兜花生，扔到远处那一堆上，说完就笑了。棕色的蚱蜢从他脚下蹿到尚未倒伏的枝叶草丛里。过一会儿它们又蹿到了另一处草丛里……如此往复，直到深秋天寒。蚱蜢如此，螳螂、蟋蟀也是如此。它们一旦遇到危险，便四处逃窜，虽然它们的生命本来就不长。它们迁移，它们飞窜，它们逃命。可是不知为什么，红国反而越跑越凶狠了。

那时他八岁。那次他跑离了家乡。一个人漫无目的地走。如果我不说他的年龄，你可能还以为我说的是一个冒险远征的战士或者诗人。不过诗人的远征只是偶尔闪现的念头，现代战士的生活也不像以前那般充满艰险，可他却实实在在地行走在完全陌生的土地上，小脸上也许带点忧伤，那反映他的心灵；也许带点菜色，那反映他的胃。他似乎走得很慢，但肯定已远离了亲人的眼睛。他被陌生的奇异景色吸引住了，在路边采摘了无

数的草莓充饥,渴了就喝井水泉水溪水,眼光追随林间长尾巴短尾巴的鸟
雀跳跃……半夜醒来,听见虫叫,耳边风摇撼着树木茅草,发出呼呼的响
声。在夜里,一切都模糊了轮廓,似乎并不那么新鲜;近处有大鸟被猛醒
惊飞,叫声是梦里听过的,一切都不打紧。月光照出远处树的轮廓,鬼一
样黑黢黢的。只是有点冷,衣衫已被露水打湿。

太阳出来后,湿衣衫才渐渐晒干,也就暖和起来了。初夏的中午,太
阳很晒人。他眼前有一条河。太阳把影子放在河里。水很深。也许河里很
凉快,但毕竟刚刚入夏,可能还是很冷。河那边也许会有些不同,问题
是,怎么过河呢?刚刚入夏,水可能还很冷,而且河里也许有吃人鱼,也
许有露水鬼……他从未到过这里,而且肚子也饿了,恐怕没力气游过去。

远处走来两个人。跟着他们走,至少饿了可以要点东西吃吧,也许他
们还能带他过河。要紧紧地跟着。紧紧地跟了一阵,他听到他们小声说,
这个人是不是个疯子?怎么老这样跟着咱们?他走上去对他们说,我不是
疯子,我是曙光存的。

曙光?那你说说曙光有什么。他们还是以为他是疯子,而且可能认为
他不是别的地方的疯子而是一个曙光的疯子。

有个榨油坊。他想还是说点有名的吧,万一他们对曙光不熟,说个东
西他们不知道,肯定以为他是疯子说胡话。

榨油坊前面呢?

是个合作社。

……

他听到他们小声说,这个人不是个疯子。

……

他们带他过了河。过了河就是石门。他没想到河对岸他竟如此熟
悉——那是他姥姥住的地方。他们拉着他大声叫喊,谁家丢小孩了?谁家
丢小孩了?喊了一阵,就被早已得知他走失的音讯的姥姥听到了,遂提了
盏煤油灯,把他接了回去。

玉田说,十九岁,他又以一个圆桶匠的身份,借口挣钱结婚,去闯荡
江湖,混迹大半个南中国。那时玉田已经不怕他饿死,在听他说他一个人
用斧头用计策摆脱几十个人的追杀后,也就不再担心他被打死、横尸荒

野。玉田认为，他开始可以一人做事一人当了。但是新的麻烦总是出人意料，让这个叫玉田的老人束手无策。比如他四海之内的那些兄弟朋友纷至沓来，踏破了玉田用烈木树做的门槛，消化了玉田无数白花花的米饭。万般无奈之下，这个叫玉田的老人，给这个叫红国的青年上了一个套子，相了一个女人。

樱　子

一九九九年，人们所说的"冬天已经到来，春天还会远吗"那时候，我在湘西南和一个女孩恋爱了。

一天下午，我走进奶奶家的木板房子，发现屋里很黑。灶台边却有一双很亮的眼睛。那人身子小小的，灶火的红光映照着她的脸。我问坐在一旁的姑妈，这就是樱子吗？姑妈笑着对小姑娘说，叫哥哥呀。

在此之前我见过樱子几次。那时她很小很小，但是她的眼睛却很大很大，有一对罕见的单眼皮。我跟她说，有一次在堂屋里，我轮流背着你和你弟，满屋子跳，像只袋鼠。她咯咯直笑，又说，一点儿也记不得了。

又问她多大。说是满十一岁，吃十二岁的饭。一九九九年冬天的最后几天，阳光像一群毛茸茸的小鸡跑满资江之滨那个小城的每个角落。我的手却是冰冰的。只是因为我的手一到冬天就很冰。在街道与街道之间，我拉着樱子小小的手——她的左手放在我右手的手心，有奇异的温暖。我在近乎金黄的河边反复说你不要放，一放我就冷了。樱子睁大了双眼，也许她认为我的手不应该像冬天的江水那样冷得不像个样子。但她的手还是如我所愿地抓得更紧了。她一边摇晃我的手臂一边说，你的手为什么这么冷呢？我回去以后，你怎么办？我说，走，我带你到山上去玩。

山是县城背后还没被开发的山。很胖的一座山。山上有很多树，还有各种野花野草。山深处草色很青，虫子安静地待在自己的领地。高高的树的枝丫仍然什么也没有，朝天伸出硕大的手臂，天上待满了动物。我们穿过一大片丛林和茅草，来到一小块草地。樱子抱着沿途采来的野花，让我给她编花冠。我依言照办。花枝上的小刺刺破了我的手指，一抹淡红的血印在白色的花瓣上。我把那些小刺一个一个弄掉，她问我疼不疼，我说不疼，你呢？她说我也不疼。她问我的时候盯着我的眼睛，眼神清澈得很。我笑了一下，很累地躺下。她把头放在我的臂弯里说哥哥你看那儿有一只鸟。我顺着她指的方向看，却什么也没看到，除了一些云在活动。我摸到她脖子上有根细线，她说刚才真的有只鸟经过那里不过一下子就不见了。我问，这是什么？

这是一根线，她说。她把线解开。是一根红线，钩着一个小小的玉坠，有着浅蓝色的光。她爬起来把那东西系上我的粗脖子，勒得我很舒服。她说哥哥你脖子怎么这么粗啊？我感觉冬天忽然一闪不见了，像那只鸟。看来春天打算在这里住下，打算在我们身边修一座小茅屋。当然这是后话，当时的情形是我在樱子的手心画来画去，问她，暑假还来吗？樱子咬着下嘴唇，出神地偏头思索，然后低声说，不知道。

我们就下山。发现路消失在杂树野草丛中。只听见各种声音在树外面叫。我跳下一面不高的山崖去找路。路找到了，路口就在我膝盖跪下的地方。我的膝盖碰在了一块尖石上，血流出来，裤腿红了。我把樱子接下来，樱子哭了，一边哭一边嚼一把茅草叶子，嚼成糊状，糊在我的伤口上。血神奇地止住了。我为她擦去了泪水。我觉得她唇上的绿色汁液颜色有点深，就过去尝了尝。我说真苦啊樱子，樱子笑了。

第二天她就走了。在车站我拉过她的小手亲了一下。姑妈看到了，樱子的脸飞起红云。

接着你应该可以猜出就是开学。开学了就是二〇〇〇年了。在这一年里，我很想念樱子。我记起了日记。每天花一笔时间想她我觉得很不够，就记起了日记。还是不够呀，我必须让她知道我想她。我按她给我的地址写了三封信过去。

我每天去一趟收发室，却并没有收到她的回信。后来我才知道，她把写给我的信投进了邮电局的意见箱。

我想我必须见到她。

　　大概是二○○○年四月份，我悄悄摸黑起床，一大早搭上了去她那里的汽车。

　　我从来没有去过湘西，姑妈家会在哪里？我只想见到樱子。于是便去她的学校。在车上我看见放学的儿童背着书包在路上打闹。天色渐黑。我有点伤心，又有点担心。站在她所在学校的门口，望见里面的操场上空无一人。我不知道接下来该往哪儿走。这时，两个小女孩走过我的面前。其中一个打着伞，我没看清她的面容。我望着那个打伞女孩的背影，心想，她是樱子吗？我跟着她们两个，穿过了两条街，来到一个斜坡上。这是这个小镇最后一条街了，透过层层叠叠的房子，可以看见收割后的稻田。我试探地轻轻叫了声"樱子"，她转过头来——真的是她！我激动地跑过去，抱起她娇小的身子，她鞋上的泥巴落到了我的裤腿上。

　　同行的女孩借口有事先走了。樱子紧紧拉住我的手，说哥哥你手又冷了。路边放学回家的学生一群一群地看着我们，而我心里只想着我的樱子，因此对不起我无法告诉你其中的女生长得如何。

　　甚至那个湘西的小镇是什么样子，我都记不清楚了，只觉得十分亲切，仿佛不是第一次去那里了。樱子陪我来到集市，在一个安静的角落里我听她背书，背的是那课《武松打虎》。樱子用她好听的声音对我说：店家，筛三碗酒，切二斤熟牛肉来！

　　但是我只待了一天，就不得不回去了。姑妈说高三你怎么能跑这么远出来玩呢？我不知该怎么说。樱子送我到一条叫渠河的河边，说哥哥等你再来我带你到这里来玩。

　　到现在已经有两年没见到樱子了。一九九九年冬天我曾经对樱子说我真的喜欢她。我在一堆卵石上说我肯定要娶你的，樱子。

　　无论怎样，这总归是句真话。

　　二○○一年的冬天到了，我的手又开始冰凉。

最后的盛典

散文卷

郑小琼 卷

　　远处是村庄的屋舍，倾斜着的屋顶，炊烟或者鸟鸣，偶尔有一列火车疾驰而过，它绿色的身体让我充满了对乡间的回忆。在这均匀而舒缓的节奏间，我好像看见自己的青春在亮着，又转瞬熄灭。

　　郑小琼，女，1980年生。2001年到广东东莞打工并写诗，有多篇诗歌散文发表于《诗刊》、《山花》、《诗选刊》、《星星》诗刊、《天涯》、《散文选刊》等报刊，作品多次入选年度最佳等选本，曾参加第三届全国散文诗笔会、诗刊社第二十一届青春诗会。2007年获得"利群人民文学奖"、华语传媒奖年度新人提名、庄重文文学奖、2007年度"十大中国妇女时代人物"等。主要作品有诗集《黄麻岭》、《郑小琼诗选》、《暗夜》、《两个村庄》、《人行天桥》等。

机器，机器

　　机器充满了哲学的味道，它生硬、枯燥，没有一点儿感性，向左、向右、向前、向后，它都遵循着某种顽固而单一的法则，决不妥协地按着自己的逻辑切割、打磨，在光滑的钢铁上留下一道道螺纹。它残酷的面孔冷冰冰地对着它所夹的钢铁，将它们一节一节地切断。它巨大的摧毁力量柔软而坚硬，像一个顽固的训诫者一样向我们叙说着万物的不可信用——坚硬的铁原来如此虚无而软弱。冷却油在滴着，凝重、柔和、透明，像一场黏稠的爱情，安慰着一节节正在断裂的铁，瓦解着曾经坚硬的生命。铁在机台断裂着，没有了声音，没有了反抗，也没有了挣扎。可以想象，一块铁面对一个完整地具有巨大摧残力的机器，它是多么脆弱，我看着铁被切、拉、压、刨、剪、磨，它们断裂，被打磨成各种形状，安静地躺在塑料筐中。我感觉一个坚硬的生命就这样被强大的外力所改变、修饰——它不再具有以前的形状、角度、外观、禀性……它被外力彻底地改变了，变成强大的外力所需要的那种形状、外观、功能、特征。我一直习惯了铁外力作用下挣扎的灼热呐喊与疼痛。是的，在一个打工的工厂世界里，一个再坚强的人，哪怕他的意志像铁一样，面对强大的机器程序，他也是脆弱不堪的。我默默地接受着这一切所谓的工厂秩序，把自己曾有的坚强念头藏起来，太多的不幸与思想也埋没在了内心深处，哪怕它们曾是一道道的火焰，也只能让它们的热量与温度积蓄在我的胸腔里，让它们随着现实的冷却剂逐渐熄灭。虽然我内心一直对南方工厂这种过多荒诞的秩序充满了怀疑与憎恶，但我却无力去反抗这种内心的荒诞。个体在强大的现实面前永远脆弱。

　　我每天守在那台打牙机面前，用左手从机台上取下一块各种形状的铁

块，放在机台底板上，并紧紧地将它按在模板里，右手按着绿色开关，看机头上那些尖锐的牙针落在铁块上，"哧哧"的巨大声音袭了过来，牙针碰到了铁块，我感觉剧烈的颤抖从铁块传了过来，它像涨潮的海水一样涌动，掀起了阵阵巨浪，沿着我压着铁块的手指，传遍整个手掌，并沿着手掌弥漫了整个手臂，波及整个身躯。它们迅速而尖锐，像涌动的电流，刺激着人的神经。我清楚地记得我第一次打牙的情形——当我压下牙针的时候，那股剧烈的颤动使我惊吓得将压着的左手收缩了一下，那在牙针上的铁块飞快旋转着，像陀螺一样。我惊叫起来，身边的师傅迅速将整个机台的开关关了，那飞快转动的铁块才安静下来。一天一天过去了，我渐渐适应了那种颤动，原本敏感的身体面对那种颤动的袭击渐渐麻木了，不再感到恐惧，左手食指与拇指的血泡渐渐变成厚而粗糙的老趼。半年之后，原来性格中尖锐的部分逐渐柔和起来，那些低沉有力的撞击声在我内心如音乐一样起伏。"哐——"这是牙针机落下的声音，它尖锐，像巨大的重物落在坚实的硬物上，那种碰撞充满了对抗的味道，像两个内功高深者在比试功夫。它们对峙着，然后出招、相撞在了一起。"哧——"这是牙针进入钢铁的声音，它低沉，是那种隐藏在内部钻入的声音，剩下的只有力量。侵入是持续的、坚韧的，没有一点儿妥协的味道，一点一点，我看见那些细碎的铁屑在飞舞，牙针进入钢铁的躯体更深了，那浩大的力量在凝聚，变得更为坚硬。"嘶——当——"这是牙针撤退的声音，它悠长，是一个复杂的声音。"嘶——"的声音绵长，却不起伏，充满了意味，是牙针对铁具的最后一击；"当——"的声音短促、决绝，牙针从铁具上撤了回来，像鱼从暗水中游向远方，充满了征服与被征服、喜悦与悲痛的味道。机器在我的身旁不断地"哐当，哐当"响着，像一盏盏刺眼的灯在我的眼前晃动着，深入耳朵。四周安静下来，只剩下机器的声音。它们涨落成一片潮水，包围了整个车间、机台、铁具、图纸、塑料筐……四十台机器的车间声音嘈杂，在车间走动的人，像鱼一样在喧嚣的潮水中走动。

　　上夜班的时候，望着车间外安谧的夜色，深邃而浩渺，附近工业区道路上没有车辆与行人，只有一片寂静，而车间的声音却像巨大的礁石从夜里耸了出来，它的背后是空阔与虚无。午夜三点是人最为疲倦的时候，我看着周围的同事睡意惺忪的眼睛，以及他们眼里的疲倦与忧郁，我一直认为，人的身体跟时间一样，白天是动词，躁动、喧哗、嘈杂；而午夜三点，身体里蛰伏的寂静便浮了出来，它是名词，缓慢、陌生、理智、孱弱。更多的时候我感到自己身体里的细胞也放松起来，它们会把白天的一切翻卷出来反刍。你看到同事的疲倦在暗处反光，而机器的速度却并未因人的疲倦而缓慢。它坚硬而迅猛地砸着、冲着、钻着，依旧保持着那种莽撞，以及由内在程序赋予的力道，把一块钢铁切割、变形。它每个重复的瞬间，都给予铁具以新的面孔，把毛坯变成了零件，把钢条变成工具，它的每一个动作，伸、展、控、钻、吸、压、挤……不断地在潮水般的声音里反复呈现，又反复地消逝。疲倦的工友们在低着头、弓身、弯腰，左手压住等待钻孔的毛坯，右手压着钻头启动开关，机器的头顶是白炽灯光，正好照耀着一张张面孔。在每一次动与静之间，在浓重的睡意之间，他们的表情是那样模糊，那些灯光与声音扭曲，夸张着每一个在机台上操作的工友们的脸……他们在做不同的活计，偶尔交谈一下，那些言语很快就被机器的嘈杂声吞食。沉默中隐藏着一种梦境般的虚无，一些葳蕤的念头在我的内心生长，然后凋零。

我开始关注那些机器以及与之相关的周围事物，比如我操作钻孔的前一道工序是刻字，后一道工序是成形的铣方头，我关心着与这些工序有关的机器。钻轧机在厂房里的左边，六台，排成一线。它们瘦而高，机座小，在机座上头耸立着半椭圆形的钻头臂，上面是开关、校转轮盘、刻度盘、夹头、探头、钻头夹、升降台……六台钻孔机像六棵低垂头颅的向日葵。她们沉思着。我进工厂的时候，整个厂房里操作机器只有五个女工，恰好都在操作钻孔机，它在这个五金厂的机器里最温柔而羞涩。我前面的打刻机是老式的，笨重，像一团蜷伏起来的巨大阴影。它的颜色也不同一般机器的绿色，淡黑色的。现在我回忆起它，内心依然有一种隐隐的痛。有一回，我的一个同事操作不小心，手被刻字机刻上"02TS9N"的字样，血流不止。半年之后，那几个字还留在他的手上。半年后，那台打刻机换了另外一种半自动的机器，与先前那台笨重的相比，它的速度、功效、品质都明显地好于那台旧式的机器。这台只有长条凳大小的半自动刻字机有

料槽、动力轮、模板、进料口等。它矮小、不起眼，成为整个车间最小的机器。半年之后，我离开了钻孔机，开始操作这台半自动刻字机。后来工厂换了不少机器。我发现这家工厂机器的大小与功效恰恰成反比，在同功能的机器里面，越小的机器功效越好。这种比例的调整将可能把我对机器原来的认识涂改掉。比如我原来操作过的那台老式刻字机，我常常为它刻字的重力造成的线形钢材的原始曲率达不到规定直线度，必须用手工校正而感到恼火。换上这台矮小的半自动机器以后，我再没有用细小的铁锤在校正仪表上敲过了。我对笨重而庞大的事物不再那么深信，它的稳固在我内心渐渐动摇起来，这种怀疑让我对周围的事物常常有一种不信任。我感到身体深处渐渐推来了一股力量，它们在轻微地颤动着，我知道这种力量来自笨重的老式刻字机与这台半自动刻字的对比，它是怎么撼动了我内心对原来事物的看法？我看着这台刻字机在不停在转动，在一个并不大的空隙间，它"吱呀呀"的声音像狐步舞的音阶，它的旋律比起钻孔机的优美而令人感动，它们沉如纺纱机或者乡间的辘轳，全身都是一层绿漆，正恰添加了我对乡间的回忆。两个月之后，我已能够从它声音的大小、长短里辨别我正在刻字的线材的钢铁的曲率是不是大了、字的深度是不是刚好。它的声音对于我的耳朵产生了一种方位感，像旷野里一条平缓的溪流，从水声中感觉它是不是有了落差曲折。更多的时候，我会从它的声音中回想起川东的乡间——清晨、白雾、露水、绿树、青草、辘轳的转动声……远处是村庄的屋舍，倾斜的屋顶，炊烟或者鸟鸣，偶尔有一列火车疾驰而过，它绿色的身体让我充满了对乡间的回忆。在这均匀而舒缓的节奏间，我好像看见自己的青春在亮着，又转瞬熄灭。我注视着那个动力轮在转动，在两圈之间的空隙里，剩下的是一片黯淡的叹息。在转动之中，它带走了什么，又留下了什么？钢铁的机器还是那台机器，头顶上的灯还是那盏灯，原来的喧哗还是那片喧哗。我对乡下与往事的回忆，对将来与梦境的眺望，一个瞬间上升的念头引起的内心波动。我站在原来的位置上，机器站在它的位置上，丝攻料坯从窄窄的料槽里缓缓流动着，一颗一颗地流到了那个字模下面，被打印上字，又流进了塑像盆里。一切都那样漫不经心，我每天重复着这样的动作，这使我对外界逐渐麻木。数年之后，当我回忆起这些年华，我写下一首叫做《黄麻岭》的诗："在一张小小的工卡上……我生命的全部/啊，我把自己交给它，一个小小的村庄/风吹走了我的一切……"黄麻岭是一个小村庄，而这台绿色的刻字机就在这个村庄的某个工业区的某个厂房里。

机器充满了野性的成分，它有着某种不可阻挡的力量，可以摧毁一切坚硬与顽强，甚至博学与睿智。近距离操作机器，听它的呼吸与心跳。这样日复一日地重复，我似乎觉得我与它之间的距离已经消逝。在这种高强度的劳动中，我常常把自己与机器混合在一起。我突然想询问自己：在这样的工厂，究竟是我在操作机器，还是机器在操作我？我无法摆脱机器与我之间的关系。它们从朦胧中逐渐清晰而尖锐起来，思考的结果常常令人沮丧。我突然想起了《摩登时代》那个拧螺丝的工人。机器开始占据其他的东西应该占据的位置，它的转动也带来我对命运的思考。此刻我只是一个空缺，在人间这台巨大的机器面前，我只是一颗即将被拧紧的螺丝。更多的时候，我觉得自己就像一台机器，整齐地排列着、站着、走着、转动着，甚至有着这台半自动刻字机同样发绿的颜色。秋天的雨水从钢铁架构的厂房房檐流了下来，厂房外的树木有的在落叶，叶子变得陈旧而衰败，带着一股忧伤，它们此刻与我的内心如此相似。在深秋的雨水中，"哐当，哐当"的声音不断冲入我的耳中。

一个人对外界有着本能的敏感与内心的倔犟，这种倔犟与敏感因一次次徒劳地碰撞外界环境的失败，而渐渐扭曲、变形，并被同化、驯服。这个过程是令人沮丧、绝望的，从内心的反抗到本能的愤怒，从愤怒到失望，从失望到绝望，从绝望到服从，每一个阶段都是那样的烦恼与战栗不安。这是一次次反复被揭开流血的伤口的过程，一次又一次将自己原本敏感的神经伤害，变得麻木起来。这是一面抵抗、一面丧失的过程。个体的孤立是痛楚的起点、伤口的来源。这些年，我因为不满，从一个工厂到另一个工厂，从这个工业城市的一个小镇到另一个小镇，从一个车间到另一个车间，从一个机台到另一机台，我的愤怒逐渐地丧失其中。在灵魂找不到居所的时代里，它只有不断地流动，漫无目的，在流动中逐渐地蒸发、消逝。旁边钻孔机的"哐——哧——嘶——当——"的声音不断重复着，

我目睹一块块铁被钻孔、成为这个工业时代的制品。在这个过程中，我何尝不是被现实这台无形的机器渐渐打磨成了现实所需的制品！

我一直在这种丧失中生活，因丧失而感伤，因感伤而苦痛。个体在现实中是柔弱的，因为柔弱才能感知更多柔弱者的内心，也因柔弱而变得顽固、刚强。当我明白了这种伤痛的来源、却对它无能为力时，剩下的只是对现实的绝望与敌意。在工厂里，我看到一块块铁被放在切割机上切割、水磨机上打磨，然后卷边、钻孔、磨刺头……最后喷油，被制成半成品，或者被切割、打磨、冲、剪、轧、滚牙、热处理……最后变成了成品。这一刻，一种无尽的悲哀涌上心头。

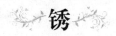

锈

我不知道锈如何在积聚，那暗红如何在扩张，直至吞没了整个躯体。时光之锈不断地侵蚀着我的身体。时间如雨滴一样落在躯体上，洁白的雨滴在锃亮的钢铁之上，闪烁着明亮的光。水滴开始变红，我看见红色的斑点浮在水滴之中，变成了微红的锈。我梦见锈在啃噬我的肉体与灵魂，它们像暗夜的水，不断地滴着，折磨着我锃亮的意志与躯体。我躺在床上，像一块置身雨季的钢铁。雨水不断地敲打着我的身体，深入到我的内部——血肉、骨骼、灵魂。我梦见雨水穿过阴暗处的农具、尖锐的犁、锯齿的耧与耙，它们在铁质的躯体里行走，并渐渐扩大。由雨水、潮湿、暗红、迷茫、无奈、惆怅幻化出来的锈，在农具上渐渐扩散，让敏感而尖锐的部分渐渐麻木下去、松散下去、腐朽下去。在锈蚀的过程中，农具往昔的尖锐像藏在深处的梦境，在我的记忆中微光闪烁，梦间的乡村并没有随着时间潜行，它们还停留在上世纪八十年代的记忆中，闪烁着那个年代的微光。每次回家，我从阴暗的阁楼经过，看见那些生锈的农具，它们蒙上了厚厚的灰尘，沾满了时光的碎屑。铁质的犁、木质的水车与牛轭挂在墙上，像一个零落的梦。透过阁楼的窗户，荒芜的土地，砍伐树木后呈现的光秃秃的河滩，田野间残剩的几棵桑树，白墙黑瓦的楼房，喝够了化肥农药的土地，它们全没有记忆中的那份明亮与尖锐。庄稼地——混浊的河流——砍伐的树木——闲置的农具，它们构成了我故乡的表征。记忆不断地穿越这些符号与表征，留下无边的迷茫。它们像锈一样不断地扩散，吞没着我对乡村固有的记忆。每次返乡，我总觉得一层看不见的锈在我的故乡不断地扩散开来，不断地吞噬着我的故乡。那些明亮的事物，诸如绿色成荫的桑树、屋前舍后的竹林都不见了。生锈的河流没有了鱼的踪影，生锈的田野没有了虫鸣，生锈的坡后没有了鸟鸣。在生锈的乡间，没有了往昔奔放不羁的活力。我不无悲哀地发现，锈所吞噬的不仅仅是乡村。旮旯里的铁质伞柄比以前膨胀了很多，锃亮的外表变成了棕红色。我握住它，一层锈散落在我的手上，我不小心将它碰在地上，伞柄断裂了，脱落的锈撒了一地。锈让铁空心了，这是父亲常跟我说的一句话。空心的铁，就没有用了；空心的人，便没有活力了，像稻草人一样。而空心的村庄呢？我无法回答自己。物欲的雨水不断地侵蚀着故乡洁白的躯体，锈在一点点扩张，剩下一座座空心的村庄还在内陆饱受锈的侵袭。乡村之锈不断地吞噬着故乡的景物，锈越来越强大。在返乡途中，我感觉锈开始吞噬人的内心，在内心不断地扩散，不断吞噬着乡间固守了几千年的价值观念与思维意识。人心之锈让我对未来的乡村充满了沮丧，我无法想象若干年后，面对锈迹斑斑的内心，该如何建设一个明亮的未来。

锈像一个妖媚的女人，穿着妖艳的服饰走过。它微红的艳若漆质的外表之下，隐藏着某种黑暗的力量。它瓦解着坚硬的、明亮的、清澈的一切，它的冷漠、猜忌、孤独，不断地像病毒一样复制、肆虐。最危险的力量不是来自外在的直观的暴力，而是一种看不见的力量。它来源于我们无法捉摸的那部分，就像明亮的雨水让铁生锈，滋养着我们身体的氧分子让铁生锈。最为明亮的事物背后有着令人诧异的黑暗。它撕裂、碾碎了我们原有的印象。当铁与雨水、氧气纠缠在一起，明亮的铁委身于这些事物的另外一面，变成了无用的锈。在外漂泊了八年，我用过五把锁，只有一把

锁是因为我丢失了钥匙，使用外部暴力将其毁坏；另外四把都是被一种看不见的力量毁坏了。锈使它们失去原有的活力，变得迟钝、笨拙，最终丧失了原有的功能。锈的冷漠暴力让我有种措手不及的沮丧。锈蛰伏在明亮事物的阴影下，而它庞大的野心与力量隐匿在暗处，微弱的外表显得缓慢而安静，在身体的暗处或者折皱间，它置身于一种不动声色的层面上。它有着自己固定的密码：解构。它不断用这个词解构着我们已存事物的印象，将坚硬的解构成柔软的，将明亮的解构成斑驳的。它解构了我们对原来事物的信用，让事物原来的秩序散乱。而作为一种看不见的锈，它解构着我们的精神与物质生活。铁锈——红褐色，铜锈——绿色，植物的锈病——红褐色或白色，铝锈——黑色……另外一些看不见的锈，我无法从直观上辨认它的颜色，比如：人心之锈，世俗之锈，体制之锈……锈是膨胀的、铺展的，它将我们内心的井然有序破坏。它隐藏在我们无法猜度的物质客体之中，有着时间的腐败的一面，囚禁着某些神秘的气息。它在暗处不断地反刍着。它具有双重视力，一眼就能在一个事物的背后找到它们不为人知的脆弱之处，然后将其不断地扩展，改变事物原来的面目。

从表面上看，锈似乎是金属的一部分，但它与金属有着本质的区别。最初，它作为庞大而坚硬的金属体的一个微小的斑点，微不足道地存在于金属表层，随着时间的缓慢移动，这个斑点不断地分裂，变成了海绵状的锈。这种松脆多孔的物质不断吸收空气中的水分，不断加快金属本身的锈化。金属被锈蚀的速度与它的环境有着极为密切的关系。潮湿而阴暗的地方，锈蚀的速度极快。最初让我感知锈的破坏力的，是小时候的自行车。整个冬季，自行车都放在阴暗的房间里。四川的冬天潮湿多雾，阴沉沉的。当我推出那辆自行车，整个自行车的链条已经锈迹斑斑了，一层黄褐色的锈将整个链条与齿轮卡住了。我试着骑上自行车，发现以前轻便的自行车现在笨拙了许多，锈住的齿轮与链条失去了往昔的和谐。以前父亲常对我说，是锈吃掉了铁，是锈吃掉了自行车的活力。想起这句话，我常常假想着锈隐藏在暗处的面孔，它吃掉铁需要怎样的牙齿与胃，它微红的表面，究竟有怎样的面孔。我想起电影中吃铁的怪兽。锈肯定有着怪兽一样狰狞的面目，它有着蛮横的目光，专制、不讲理，像一个守旧的家长。它

更像一个巨大的黑色梦魇，让充满活力的事物陷入无边黑暗的泥淖之中。锈像内心膨胀的集权者，用庞大的权力体制维系着隐性的暴力。有一段时间，我不断地阅读着一些关于集权主义者的书籍，每次阅读我都想起了锈，它们都无限地钟情于一些庞大的事物。一块铁让锈不断地膨胀着，改变了铁的本质，让铁陷入庞大的虚无之中。这么多年我感觉锈不断地侵蚀着我的内心，让我对一些表面庞大的事物充满了想象，当我们庞大的泡沫似的数字不断地像锈一样将铁原来的面孔膨胀起来，锈改变了铁的本质和固有的用途。当大多数人还在贫困之中时，再高的 GDP 也不过是一堆膨胀数倍的无用的锈。我知道一块坚硬的铁变成一堆无用的锈之后，体积可以膨胀八倍之多；我却无法知道，现实生活中，当我们被一些铁锈似的庞大事物迷惑时，原来的事物将以怎样的速度膨胀。作为一个写作者，我目睹了一个个本应坚硬如铁的短篇小说膨胀为锈迹斑斑的中篇或者长篇小说，作者们的内心一定充满了锈似的虚荣。

　　来南方打工，我一直从事着五金类的工作，感受着锈无处不在的破坏力——生锈的机台丧失了原来的精度与速度，生锈的齿轮不再转动，生锈的铁条不能再被使用……潜伏在身体之中的黑暗比黑夜漫长，潜伏在我们体内的锈不断地在我们的意识中漫溲、交融、分裂，与我们原来的意识纠缠，原本属于铁的本质不断地被瓦解、褪色、模糊、松散，潜伏在意识中的锈在隐秘处成片地集结，从细小的斑点到绽放如灿烂花朵的锈，不断地改变着我们的思想，它腐蚀的穿透力不断地将内心的铁质摧毁。

　　锈不断地腐蚀着文字中的铁质，生锈的文字在报纸、杂志拼凑成无用的图案。它丧失了锋利、尖锐、厚重、光亮。我从搁置在窗台上的那把生锈的铁锁窥探着锈隐秘的生长，我感受到红褐色的斑点它生机勃勃的气息，斑点深处的激情和水、氧气剧烈交织着，铁变成锈，这个斑点在光亮的锁上透逶着，它晦暗的面孔逐渐遍布整个锁具，甚至锁孔。锈迹斑斑的锁最终变成了一块无用的废铁。每次见到锈，总有一种斑驳的沧桑感，它上面堆放着时间的尸骨，隐含着生命的荒凉。它从我的皮肤侵入，一直到骨头。面对锈的斑驳，我顿生一种绝望。它更像一位巫女，有着敏感而纤细的步子，步履轻盈，轻到你无法注意，紧贴着你人性的最脆弱处行走，

不动声色地将恐怖的、噩梦般的、苍凉的部分移植在你的脆弱处，在那里扎根、生长。

九月回家，我跟随父亲去庄稼地里——我来南方打工已经八年了，这八年里我都没有侍弄过庄稼地。但我的内心深处却依然保留着一块庄稼地的位置，那是我在外面漂泊多年的唯一依靠。如果在南方实在找不到工作，就回家种地。我，或者在流水线上的兄弟姐妹们不止一次这样说。这块庄稼地像一块锃亮的铁，在远方闪烁着迷人的光芒。它照亮我有些迷茫的打工生涯，给绝望的打工生活以短暂的安慰与温暖。我灵魂的深处那块庄稼地还停留在八十年代的记忆中，那时河流是清澈的，坡地是绿色的，天空是蓝色的，庄稼是生机勃勃的，蛙叫虫鸣。八年不见，记忆中锃亮如铁的庄稼地就变了，这块明亮的"铁"生满了锈，而且是锈迹斑斑的，就像走在我前面日益老去的父亲一样。我才明白土地原来也会生锈。父亲在前面抱怨着现在的土地没有以前那么好侍弄了，种一季谷子，要比十多年前多喷几次农药，庄稼的病多了，虫也多了，地里的化肥越施越多，地却越来越板结了，没有以前松软了。父亲指着一片荒芜的地对我说，那是你舅娘家的地。看到这块荒凉的土地，我想起了舅娘。

八年前，我去了广东东莞。因为舅娘在东莞打工，我读书时，她便去了东莞。在东莞生活了七八年，在一个毛织厂做缝盘师傅，我当时就是投靠她的。四年前，因为年龄的原因，舅娘离开了东莞。我写过一首诗《三十七岁的女工》："多少树在落叶，多少人在衰老/灯火照耀的星辰，在十月的轰鸣间/听见体内的骨头与脸庞上的年轮/一天，一天，老去/像松散的废旧的机台/在秋天中沉默/多少螺丝在松动，多少铁器在生锈/身体积蓄的劳累与疼痛，化学剂品/有毒的残留物在纠缠着肌肉与骨头/生活的血管与神经，剩下麻木中的/疾病，像深秋的夜……/三十七岁的女工，站在厂门外/抬头望见树木，秋风正吹落叶/落叶已让时间锈了……"当我看到舅娘背着沉重的行李消失在茫茫的人群中，在拥挤的火车站，我的眼前老是晃动着舅娘的面容，锈似的衰老袭击了她，她把自己的青春丢失在这边，带着疾病的身体回家。回家的舅娘也无法适应家里那两亩锈迹斑斑的土地，便选择了在家乡的小镇上摆小食摊。锈，成为我对在外打工数年的

舅娘唯一使用的词。那是时光之锈、命运之锈。我无法清晰说出这种锈的形式，只能感受到它的气息。

在我的身上，我感觉锈在不断地侵蚀我，从细小的斑点到斑纹，它不断地扩散着，终有一天会吞食我的全部。故乡到处都充满了化肥的氨味，这是庄稼地里唯一的味道。喝够了氨的沟渠，水像锈一样凝重、混浊，坡地上、树林中的鸟飞走了，偶尔一两声鸟叫，让人有一种胆寒似的虚幻。沟渠两旁不再是青青的嫩草，让化学除草剂除了，只有鼠洞在沟渠边依旧醒目。在偶然的一两声鸟鸣里，它揪心的叫声让我悲痛——我的故乡已如此锈迹斑斑。

我试图理解一块铁变成铁锈后的感受。一块敏感、明亮、尖锐的铁变成迟钝、灰暗的铁锈，铁的敏感在温湿的水与甜味的氧中逐渐丧失，并在这种丧失中麻木下去，明亮的铁最后终于沦为阴郁的锈。这个过程令人伤感。当锈不断地侵蚀着我的内心，现实中的"氧"与"水分"在敏感之处集结，我感觉黑暗之锈在不断地同化着我，将我同化成锈的一部分。现实不断地撕扯着我明亮、尖锐而敏感的部分，在痛中我感觉我的神经逐渐锈化，变得麻木、漶漫，而内心之锈在不断地流动、吞没着我。个体的我在庞大的现实面前如此脆弱，这些脆弱折磨着我，成为内心之锈最初的源头。南方的打工生活是潮湿、混乱的，到处都是灰蒙蒙的诱惑，这种生活让内心之锈不断地生长着。我不止一次地看到如我一样的打工者被锈蚀了内心。他们或是站在暧昧的灯光中，闪烁着他们洁白的躯体；或是行走在阴暗的小巷，挥舞着刀子与铁棒。锈蚀的物件不断地伤害着我。在伤害中，我曾一度担心我会不会成为另外的无用的锈质。

我曾在一个五金厂的仓库里工作，在弥漫着铁锈味儿的仓库中，我看到锈在白色的纸盒上留下斑点，湿湿的，将铁与纸同时腐蚀掉。我闻见铁锈的甜腻味。当锈不再置身于茫茫的世界，它们如此集中地在狭小的仓库中聚集着，在空气中浮动着，有着莫名的力量。我对锈味的仓库有过敏症，但是时间会冲刷掉我对锈的敏感与抵触。我渐渐接受了锈，对它不再敏感了。在现实生活中，锈以一种近似虚无却异常强大的形式存在着。它不再有斑驳的花纹、猩红的颜色。在我的思想中，在灵魂深处，在纯净的

文字中，它如此清晰地存在着。当我深入到广大的人群中，锈迹斑斑的现实在我们面前呈现，这种存在让我无语。在抽检的中国玩具样品中，百分之七十五的玩具铅砷含量超标，大量中国玩具退货，我没有看到有关长期生产这种铅砷超标的玩具的工人的身体状况的报道，我不知道这种超标的铅砷是不是已经侵蚀了他们健康的身体，这些长期在铅砷环境中生活的工人是不是也要进行身体检测？这些退货的，还有尚未出厂的玩具，它们是销毁了，还是以另外的面孔流向了国内市场？我无从知晓。剩下的疑惑像锈一样纠缠着，吞噬着我的整个思维。锈在他们的身体里扩散，成为某种职业疾病。

生锈的机台在身边响动，锈在隐秘地生长。

毕 沙 罗

先前，当我读那幅画时，我就想起遥远的乡下——树木葱茏，井水清凉，辘轳不断地发出吱吱呀呀的声音。这个莫名的想法让我在异乡的街头见到那幅画时染上了沉重的乡愁，又有了悠远而顽固的冥想。从那时起，我便记住了毕沙罗——上世纪的法国画家。

我只读过他的一幅画便记住了这个法国画家。艺术这东西是难以言说的，有的画家我读过他整本画册以及许多有关他的画作的介绍，过了一段时间后却在我的记忆中毫无印象。我能够记住他，更多的原因是画中那浪漫而温情的法国乡下，那井苔、妇女、孩子、树木、吊桶、天空、大地……它们安详地呈现在我的面前。那中国古典田园般的味道让我联想起自己在川东平原乡下的童年，它们如此相像。

这幅散乱的画一直镶在我的记忆中，有好几次我在杂志上又读到了它。每每见到它都有一种老友相逢的感觉。它成为我漂泊异乡时的一种难

以释怀的情结，让童年的川东乡下不断地在回忆中闪现，成为我乡愁的一部分。我记得有一位诗人在读这幅画时写下过这样的诗句："母亲和她的孩子仿佛一高一低两个精致的盛水的器皿/夏天晃一晃/水就溅出来了/远处烈日下的树木全都背身站着/否则它们就会沿着那条小路拥挤着奔跑过来。"我不知道这是一种怎样的感受。初读这幅画时我便想起我的母亲、乡下、童年以及川东独有的阳光，一股催我回家的味道袅袅升起，那种亲切感就像春天在井台边晒被子一样，平淡而生动，却惹人缠绵。

当我打开西方大师们的画作，突然发现，在所有西方先锋艺术家们的绘画中，他们居然都是那样执著地恪守着乡下那块贫穷的大地，钟情于乡下的人和事物。比如梵高的《阿尔的天空》、米勒的《拾麦穗》或者《晚钟》，就连那个蓄着山羊胡子、行为怪异的达利也曾有过模仿米勒的乡下事物……而中国当代的先锋艺术家们甚至连美术的素描功底都过不了关，却今天推翻了什么，明天又打倒什么，以一种走火入魔似的标新立异来称雄于先锋之中。在这个年代，我从来没有奢望在浮躁的中国艺术界有什么大师出现。中国当代处于经济转型期，造就了一大批艺术上的虚妄者。一个连一篇中学生的记叙文都写不好的诗人却自称大师，向我们传授诗歌创作的经验。我一直以为，美术中的先锋并不是追求形式上的新潮或者绘画内容上的新潮以及表述方式与概念上的新潮，并不是谁能否定现存的一切，谁便是新时代的领袖。艺术最大的特点应该是一种内在精神的传导，达到绘画者与读者之间的和谐共鸣。新潮并不是绘一幅画出来以后，令读者莫名其妙，甚至连专业的评画者也感觉莫名其妙，更不是某些人所说的过多少年以后才能有人理解的作品。我曾在世纪末聆听来自台湾的余光中老人谈到他的诗歌创作历程，他也经历了一个从厌恶传统到钟情于传统的过程。而我发现这几乎成了那一代艺术的共同特征。读毕沙罗这位西方先锋艺术家的画作，它给我的是一种心灵的震撼，让我沉浸在无尽的乡愁中，让我重新认识了有关艺术的新潮和传统。

我的乡下时光如同毕沙罗画笔下的作品那样充满着宁静和安详——夏末，风吹着蓊郁的树林，叶子沙沙作响。在野外的青草地上有一架汲水的辘轳，木质的刻满岁月沧桑的轮套，井台上斑驳的砖块，长满青苔的井

沿，在井边洗濯衣服的妇人，不远处的树下，孩子们在嬉戏，蝉在鸣叫……这样的画面多么熟悉而深刻，这样的场景永远镶在我记忆的画布上。

多年以后，当我离家远走，在拥挤的喧哗的城市中生活，乡下已经远远地搁置在无人光顾的角落。在不知所措中，在我读了毕沙罗与米勒的绘画后，我才恍然大悟，想起乡下的美好时光来。那里弥漫出来的宁静、闲适，已深深融入我的骨头内部。我不敢想象这不期而至的感受，与我学习绘画的历程何其相似。艺术是一条回家之路，在脚步不断远行的同时，内心却不断地向家的方向张望、归来。而我们的人生又何尝不是这样的一条路。

读了毕沙罗的《汲水井旁的妇女和小孩》我才想起自己。一直以来，我都企图远远离开那个生我养我的贫困乡下，走出那个狭小的乡村，多年后我才发现，我的内心其实一天都没有离开过那个村庄，它明净、清澈、温暖的味道一直伴随着我。

毕沙罗是仁慈的，在他的绘画中，我找到了一条抵达家园的路。

伦 勃 朗

从远岸的海洋之中不停地涌来，涌来一幅幅的画。那一刻我就像走进了遥远的往事中。那些画就像一个不断旋转的世界，在飞速地转动。只有画，只有一幅又一幅的画，在我的记忆中不断地翻滚，永恒地存在。

我抬头看见你——一个面孔苍白却又有些忧郁的男人。

你的忧郁，你的脆弱，你的细腻，你的淡雅……

冬日的阳光投了进来，一股温暖袅袅升起。窗内的你依旧用一种古怪的眼神望着我，像一位孤独的孩子。

只有那些苍白的文字告诉我——你已经被流放到一个不知的地方。

时间：二〇〇〇年十二月二十二日时；地点：瑞典首都斯德哥尔摩国家艺术馆。仅此。

而这些足以让我——一个异国他乡的女子欲哭无泪。

盗贼们凝视着你的身价，而我却在凝视你的热情、你的色彩、你的光芒。

当我第一次面对《夜巡》时，我立刻呆住了——那几乎是上帝的杰作啊！那种由色彩和光线共同雕刻出来的斑驳感受，那种色块、笔触、颜色的颗粒和依稀的边缘组成的神秘的肌理，还有那神秘的色调，难怪别人都以为是夜景。生活在这个没有激情的年代里，杂乱、荒唐和虚情假意让我无法了解那个时代人民的热情和对国家的挚爱。十九世纪是个理想主义的时代，而在我们这个世俗的时代，艺术何其委靡不振。一个没有激情的年代，艺术是苍白无力的。它停留在一些表面的虚无的探索与追求中。当我第一次读到你的《夜巡》，我为我们这个时代浅薄的、自诩为先锋的画匠的高谈阔论而感到悲哀。我们的艺术家们忘记了现实与这个热血的时代，他们沉浸在那些怪诞的概念中，醉心于名利之中不敢面对现实生活和艺术家的良心，他们选择了逃避。在艺术上我一直以为自我否定并不是自我革命。在中国当代，艺术家中有太多的人把自我逃避当做了自我革命。当我知道《活着》等作品被禁之后，我便知道作为一个艺术家的张艺谋已经死去了；当我看完《英雄》与《十面埋伏》之后，我终于看到了一个中国艺术界将自我否定当做自我革命的典范了。因为在这个虚假的时代里，说有良心的话与真实的话都是要付出代价的，而这种代价正是中国当代这些自诩为艺术家的人们最不愿失去的。

当我从一本画册上目睹这幅画时，我震撼了，为那个时代的热情，为那个时代带给我们的艺术的源泉和灵感，为那个时代的勇气与正义，为那个时代艺术家们的勇敢。

那张面孔不断地在我的眼前转动。我觉得自己被激活了，激情陡然上升，四肢似乎想急匆匆地赶上那个时代的步伐。这一刻我那颗如同井水一样波澜不惊的心因为一幅画而变得热情起来。虽然生活依旧平淡苍白，世

俗的眼光如冷水般不断地袭击过来，但我知道我依旧不会丧失那种热情。

因为画面上的班宁·柯克和威廉·凡·雷伦勃克交谈的话语。

因为画上的每一个人在告诉我——一个时代最不能丧失的便是信念与热情，是它们，在支撑着这个时代。

你说你要让人记住这个时代，于是你画了。

我说我会永远缅怀那个时代，所以我读着。

然后，我在冬日的阳光里不断地凝望，渴望夏日的阳光能够打开画中的灰暗，打开生活的杂乱，打开这个时代干涸的内心。

黑暗的生活从来不希望有人觉醒，所以制造黑暗的人希望这黑暗一直永存下去。他们是那样憎恨揭露他们黑暗的根源的人。于是《夜巡》之后便是各种无休无止而且道貌岸然的诉讼，紧接着是打击、压制。制造黑暗的人习惯用这种方式来维护自己的黑暗统治。于是这幅后来给你带来辉煌而让后人永远缅怀的画作，在你的有生之年带给了你一个孤独悲惨的晚年。

但是黑暗终究是要过去的。

是它，是它让你成为有史以来最耀眼的画家。

生于莱顿，一个磨坊的小孩——是你让后来者在灵魂深处一次次诵读那些不朽的光焰。

我似乎看到一缕阳光缓缓上升，照亮了下午，照在画册上。

也照在我枯寂的心上。

米 勒

我一直站在黄昏遍布的房间。

一幅幅复制的画作在我的面前浮动。

夕阳如同一位历经长途跋涉的女人在房子里休息。

我收到这些画作时，心中竟充满如此多的感伤，有关宏大的一些词语不断地涌了上来，我感觉我铺开的不再是画作，而是广阔的原野，那是我的川东平原，我的亲人们全都站在这画作之中了。

这便是米勒吗？

我倾心于他画中的忧郁，心就像一片广袤的原野，生命总会在原野上或多或少地留下一些感受。在苍茫辽阔的大地上，我只是一个倾听者，倾听着米勒不急不缓有些伤感的诉说。田野是一片无穷的诱惑，它不断地吸引着我。我想此刻我应该像那位老妇人一样弯下腰来，拾起每一株遗失在大地上的麦穗。她多么像我年迈的祖母啊！我多想走近她，去握住她那双充满了沧桑的手，去为她分担一些来自生活的贫困而产生的忧郁。她的那些呢喃一定是我最为熟悉的，她一定是在这样说："不要让粮食丢在大地上了，会遭老天报应的。"我想起了我的童年，那时我常常会跟在祖母的背后去收割后的田野上拾麦穗。上世纪八十年代初期，普遍的贫穷以及由于数十年在饥饿中挣扎，祖母对每一粒粮食都充满了敬畏之情，那一种敬畏对如今没有感受过饥饿滋味的人来说是无法理解的。每当祖母看到被人不小心踩到泥里的麦穗时，总会一边小心翼翼地从泥里抽出那些麦穗，一边说："作孽啊！作孽啊！"她会黯然神伤，然后会对年幼的我说起她经历过的荒年。我非常理解祖母，这个很小的时候因为荒年而被父母卖给人家做童养媳的女人。

当我重读到米勒这幅画时，我一直固执地认为画中的老妇人便是我的祖母——她们都有着曾因饱尝饥饿而对土地与粮食所抱有的感恩与敬畏之心。

她一定会一边拾着麦穗一边说："不要让每一粒麦子遗落了，它可以养育我们的生命啊！遗落麦子便是蔑视生命啊！"她还说，再过二十多天便要下雪了，雪会把麦子冻死在地里。她孤零零的背影定格在我的记忆中。大地也如她一样孤零零的。

麦子，大地，这个年迈的妇人，他们相互牵挂，相互安慰。

此刻，正在读画的我，恍惚间成了另外一个人，在原野上低着头颅，

拾着艺术的麦穗。

我第一次知道米勒是从二十世纪超现实主义大师达利开始的，是那个疯疯癫癫、留着两撇向上翘起的胡子的西班牙画家让我认识米勒的。达利说，他小时候在教会学校读书，教室的门上挂着米勒的《晚钟》。每次看到那幅画，他便有一种说不出的感伤——那个低头默祷的农妇犹如现代圣母，那个脱了帽子、垂下沉重头颅的农夫像一个被压抑的灵魂，米勒笔下那淡淡的哀愁气氛，就像他回忆中的童年，使他难以忘怀。

当我不断打量着米勒的《拾穗者》，我不由得想起一个诗人的诗句："拾穗者弯下腰来/整个天空弯下腰来/要是天空再旧一些/如同农妇身上的衣服/天空就是又一个拾麦穗的农妇……"

一直以来，我对十九世纪到二十世纪初的艺术家们都怀有深深的敬意，这种敬意来自他们的作品本身。在他们的作品中，我看到了人类的本身，一种来自内心的对生命的热爱与敬畏，对世俗的关心与对现实生活的敏感与怜悯之心。那个年代的艺术家们是用他们的作品去感染另一颗心的。

有一次我因为失恋回到自己的家中。当我独自置身于那间小屋，拉上窗帘，我不断翻阅着那本米勒画集——他画中的人物是那样平凡而温柔敦厚、朴实而安分守己。我不由得想起了我乡下的父老乡亲，他们两者之间如此相像，有时我会以为画中的人就是他们，或者是他们从画中走进了现实。黄昏时分，当你身心疲惫地坐在那里，目睹这画中的一个个疲惫的农妇或佝偻的老人，你不能不被人类自身命运的不同而大为感伤。我一直迷恋着米勒画中的那种迟暮气息，一种枯涩的黄自乡野蔓延开来，生命在沉重的现实中长出了善良的翅膀，在悲天悯人的情怀中，我们终于感受到了现实。阅读他的作品，我一直企图让金黄色的余晖变成一双天使的翅膀，把那些不幸与悲伤通通带走。他的画如同我童年记忆中古老的辘轳一样，令我不断地回味，不断地在回忆中学会了深刻与旷达，让在这个钢铁机器世界中的人不会丧失那种人类本身的怜悯与温情，取而代之的是对每一个活在艰难中的生命的敬畏与热爱。

我愿在这样的黄昏、在宁静的房间里铺开米勒的画，然后让自己沉浸在落日的温暖与广大之中……

达　利

　　有几年，我沉浸在绘画中不能自拔。那些日子，我整天跟几个搞绘画的人待在一起，他们如今一个在一所工艺美术大学教书，一个流浪于北京当了画家。那几年我们三个人常在一起，他们跟我谈论有关美术界的事，也谈一些美术思潮和他们各自在美术上的认识与见解，其中有一个人正筹备画展。他已在报刊发表了十多幅美术作品。

　　我无所事事，每晚八点钟下课之后，在一盘炒田螺和三四瓶啤酒泡沫中认识了美术，并且有过把自己捆在美术中的念头。在两个朋友的画室里，我知道了波普艺术、观念艺术、行为艺术、多媒体艺术和装置艺术……也知道了高更、塞尚、梵高、卡罗扬和毕加索……不过给我印象最深的是一个蓄山羊胡子的美国人——达利。我记住他，并不是因为两位朋友谈论了他的许多逸事，也不是他的绘画在我的心中有多好——那时我还没有看过他的绘画。我记住的唯一原因是因为他是超现实主义画家。那时我正喜欢诗歌，正沉迷于洛伽尔和顾城的作品中。他们和达利一样，都属于超现实主义。

　　后来我才知道，那时中国的美术界几乎把这位瘦削的、大眼的、蓄山羊胡子的美国人当做神一样看待，他成了中国美术家们眼中一个难以超越的神话。但我却不一样，我不是专业的绘画者，没有过那一代画家共同有过的迷惘。对写实主义怀疑之后，画家们再也找不到自己了。只有达利给他们提供了一条终南捷径，因为他最初也是由写实主义开始的，最后转向了超现实主义。于是许多中国画家便借鉴他的成功之处，找到了自己的艺术之路。模仿多了，自然便陷于崇拜之中。而在崇拜的过程中，达利也不断地被神化了。而对于我这个门外汉来说，达利在我眼中并不是一个高明

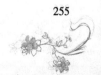

的画家——他的画太深奥了，而且画中的人和物与现实太不相像了。

真正认真地读达利的画是在我对美术的激情全都丧失之后。那时我在一个小医院里实习，迷恋上了小说写作。每天下班之后，便沉浸在那些虚构的情节中，而且面临着毕业分配，对未来充满了迷惘。恰好有一个广告公司让我写几个创意。我在那里看到了达利的画作《六岁时，达利以为自己是个女孩，她轻轻揭开海的皮肤，看见一只狗睡在海的阴影里》，长长的文字连同粗糙的色彩，让我不由得询问自己：这便是那个被神化了的达利吗？

达利的画有些荒诞——这便是绘画中的超现实主义吧，一些荒诞的设想再加上长长的表述文字，我只觉得达利的画太简单，先前留在我心中的达利几乎让这幅画给摧毁了。我回到租住的房子里。那一夜我被那荒诞的画折磨得几乎一夜未眠。那条古怪颜色的蜷伏的狗，那个裸体的小女孩，还有那个让小女孩轻轻一拱便揭起来的海洋，海洋的皮肤居然像一条毛毯——那双小手如何能够掀起巨大的海洋？我越来越困惑。这便是简单的达利，他居然可以让人彻夜不眠。第二天，我又忍不住站在那幅画前——还是同样的色彩，同样的绘画，我却被感动了——感动于那开阔的天空、蔚蓝清澈的大海、倒映在海中的山，还有那个天真幼稚的女孩，她似乎漫不经心地便能将整个大海揭开。

再后来，我便不断地关注着有关达利的消息，不断地从别人口中和一些有关美术家的逸闻中读到那些他自己制造或者别人制造的传闻，还有一些印刷品上的画作。达利日渐在我心中神化了起来。我清楚地记得摄影师布拉塞这样描绘达利："一九三二年冬天……那时的达利年轻英俊，有一张瘦削的脸……很炫耀地留着一撮小胡子，他那发狂的大眼睛，透露出智慧且闪着奇异的火花。一头吉卜赛人似的长发梳得油光滑亮。后来他告诉我，他头上抹的不是美发油而是油画的上光漆。"我读到这里时忍俊不禁——这便是达利，那个疯疯癫癫的超现实主义画家。

我知道美术家们一直在自己的荒诞和别人制造的荒诞中生活，就像诗人和小说家在自己虚构的生活中一样。所有的艺术家都是十足的理想主义者，他们一直企图用自己的思想来征服这个世界，一直在和这个现实的世

界对峙、周旋。但所有的结果只有两种：一种是他征服了世界，成了一个伟大的艺术家；另一种便是世界征服了他，他顺利地成了一个不幸的失败者。当我读达利的《有长长的莫名其妙的把儿的巨杯悬浮空中》，我像读到了艺术与人生一样，在现实中有一种莫名其妙的悬浮感。也许现实就像这样一个悬空的杯子，在莫名其妙的颜色和空间中存在，活在上，进不了天堂；活在下，入不了大地的痛苦中。解读达利，更多的是在解读我们的一种生存状态。他的作品尽管属于超现实主义，但却在现实中生长。

后来读到了《幻觉中的斗牛士》、《秋天的自相蚕食》、《长着拉斐尔脖子的自画像》，这些使我对这个蓄着山羊胡子的老头有了一种亲切感，连同那些看似斑驳的凌乱的颜色；同时我又有些恐惧，这种恐惧来自于我的生存状态似乎一下子被他揭穿的感觉，是一种直面内心的困惑。

最后的盛典
散文卷

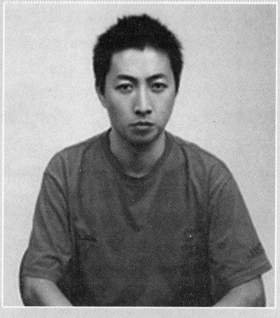

远观 卷

再见芦苇，就等于看见了自己少年时期的梦，多半有些破烂不堪。可我现在想，这些岁月已经过去了，我能追忆些什么呢？

远观，1982年生于河北承德。"非萌芽派"代表作家，著名策划人。

五次入选"80后作家排行榜"，曾获"第三条道路八年诗歌奖"、"双年诗歌奖"以及2007年《散文百家》提名等。著有散文集《北方笔记》（2008）、《那些错过的时光》（2008）、《走南看北》（2009），小说集《迅速集合》（2008）、与人合著小说集《旗·80后实力作家奋斗卷》（2008），另入选诗歌选本二十余种。"访谈中国网"总裁，"远观访谈录"闻名于网络媒体，近百家媒体曾对其进行过报道和专访。

再 见 芦 苇

再见芦苇

不知道你是否知道芦苇长什么样。我七八岁的时候，和几个小伙伴一起去采摘芦苇的叶子。那是一个叫北弯子的地方，四处环水，我家祖坟就在那里——也许祖上觉得那里风景宜人吧。有山有水确实了得。

芦苇的繁殖能力和生长能力都是超强的，在湿润的地方都会生长。还有人说，长这东西的地方风水好。敢情祖上是看上这一点了。生老病死本没什么稀奇的。三叔提前为自己选好了坟地，当真出事了。这看来是他自己的命运了，家里人说他是短命人，该享受的都享受了。可并没有埋在那块芦苇地上。这真是他自己选择的。因为把死去的人抬到祖坟那里要经过五个村庄，路途遥远，自然不好办。三叔说换坟地就换了，可惜是为自己选的。这是他的命运啊！

三叔当兵的时候遇见一个女孩，不过没有结果。他是甘愿回来的，从此再也没有和那个姑娘联系。和三婶刚认识的时候，两人第一天便同居了。三叔的命运不错，可惜早走了，还是个短命人。村里短命的人有七八个了，可以凑成两桌人打麻将了。当然也可能去别的地方了。这些自然都是迷信的说法。我只要相信就可以了。不相信也信奉了。过节的时候还要去上坟，死了男人的女人很是伤心，哭得极其悲惨，留下孩子，留下老人，一生就是这么一遭。

可谁也没有去芦苇那块地。春初冬末，我就想，这些人啊，都是风趣的人，他们都喜欢开玩笑，把人间的欢乐享尽了，没法再延续生命了。再

见芦苇，觉得生命这东西真是不值钱。可到底活着是为了什么，到死时能够明白就算不错了。这是极其新奇的事啊，死去的人已经死了，可活人又该明白什么呢？我觉得生命又是奇特的，它该是一种神奇的符号才是。没有几个人能够诠释它。

我在家乡的雾气里看见的人到处都在忙活着，大家都不知道忙碌的目的是什么，但是大家在特定的年代都知道死亡这个话题。在北方，不是存在一个我吗？我现在根本想不清楚，"芦苇"二字到底在我的故乡有什么用途。可是我却分明想起许多往事。仿佛就在昨天，一口红木棺材在大街上走着，喇叭声送走了某个人的命运，家里人号啕大哭——瞧，这生命真无辜，真不知道怎么就没了。这就是人啊！人死后一去不复返，只是苦了一家老小。扁担一落，阴阳算是分开了。

三叔死的时候，弟弟还小，不过七岁，操持三叔后事的担子由我们两个来挑。旁人说，一家子就我们两个后辈男人，弟弟小，理当我送三叔一程。所以我就拽着扫帚的尾巴，为三叔送行，泪水哗哗直下。芦苇地已经不属于三叔了，他也许早该进入的新的墓地了。我那些天的脑子里一直浮现着三叔的影子。

再见芦苇，就等于看见了自己少年时期的梦，多半有些破烂不堪。可我现在想，这些岁月已经过去了，我能追忆些什么呢？土壤干燥的故乡，激荡的流水，可爱的故乡的老人，谁去哪里都不太重要，最主要的是作为这世上的人，我们还在追寻着什么。

旧历年的时候，大家贴春联，可看见三叔家，心里不是滋味。我是搞文学的人，不知道什么叫做出息，也不知道该怎样生活。可故乡的芦苇能给我指明什么样的道路呢？风呼呼地吹过，我想故乡的人都该重新进入自己的生活和角色了。我不想让故乡承担什么文化色彩，也无法承受什么苦难。村里壮年死的人太多，东边的是一些四五十岁死的，西边则都是二三十的小伙子。

老年人哭了——这些孩子啊，从小看着他们长大，可居然没有活过自己。风雨飘摇，人生一世，草木一秋。如今的人们都在为钱奔波——人到

底为钱忙碌到什么时候啊！钱这东西本来不属于我们！可惜，这么多人为了钱，这么多的失望，这么多的梦想都泯灭了。一年四季，村庄里的人啊，来来往往，就是看不出谁有钱。再看芦苇，有的地里又长出了一片。门前的树都伐了，可这日子得过啊！农村人看着日历过日子，不比城里人，闲着还跳舞、健身什么的。我的老村庄啊，我的老村庄！老人在看着落日，孩子们正在生长。一年四季，孩子们外出打工，农民在田里张望。

寻找一棵固定的树木

没有比树更缠绕生命的了。

如今顺流南下，我在寻找一棵固定的树木。为了它，我甚至会把自己困于生命的沼泽里。为了寻得这样的树木，我不知疲倦地行走着，忘记了世间的凄苦，忘记了一路的辛酸。

你只能这样，不知旅途劳顿的背后，我在提笔写着什么样的故事。每个地方出现的人都要和你有一面之缘。可忽然离开了，那些人最终成了你的过客。莫非是上辈子你偷看了他们一眼，或许别人给了你什么恩惠？都有可能，也许都不是。反正你会遇见这些人，并且要离开这些人。唯有家人伴随在你的身旁，你的妻子是你的枕边人。

为此我想过流水、风、雷雨——可这些东西到底又有什么用？每棵树木上都有这些印记，就像你看见一个老人脸上的皱纹，你便猜想他所经历的一切：哀伤、欢乐……没有一棵树木可以挡得住几百年时间的剥蚀。在这样的年代里，满眼皆是为财富奔波的人，再好的树木都可能被伐取，然后走向市场，成为家具，或被人烧掉。这些树木很可能是你要寻找的，可你的目标就这样越来越少，少得让你感到慌张、渺茫。在漫长的期待中，你的目光变得呆滞，思维局限于无限的哀叹中。你说，这样的树木真的没有吗？你能寻觅千年吗？你的一生不过几十年，你若是喝酒、抽烟、欲望过度，你可能还要少活几年。寻找树木的时候，你看见了许多烂掉的树根，你无法知道自己到底该做什么、怎么做，树在无形中消失了。可怕啊！哪里给你那么好的机会呢？你一筹莫展地坐在旅途上，不顾及吸烟、

吃饭，只想着天下有没有这棵树。你想证明它的存在，想告诉别人，自己终于找到了它。

全天下的事情，没有一件事情可以不动手不走路就能做到的，当然除非那件事不算事。可你必须证明有这棵固定的树木的存在，它是你生存价值的体现。那么好吧，继续行走，直到找到为止。走一里是走，走百里也是走。找不到不怕，就怕你不找。经历了无数个日日夜夜，你可能有两种可能：第一种可能是，你找到了这棵树，你的目的达到了，你日夜高兴，抱紧了它、亲吻它——它是你的一生啊！你不吻它吻谁？可惜你的年龄太大了，不到三日毙命，好可怜的结果。还有一种可能，也是你寻找了，而且到死也未见树木的存在，你照样得死，人怎么能永远存在呢？可你觉得这棵树木会永远固定存在吗？你又感叹了，双眼流泪。你想告诉大家，世界上哪里有这样的树啊！世界上只有这样的希望，可没有这样真实的树木啊！

你是向人生索要永远存在的条件吗？你在威胁人类的自然现象吗？你到底在干什么？为了寻得一棵固定的树木，可这样的树木根本不存在。"固定"这个词根本经不起推敲。不能在人的意愿里继续行走，旅途失败，你无法超越生命中的自然现象——那么，谁可以超越呢？

历史的怨气

晁错死得不冤

晁错这个人其实死得其所。

易中天先生说他的性格决定了他的命运，说他死得冤枉。而在任何一段历史中，臣子为皇帝的社稷去死，这难道叫冤死吗？有一句话说得极为巧妙——君让臣死，臣不得不死。这叫臣忠于君。如果是这样，晁错死得冤枉吗？我们看看这个人曾对他的父亲说了什么。当时他准备削藩的时候，父亲劝他三思而行。父亲叹了口气说："你这样做，刘家的天下安定，我们晁家却危险了。我老了，不愿意看到大祸临头。"结果晁错说了一些大概是劝慰父亲的话，大意是自古忠孝难以两全。后来他父亲回到家里就自杀了。

晁错把一家大小的生命都不放在眼里，难道会把自己的小命放在眼里？他在削藩这个事情上抱的是必死的态度。那个时代的一家人，相当于九族啊！九族的人可就多了。所以说晁错的家人如果死得很冤，也算情有可原。但是晁错的死叫什么呢？晁错的家人只能是"嫁鸡随鸡，嫁狗随狗"的命运了。在这点上，晁错的家人的确很冤枉。但是这些人死的形式上都该叫随君，就是跟随着身边的主人，主人荣华的时候富贵；主人倾家荡产的时候，也就一无所有了。在这个特殊的时期，晁错一定没把自己的小命放在眼里，你爱说什么说什么，做我自己的事情，让别人说去吧。晁错的死是由于国难来了，而且是国君汉景帝赐他去死的。

至于说景帝错杀晁错，我觉得也不是什么错杀——景帝不可能错杀这

个老师啊！作为他的智囊团里的一号人物，景帝难道就没有掂量掂量吗？景帝当然不是什么大傻子，历史上任何一个皇帝都不是吃素的，即便是刘禅那个皇帝，我都觉得不简单，因为那个时代善始善终的皇帝没有几个，所以我觉得刘禅这个人是个安于知命的人。

像晁错这样的人，历史上还有几个，比如王安石、"戊戌六君子"，死得都比较暧昧。至于晁错，也许汉景帝做梦都在说，晁错啊晁错，我知道你是个忠臣，但是我也没有办法，杀了你和你的家人才能保全朕的天下啊！并且我猜想，汉景帝不知哭了多少回——晁错和景帝毕竟是穿一条裤子的人，都想削藩啊！可关键时候你晁错不能让皇帝去死吧？所以晁错，你必须死，只能牺牲你一个、幸福全万家了。

易中天先生还分析了他的性格，认为他为人苛刻、得理不让人。我认为晁错死得不冤，最关键的几点是：第一，当时皇帝没有足够强大的武装力量，无法保全这个大臣。腰斩晁错，那是向藩王说明了作为皇帝的景帝暂时低头了，而腰斩晁错不就是象征性地腰斩景帝吗？晁错是为了皇帝的安全而死的，这是大义，是忠君。第二，晁错早已做好了全家牺牲的准备——连全家的性命都不顾忌了，他会顾忌到自己吗？

所以说，晁错死得一点儿也不冤枉。他早该预料到这样的结果。晁错虽然在被执行死刑的过程中比较暧昧，我觉得是皇帝根本不想当面看着自己的心腹去死，所以秘密地把他斩了。

晁错是个烈士，而且是个隐烈士。

曹丕称帝，舍我其谁

曹丕当上皇帝的时候，曹操已经死了。曹操其实早知道曹丕称帝的野心——曹丕可不是吃干饭的，他早就想当这个皇帝了。

曹操有六个儿子，我们来分析一下这六个人——

曹冲和曹昂当时已经挂了，无须赘言；曹熊多病，这个病汉子难以再站起来耀武扬威了；曹彰是一介武夫，却玩不来权术，也就是说他无权谋——权谋是什么呢？权就是权力，谋就是谋略，这两样他都没有任何建

树；曹植对文学造诣很深，但对于内政或兵法，虽然懂些，却有自己致命的缺憾。于是曹丕站出来了，暗里大喊——我要当皇帝！

他赢了！

他明着喊出来的时候，谁能挡得住呢？我们不排除才子曹植称帝的可能性，当时他的名气大于曹丕，但论玩权术，这几个人也只有曹丕一个了。曹操死后不久，曹丕就自封为魏王了，整天花天酒地，还拿曹植开心。"煮豆燃豆萁，豆在釜中泣"就是这一时期写的。有一天曹丕对手下的人说，这个魏王当着有什么意思呢？华歆早知道曹丕的野心了，赶快站出来，双手抱拳说，现在的献帝都当了三十多年的皇帝，肯定也累了，不如让他把皇帝的位子让给您吧。这话曹丕听着能不高兴吗？曹丕说，华歆啊，你果然是我的心腹！这个皇帝我曹丕当定了！曹丕当时就把华歆当成了谈判大使，说这件事情华歆同志我交给你去办——你办事，我放心，尽管去做好了。

华歆来到皇宫对献帝就明说了，说献帝啊，皇帝轮流坐，我家魏王想让你休息一下。这时候献帝能说些什么呢？他说话根本不算数了。但他还是装出了一副严肃的模样说，大胆华歆，你难道想造反不成?! 华歆拿着兵器就出来了，说，再敢说半个不字我就杀了你！献帝大惊，立刻吓得屁滚尿流。献帝的转让书很快就写完了。曹丕收到献帝的转让书之后，高兴得简直找不到北了。可这时候贾诩说了，魏王啊，虽然献帝已经答应把皇帝的位子让给你了，不过现在还不能接受，不然人家会说我们是篡位——这是贼臣啊！外面的人听了之后都会嚼舌头的。

曹丕这才清醒过来——呀，我怎么没想到这个啊！那你说该怎么办？贾诩道：当年陶谦让徐州的时候，刘备连着拒绝两次，直到第三次才答应了下来，被誉为"仁慈之主"。我们这次也要假装拒绝，让献帝再让一次，到时候就没人说你是篡位了。献帝见曹丕不接受，心中暗喜，对华歆道：华爱卿啊，原来你们魏王是说着玩儿的，他不想坐我这个位子，我看就算了吧——这位皇帝实在太可爱了，到这个时候还不肯放手。

华歆说，献帝你不要误会，我们魏王向来腼腆，不好意思明说，你只

要再写一份转让书就行了。曹丕接到第二份转让书，当夜便穿上早就准备好的皇帝的工作服。贾诩又说，魏王啊，这身衣服现在穿还不是时候。曹丕说，献帝已经让了两次了，现在不穿更待何时？贾诩说，虽然献帝让了两次，不过这份转让书影响力太小，知道的人也不多，等让献帝建一座转让台，让全城的男女老少都来作证，那时候再接受就名正言顺了。曹丕想了想，也是这么个理儿，便只好说，好好好，你就看着办吧，不过千万不能再有下次了，我已经等不及了！献帝见曹丕还不接受，还偷着高兴呢，假装哭丧着脸召见了华歆。华歆也觉得纳闷儿——曹丕这小子葫芦里究竟卖的是什么药？两次都不接受，该不会是在耍我吧？心里正琢磨着，贾诩的使者驾到，华歆忙请进来，方才知道了怎么回事。

转让台建成之后，曹丕终于如愿当了皇帝，正式改年号为黄初元年，国号大魏。顺便也把死去的曹操封为太祖武皇帝。到了这个时候，绵延四百多年的大汉帝国终于寿终正寝。汉献帝退出了历史舞台。

最后的盛典
散文卷

苏瓷瓷 卷

那些书籍中留下了我隐秘的指纹，也将有人在我的书中
留下他们的指纹，那么我已完成了自己饱满的轨迹。最终的
死亡和空寂，已经不能使我恐惧。

苏瓷瓷，女，1981年生。1998年医学院毕业，曾在精神病院工作五年。2003年开始小说和
诗歌写作。曾获得"春天文学奖"、"平行文学奖"。短篇小说《李丽妮，快跑》入围"2006
年度中国小说排行榜"。作品散见《花城》、《星星》诗刊、《诗歌月刊》、《芳草》、《中
国诗人》、《新汉诗》等刊物。被称为中国最具女性色彩和个人意识的80后女作家。主要作品
有小说《李丽妮，快跑》、《伴娘》、《第九夜》等。现居湖北十堰。

独身的姿态

　　一个女子如果决定单身，那她必得预备好将要付出的巨大代价，比如孤独、无助、焦虑、惶恐，甚至歇斯底里；因为害怕自己终究不够强大，不能抵抗时间和空间的虚无，不能将孤傲的姿态坚持到底，所以又将"单身"半途而废。而当你真正找到那个人的时候，你突然发现，厮守的代价竟然更惨烈。

　　很多年以前，我非常害怕一种称谓：女人。直到现在，我还是习惯把所有的女性称做女孩。这个腔调有些做作，有些自欺欺人，但是所有的女孩都是用自欺欺人的把戏来保持天真、保持内心微小的幸福。当你还是女孩时，你可以相信和迷恋一切，因为你无知，所以有完整的梦境；当你成为女人、洞悉很多事情以后，你无法轻易地交出自己。因为你预知后果，你知道你不可能毫发无损地得到你想要的。所以我们谈起了独身主义，试图找到一个最简单的办法来解决纠葛的痛苦。

　　在我二十岁的时候，我发疯似的想结婚。对于嫁人的憧憬仅仅停留在梦幻般的婚纱上，只是为了能穿那件衣服，让自己成为世界上最美的女子。此后数年也屡屡有赶快嫁人的冲动，无不是在自己情绪低落、事业不成、身心疲惫时。回想起这些，原来最初想结婚不过是为了成就自己一生中最美的瞬间，想结婚只是为了寻找庇护。独身主义绝对不是一个女孩最初的梦想，嫁人才是我们刚成年就跃跃欲试的事情。当你摩拳擦掌在风花雪月中厮斗一场后，你想嫁的人不见了，或者他从来就不曾存在，你像寂寞的高手找不到互搏的人，这才翻然醒悟——也许我应该一个人走完一生。

因为受过感情的伤害而选择单身，是一种低级的单身——为了某一人而丧失爱的能力和勇气，是可怜并可悲的；因为坚持对爱情的完美追求，无法对不完美妥协而选择单身，是一种中级单身。以上两种都是被动单身。而真正明白人生来就是孤独的，不靠他人来排解虚无，不寄托于在他人身上实现自己的价值，主动选择单身，是一种高级单身。还有一种更超脱的单身，如女权主义西蒙·波娃，她认为自由最为重要，行动才是真正的道德。五十年来，波娃与哲学家萨特牢不可破地联结在一起。他们没有建立一个共同的家庭，终身以"情侣"存在，并包容对方的其他情人。各人有极大的独立性，双方的生活在自由的愿望中生长，而不相互牵扯一些琐碎的烦恼。他们的这种关系使各自的思想和创作得到完整的保护，并得以激发。当然这种关系对于善于遵循道德而不是内心的人来说是匪夷所思并被唾弃的；而对于能理解的人来说，又是可望而不可即的。它能持续下去，要求双方都具有高人一等的情商、智慧、性情和胸怀。

我身边有很多单身的女朋友，属于低级单身的，可以带着她频频现身相亲会，让她不要为一条草根而放弃整片森林；属于中级单身的，经常对她晓之以情，动之以理，让她认清现实，学会退让和包容。这两者都不是坚定的独身主义，只是需要等待，在一个正确的时间、地点遇见那么一个正确的人。只有主动选择单身的人，我从来不奉劝她们什么，我敬畏于她们的选择，赞叹她们内心的强大，欣赏她们优雅从容的姿态和她们不对世俗妥协的勇气。

实质上当爱情不再激烈，而退化成一种习惯的时候，婚姻关系就显示出它的特性——无论你有没有继续爱下去的能力，但至少我要恭喜你，你用婚姻的手段强行留住了一个人。很可悲是吗？我想对大多数人来说，当他们自己没有意识到可悲的时候，那么可悲这种情绪对他们来说也不存在。很多人终其一生都是在"食之无味弃之可惜"的矛盾中徘徊，婚姻的矛盾正在这里，最后使婚姻无法成为爱情的升华，只能变成一条保全的退路和终结。也有少数人在婚姻中得到幸福，那该感谢上帝赐予他们安然、朴实的天性，但在现在这个貌似和平的时代，实属罕见。

我们应该看到我们所遭遇的时代潜在的暗疾，当没有战争、饥饿、灾难等外界的侵扰后，人们过多的精力便无法置放。没有信仰，人们通过怀疑和自我怀疑来反复验证自己的存在。爱情，就是最好的验证手段。你愿意沉湎其中，不是因为那些快乐的细节，快乐是容易被遗忘的，而是两人在交往过程中琐碎的争吵、莫名其妙的赌气、细密的小猜忌……乐趣存在于厮斗之中。如果你成功地激怒了他，并使他难过，那么即便你也是心痛的，但你依然会感到骄傲，因为他的痛苦印证了你对他的重要；如果剧烈争吵的结果是冰释前嫌的相互检讨和表白，你就会更加安心，你认为那就是爱的表现，在两个人的战役之中，最终被论证的不是谁爱谁多一点儿，而是我们都是如此害怕孤独。但是孤独最可怕的地方不是在于无人相伴，而是在于无法和相伴的人沟通，甚至两个人相互破坏。在这种情境之下，有人抽身而出，成为"独身主义"。

我们并不需要去怀疑一个"独身主义"者是否身心有缺陷，因为"独身主义"并不等于"禁欲主义"。她摒弃婚姻，只是排除被法律保护的一种长期合法的性关系，不愿意为这种性关系付出巨大的牺牲。只要她愿意，她的情色生活可以生猛鲜活；如果她不愿意，她可以随时全身而退，因为她只属于她自己，她是自由的。在某方面来说，她比很多人更身心健全，她并不缺乏两性相处的体验；相反，她比很多人更多了一份体验——对自我的强调和控制。她拒绝参加两个人的博弈，在对人性产生客观、理智的认知下，她并不需要通过消耗的方式来从男人那里得到自己活着的意义、价值。一个人的虚无，面对的是整个宇宙；两个人的虚无面对的是日常琐事。以日常的现实来对抗宇宙的虚幻，生命难以发挥张力，生活难以透气，也许会困死于想象力的匮竭。一个人带着翅膀飞，只要有美好和追求美好的心，她便可以成为天使；两个人带着翅膀飞，只要能隐忍，她便可以立地成佛，成为对方的救世主，化身为上帝。只是一旦遭遇丑恶，人们都会明白这世上没有什么救世主，最轻松的还是天使，只因她不承载任何人的愿望，所以不存在让任何人失望，所以不存在幻灭。

我愿意做一个坚定的"独身主义者"。也许我并不具备这种能力，但是我向往。我并不想拔高"独身主义"者，把她们独身的选择全部归于人的自觉，自觉认识到家庭生活实质上是生理本能向社会的延伸，是对人的

精神的一种牢笼和异化。我对家庭生活的看法也并非极端鄙弃。说到底"独身"也只是存在形态之一，如果它能成为一种心态，那么形式也就不那么重要了。在不对他人有过多企图，能不在意回报，具有坚强的意志、顽强的生命力，永不放弃对理想的追求，懂得感恩和尊重等等品质建立后，那么即便一个人你也不会孤独，也不会时时缺乏安全感，安全感不是建立在他人身上，而是建立在自己的生活质量之上的。

只要有健全的心智，能为自己的选择而负责，那么"独身主义"并不是一件可怕和不可思议的事情。当然，婚姻生活也自有其乐趣所在，只是相对于我个人而言，思想和行为的完整、自由是最能让我感到快乐的事情，所以拒绝婚姻，只是为了用自己的途径来找寻和实践属于自己的幸福。每个人都有选择生活的权利，每种生活形态都应该被尊重。只要你是在认真地生活，你就会得到比"幸福"更深刻的财富。

圣诞节前的小阴暗

今天被提醒，才知道圣诞要到了。常年远离人群，渐渐淡忘大众节日，唯放在心上的，是个人悲喜。以前的平安夜基本都是在迪厅度过的，和一群红男绿女在斑斓的光线与喧闹的音乐声中莫名其妙地欣喜若狂。曾经以为自己一辈子都会迷恋那种感觉——放纵，带着飞蛾扑火般的决心投身于欢愉之中。最后一次去迪厅是几年前，还是和我最亲爱的女朋友蝴蝶一起，但是我已经没有力气再奋不顾身地撕扯自己，我开始担心明天会不会四肢酸痛，会不会耳鸣，所以我极其克制地晃了晃，然后安静地坐在角落。衰老，仿佛是一夕之间，隔着狂舞的人群，我看到了舞池中曾经的自己。那时候，我们有很多荒唐的事情，因为无知，所以经得起浪费。现在不同了，也是无知的，但想到如何浪费也抵挡不了空虚，便开始珍惜

自己。

最恓惶的圣诞，是那年离开了医院，离开了有保障的安全生活，兜里装着几百元遣散费，父母并不知情。走在夜晚的街头，琳琅满目的圣诞礼物，灯红酒绿的娱乐场所和衣着光鲜的寻欢者，他们和圣诞节相互消费，我终于成了局外人。物质可以使人高贵，我不寒而栗，这一天终于到来，我没有权利再加入平安夜的狂欢人群，我产生了挫败感，并由此开始厌恶圣诞节及其他和消费有关的节日。那年的圣诞，我在焦灼不安的状态下等待一个自远方而来的朋友，他的到来足足影响了我一生，因为他，我清楚了自己究竟为何而生。至今，我仍感激着那位朋友，一起度过的圣诞，我们所做的无非是一个人说话、一个人倾听。当时，他并没有十足的把握为我指明前路，但我已经被他讲述的无数个寓言所吸引，那些扭曲变调的呐喊，那些卑微异态的小人物，那些历经光阴仍熠熠生辉的伟大灵魂，我愿意进入序列之中，我要完成我自己。我说：我也要写作。在二〇〇四年的平安夜，我宣告，终于找到另外一条艰苦卓绝的道路重回尊贵。首先，我要了却的是虚荣、浮华、喧嚣，只有漠视它们，我才不会浮躁、不会丧心病狂、不会忽略自己。

自那以后，我就开始隐退——从霓裳之中，从脂粉之中，从聚会之中，从一切可以成就一个女子艳名的虚荣之中退出。我没有追名逐利的激情，没有长袖善舞的天赋，我只会自言自语。上帝不会让我们圆满，所以我只能死心塌地地做好自己唯一能做的事情，别无出路。我竭力贴近精神，是为了不继续被物质所侮辱。我很清楚物质对一个满心憧憬它的女孩的伤害，我很甘愿，没有任何不舍地远离这个伤害，主动抽身，让我不那么可怜、不那么悲哀，给自己留下安慰的退路。后来，很多我不太熟悉的朋友都会问我，你还在十堰吗？是的，我一直在，没有离开过，只是切断了通向外界的纽带，由此在这个地图上留下了空白。更多的人是不注意我的离开和存在的，对于空旷的城市而言，任何个人都是藐小的。可是，我知道我在这里。在十堰，我只走我熟悉的街道，坐我常坐的公交车，去不生疏的咖啡馆和我稀少的珍贵的朋友交谈。我喜欢这个城市，因为它不会用陌生的面孔怠慢我。我不迷恋大城市，每当我被迫到达那些地方，就会

被它们极其膨胀的繁华所隔离。十堰适合养老，适合我。偶尔跑开，也是去和十堰一样的安宁之地，一辈子能居住在离内心最近的地方，用自由的方式细水长流地安详生活着，让我觉得无比幸福。

圣诞节前的一个星期里，我看了两个电影。我对《色·戒》的印象并不完整，只在网络电视里看过半个小时。王佳芝是我喜欢的，虽然我不喜欢汤唯，一个担当色诱的女人，应有妩媚和妖气，举手投足之间都是设计好的风情，会回眸一笑，会楚楚动人，会假装隐忍，会拿捏暧昧，会随时抽身，会若即若离。色诱的女人和一切美好却稍纵即逝的事物一样，具有惴惴不安的特征。但是汤唯没有，她太质朴、太明朗、太英气，所以这个王佳芝有些笨拙。不过谁知道呢，也许就是王佳芝这种青涩的色诱，让洞悉世事的易先生上了心。

她是该告诉易先生这是个圈套。因为除了他，没有人关照过自己的内心，也没有人想要讨过她的欢心。莫名其妙失去的贞操，自己不能停止的压抑，救国计划扼杀了个人悲喜，王佳芝怎能甘心呢？她若不爱上这个人，她又能去爱谁？谁曾把她放在心上？都只把她当做工具而已。她若不为这个人而死，她又能怎么死呢？乱世之中，覆巢无完卵，怎样都只能潦草地丧命。即便做了烈士，她的伙伴们也只顾着自己的千秋大业，谁会挂念一个小女子？最多给她竖个硕大的纪念碑。对她，到死也都只能是个误解。这样死了，还有一个男人会为她湿了眼睛。最重要的，是一生都还会怀念着她最美的年华、色诱时的曼妙手段，和色诱后让人疼怜的真情。所以，她终究还是没有妥协，为自己，选择了最后致命的、惊艳的一击。太好了，这结局真让我欣慰。

另一个电影完整地看了——《香水》。一九八四年，德国作家、剧作家帕德里克完成了小说《香水》，他没有遵循流行的先锋派的写作格式，仍采用现实主义严谨的结构描绘出一个藉藉无名的天才惊世骇俗的一生。《香水》被拍成电影之前，从出版商手中历经艰辛取得版权后，"德国电影教父"伯尔尼·伊钦格请到《玫瑰之名》的编剧安德鲁·柏金改编剧本，据称前后改动了二十多次才最终找到创作的核心，也是谋杀的动机——"想被认知的迫切感和欲望"。

主人公让·巴蒂斯特·格雷诺耶出生于一个鱼腥血肉的菜市场，让生来就带着死亡的气味。每一个抛弃他的人，都会被诅咒了般死去。导演和演员把无形的气味所带来的感官，都表现得栩栩如生。让只需要闭上双眼，尽情吮吸，一幅幅画面便呈现在他面前——温暖的石头、冰冷的河水、美丽的姑娘……千里之外的情景也能通过气味清楚地传递给他。所有的异常天才，都带着某种特别的缺陷降临人世。沉默、瘦弱颠簸的身体、肮脏的手指、闪躲的背后那残忍空洞的眼神，这一切构成了让·巴蒂斯特·格雷诺耶。让这个人，本身就是缥缈的，他就如空气的代表，没有爱没有恨没有气味，连狗也嗅不到，来去杀人都无踪影。如果硬要说他的气味，我想，那应该就是死亡的味道。也正是他如此缥缈，才被排斥于这个世界之外，每个人每个物体都有自己的气息，而他没有，正是害怕被世界所忽视，他才需要证实自己的价值，需要被人崇拜。

让懂得爱美，凭他的天赋，能把世界上所有的东西，用气味的方式保存起来，加以混合配搭，变成世界上最神奇的魔力。同时，让又不懂得如何爱美，他不知道只有鲜活的东西才能让美丽释放得更加淋漓尽致，就如同他无法像正常人一样爱与被爱。所以他杀害了十三名少女，剪下她们的长发，揭下她们身上的油脂，储存下少女的芳香，最后炼制出一瓶让众人膜拜的香水。在刑场上，他揭开香水的盖子，人们顿时热泪盈眶，相互拥抱，温暖如天堂，所以让被赦免无罪，人们甚至视他为"天使"。

让最后回到他出生的菜场，衣衫褴褛的人们围着火堆取暖。他打开香水瓶放在自己的头顶，香水流遍全身。人们仿佛被点燃，金黄色的光芒照耀着他们，他们流着泪拥向让，让被这些和他一样出身卑微的人所分食，地上只剩下衣服的碎屑和一个空空的香水瓶。

人们最后做了一件事情，就是发现了美，无论它是否起源于恶——太美了，我非常喜爱这部电影。

足不出户的冬天，偎着暖气片还看了王尔德的《道连·葛雷的画像》，有关一个只痴迷于自己而不沉湎尘世的美少年，美得心惊胆战，美得丧尽天良，最后拿灵魂交换不变的美貌。另一个是陈希我的《遮蔽》，不是很喜欢，倒不是因为憎恶里面变态的乱伦和子弑母的血腥，现实远比小说残

忍、愚昧，我能接受，只是陈希我的叙述方式不是我倾心的那种。不过我相信，他写这个小说的时候，也没有想讨谁的欢心。

圣诞节前看的上述电影和书籍有些不合时宜的阴冷，不过这只是我个人的癖好。等真到圣诞节那天，我会放下这些精神的呓语，和我最爱的男朋友一起去看一场大红大绿的爱情喜剧，我一定会买一大袋爆米花给他吃。这个圣诞因此被爆破，充满膨胀的香甜气味，每一个人都可以不再萧索。

迷迭四章

然而，爱情，在我生命里却是微小的东西。我只能请他原谅我，我有多么细腻的情感、多么充盈的体验、多么纤细的神经、多么敏感的眼神，但我向往的，永远在远方；我投掷出去的，永远是空白；我迷恋的，永远是得不到的；我爱的，永远是幻灭。

——题记

Cheers darling

这段时间一直在听 Cheers darling——

干杯，亲爱

为你和你所爱的男孩儿

干杯，亲爱

我已经为你踟蹰等候了多年

干杯，亲爱

我耳边回荡的是你婚礼的钟声

干杯，亲爱

你给我三支烟，而我把眼泪抽干

在你提到他的名字的时候我就已经死了

我言不由衷

当我们在雨中奔跑的时候我就该吻你

我是什么呢，亲爱？

你耳畔的一声低语，还是什么都不是？

我是什么呢，亲爱？

一个你可能去担心的男孩，还是你最大的错误？

而我是什么呢，亲爱？

我究竟是什么？

我等了这么多年……

这歌让我想起乔伊斯的《死者》，音乐里空旷的玻璃酒杯碰撞声、清脆的破裂声。坐在摩托车的后座上，坐在你的身后，我却戴着耳麦被这巨大的声音淹没，唱歌的男人仿佛独自坐在一间永远没有来访者的酒吧，不停地讲述着他的女王的爱情。车驶入隧道，四周昏黄，唱腔清朗，我距离你竟是越来越远了，远到你回头对我说了句什么，我也不想在歌声中挪出一点点耳朵，给你。

我要的，永远不会得到。

我最爱的人，不是你。

你一定认为我曾经对你说的这两句话对你的伤害很深。是的，我从来没有否认，接下来，更深的伤害是——我不会告诉你，我要的是什么或者我最爱的人是谁。还好，你也不一定会纠结于此，你一贯不是细腻的人，BF（boy friend 英文缩写，男友），因为这点，让我们偶尔亲密，偶尔疏远。

其实，对我要的东西和我最爱的人，我并不是有意沉默，只是我很早就明白，这只关于一种情绪，它的载体或许是实物和某人，而它的本质和生命力却是因为，想要的和最爱的，总是无法企及的幻想，一旦得到，它就会失去光芒，想象在具体事物前止步后，憧憬至此乏善可陈。所以，没有人能动用词语来描述答案，真正可望而不可即的美好情绪，无法被语言定义。我或许伤害了你，真实的感触不该被谴责，该赎罪的只是我还没有来得及学会欺哄你。

Cheers darling！干杯，亲爱的！我最爱的你，某时，我们也曾干杯过，只是我喝下的是酒，你饮下的是清水。和歌词不同的是，我不会祝福你和你的爱情，我认为你和我一样都是不为爱情所动的人。我一直固执地认定我们的追求一样，控制我们悲喜的，都是一片白茫茫的虚无和幻想。我们活着，只是为了寻找各种方式来捕捉和挖掘人的内心，这个"人"包括我们自己，包括对方的我们，更包括所有的人类。爱情，对于你我来说，决不是我和某人之间的事情，它是我们经历着的，却不属于私人事件。

我和你，不会发生任何故事，甚至再也不会有见面的机会。你的出现，替我印证了永恒和消逝的密切关系，也让我更加坚定了自己的想法——我该去做更多的事情，除了占有和索取。

这首歌结束了。城市的噪音乘势挤入耳朵，十堰有些怪异的浮躁、盲目的拥挤和这个贫困的城市互不匹配——谁又能与谁匹配呢？我笑了笑，拍了拍 BF 的肩膀，他两手抓着车把，仓皇回头。

"抱歉，我刚才在听歌，所以没有听见你说什么。"车水马龙立刻淹没了我的声音。他也许同样没有听见我说的这句话，总之，我们相互一笑，神情镇定。

想

同一时间，可以被分割成无数个不同的场景。我不说让你忘了我吧，因为你从来都没有想起过我。固守自己的场景，像一个蹩脚的演员，神色夸张、沉湎于此、信以为真。这是卑微的平静，为了一生只有一次的爱，

不需要谁为此表态，也不需要谁来承担这纤细的表白。

妾拟将身嫁与，一生休。纵被无情弃，不能羞。连这样悲惨的下场，我竟也得不到。亲手切断了通向你的那条路，留下的余生，既然得不到你的抛弃，也还能坚持着独自想你。果然只是我一个人的爱，不忍也不能惊扰你，不靠近，也许在某一瞬间你还能想起我，为我那不动声色而心碎的微笑，最后，我只有一点儿可以在你面前骄傲，就是隐忍。

你的生命中有很多很多的颜色，你的手指间有很多很多的青丝，你的皱纹里有很多很多的身影，你有很多很多足以让我怯懦的故事。而我只有你，这很好，就像我日复一日地在梦境中游走，我可以想到山崩地裂，想到斗转星移，想到海枯石烂，可最后我唯一想到的，还是你。

你将一直被我所铭记，被比文字还深刻的眼睛、鼻子、耳朵、嘴巴所铭记。我违背了佛的教诲，我有所痴迷，你也会如我一般哪怕就此一次地背叛他吗？

如果，我是在幻想，如果你能拥抱我一下，你会闻到死亡的芬芳，我确信。

开始懂了

开始懂了，一种爱可以让人手脚冰冷，一种爱可以亲近而充满光芒，一种爱在开始的时候就结束了，一种爱不能与人倾诉，一种爱，我永远不会得到，所以我不会失去你。也许这一生你也不会知道我是怎样狂热地爱着你，无论你是在触手可及的地方，还是我们永世不再相见，我都会记着一种气息，它与你有关。

可能最终我依赖的仍是幻觉，但是，谁又不是仰仗着幻觉坚持着活下去的呢？我第一次听到天空的回声，第一次在你的目光下卑微地低头。这爱，远离惯性、稳妥、现实乃至躯体，它或许也不属于我，虽然我有那么多的细枝末节来想念你，而它只是依附于两副不同的躯骸，在变幻的背景中，完成一种彻悟。它凝聚了我对所有不可捕捉的短暂美好的膜拜和万念俱灰；而你，则覆盖了我身后的虚无。但你对于我并不是具体的安慰，你

不属于我，我愿意相信你不属于所有人。

我爱你！我想第一次这样以轻盈而不是凶狠的语气来对你说出这三个字，虽然，我一直是一个凶狠的人，但是我不想占有你。我不期望任何回应，我躲避和你单独相处，我放弃所有的手段、机会，尽量远离着你。面对你，我竭尽全力剔除杂念——我爱你，就已经是最大的亵渎了。我第一次自愿放下穷凶极恶的欲望，对你，隔着千山万水，远远注视。

因为那不是我们触手可及的爱情，而是一种我想要终生归依的"爱"。写下这些文字之后，我将永远对你保持缄默。

绮　梦

午后小憩，梦里望见他，惊醒。手边握着电话打出去，那端依旧没有信号，怅然——原来还是想念他的。在我身边时，我待他严苛胜过娇宠，鲜亮的珍宝总在身外引人遐想，一旦置于股掌之中，熟稔因此怠慢。忆起种种细节只是温情，并不激烈。我不喜脉脉的气息，更多的视之为惰性，故时常突然憎恶亲近的人。我所缺损的一部分，是细水长流的柔软，即便对密友，也是不能两相依偎、勾肩搭背的。对他，更是反复无常。算起来，好的时候也没有交出完整的自己，总是心不在焉，我却常说：这已是你能得到的全部，没有一个男人能比拟。仿佛对他已是莫大的恩赐。坏起来的时候，句句话锋芒毕露，直刺要害。他从不曾计较，总在气盛时离开片刻，转身又细语安抚。我对他很好奇——为何他可以如此绵长地爱着一个可恶的女子？于是，更要伤他。他不解我畸形的刺探，依然沉稳地牵着我的手。

曾在小说里写过这样的话："所以她无法自制地伤害他、打击他、摧残他，因为她爱他。这是多么阴险而恶毒的念头，可是她依旧宽恕了自己。"在另一个人身上印证自己的真实，唯有冷静的情感是我相信的。他和她，都认为文字与我本人是相悖的，小说外的我是"可爱的"，他们这样疼爱地说道。可爱的，我想，该是某种残缺促使人怜惜，可以去爱的。它本身不一定具备热情，正是有了一些阴冷，才让人更想焐暖它。他对我

也是有这种感情的，所以对于我的恶毒，一次次原谅、包容。

我所能看到的真相是：害怕爱甚于恨。一定要从我这里展示爱的话，那也只能用恨来反衬，这是我在小说中的气质。而在现实里，能耐心爱我的，都是伟大的人，如是，反衬我自己。

如果我说，因为很爱很爱你，所以，让你无处容身——那便是自己最大的错误。

隐秘的指纹

一个人的阅读史，就是他的精神发育史。阅读是我们认知世界和自己的重要途径，阅读的后遗症种植在我们的思想之中，它们开花结果，最终影响着我们的观念及行为。我的阅读历史要从童年忆起。最初占据一个孩子视野的都是童话，那时父母专门给我订了《好孩子》画报。小学期间我常看的书是《安徒生童话》、《十万个为什么》、《郑渊洁童话》等。快上初中的那年，在一种莫名其妙的情况之下还翻看了《苦菜花》、《野火春风斗古城》、《蹉跎岁月》等一批我当时的年龄还无法理解的书。很多文学早慧者据说在小学期间就熟读了四大名著，而我却是在二十三岁左右才真正看完了这四本书，距离我成为省文学院签约作家，开始正式写作只有一年时间。可见，我是一个文学晚熟者，大概是有先天性阅读缺陷。

虽然童年没有读四大名著，但我却看完了《苦菜花》这类忆苦思甜的革命书。说来荒唐，只因为妈妈床边总放着这类书，所以我也无意中一起加入了阅读之中。这是一种介入性的阅读，其实有些反天性，所以让我后期读书参差不齐，比如我上初中的时候读了大批梁凤仪、李碧华、亦舒、张小娴等成人小说，上中专的时候却喜欢看秦文君的《女生贾梅》、《男生

贾里》等一系列儿童读物，我的阅读似乎没有任何规律，颠三倒四、逆流而行，难道这就是精神错乱的前兆？苦笑中。

一直到目前为止，只有三个作者的书我是基本全看完了——金庸、古龙和琼瑶。他们的书是我从初中起到中专毕业才全看完的，也就是十一岁到十六岁期间。初中时，我重点看的是金庸和琼瑶。看完金庸的书以后，我强烈要求习武，在爸爸的支持下，我如愿以偿地学了一年的武术。因为受了书里英雄主义的影响，对五花八门的功夫强烈憧憬，导致我长年在烈日下曝晒、手提硕大的铁壶去厂房打开水、往家里扛大米、上蹿下跳，没事儿还赤手使劲搓沙子，想练"铁砂掌"。不知道厂区的大人们那时候是怎么看待我这种表现的，反正他们没有告我爸妈虐待儿童，我老爸老妈只为我这么小就主动帮家里干粗活而感到欣慰，谁知道我当时只是为了日后当武林盟主作准备呢？那两年下来，我没有练成什么绝世武功，倒是长得越发像个猴子，又瘦又黑，每天爬上爬下。不过金庸的书也没有白读，其一，造就了我的蛮力，增强了我的体质，最后在我十七岁到精神病院上班的时候，这一特征被发挥得淋漓尽致，在制伏暴力倾向的病人方面，我是公认的 No.1；其二，在若干年后，我的老师张执浩在写他的长篇《水穷处》时，因为里面涉及各种性格的女子，让他感到棘手，我向他推荐了金庸的《天龙八部》，告诉他里面段正淳的众多老婆们就是性情各异的女子总汇，帮老张顺利走出了困境。看古龙的武侠，却使我第一次体会到人的孤独感和复杂性，他的布局充满玄机，也总有一种挥之不去的萧索感。看《萧十一郎》的时候，我哭得一塌糊涂；第二天看了霍达的《穆斯林的葬礼》，继续哭；第三天看方方的《何处是我家园》，再哭。几天里看了这些风马牛不相及的书籍，一致触动我的泪腺。从此对悲剧情有独钟。还好我对琼瑶阿姨是铁石心肠，只是同学们都在看她的书，我跟着凑热闹，但并没有多大感觉，所以我二十岁方进行初恋，并没有中她的毒在求学期间开展早恋活动。

上中专的时候，在我一个好朋友的影响下，我看完了世界名著的丛书——《飘》、《百年孤独》、《红与黑》等普及性的名著。不过读完以后

也没有变成和我朋友一样的文学女青年，我的注意力又被《知音》、《女友》、《读者文摘》等杂志吸引，并迅速投身于这种消遣式的阅读中，特别是对《知音》爱不释手。记得第一次去武汉和我的老师们见面时，我从火车上下来，还手持一本《知音》，让他们深恶痛绝，受到了他们的严厉批评。

上班 N 年后，我调到宣传科，有了接触网络的机会。那时候不知道受了什么刺激，开始写诗，打完就丢到网上，多丢了几次就被我的老师们发现了。李修文后来告诉我，因为我的诗歌有狄金森的风格，所以引起了他和张执浩、邓一光两位老师的注意，他们暗自看了我丢在论坛上的诸多诗歌后，最终确定我是可造之材，所以和我取得了联系。当他们第一次对我说起狄金森的时候，我完全不知道这人是干吗的，这大大出乎他们的意料。继续问下去，发现了我阅读的巨大的匮乏，他们提及的伟大作家和作品，我全部一无所知。我们相互震撼！他们为我的无知而吃惊，我为他们的博学而吃惊，最后的结论是他们赞美了我的天赋，却对我今后是否把写作当做事业而置疑。一个没有阅读素养和阅读习惯的人从事写作，他能走多远？这个问题的答案直到现在也不能确定。只是我已经完全被他们对我口述的"文学"所吸引，就像一个长期麻木的人被针刺痛，我突然觉得自己终于有了一个明确的奋斗目标，甚至是找到了生命的意义，头脑一热之下离开了原有的迟滞生活，为自己选择了岌岌可危的奋身一跃，迫切地连脚下是不是悬崖都来不及考虑。

置于死地而后生——我这种不计后果的举动让我的老师们感到责任重大。木已成舟，他们决定尽最大的努力来帮我弥补无知。那段时间他们一直不停地向我推荐辛格、塞林格、芥川龙之介、乔伊斯等大师的著作。后来检查功课的时候，他们发现我还是不读书。当我再去武汉的时候，他们就我把带到书店，成堆成堆地给我买书叫我回家必须看。有时候怕我不看，他们就对我进行"口述阅读"，把一些经典之作《小镇畸人》、《死者》、《疾病解说者》、《睡眠兄弟》等讲给我听……在这样一点点的耳濡目染之下，我才开始了真正的阅读生涯。在这种较为专业的阅读史中，第

一本打动我的小说是耶利内克的《钢琴教师》，梦游一般的语言，小说的心理描写非常成功，常有令人惊奇的描绘，对人性的观察可谓洞烛幽微，重要的是其写作气质与我内心的幽闭息息相通。自这次书面上与耶利内克邂逅之后，我察觉到自己思想上异化的端倪，也让我的写作有了隐约的走向。此后，吉本芭娜娜的《厨房》、山田咏美的《床上的眼睛》、谷崎润一郎的《春琴操》、利波维茨的《空虚时代》、贡布罗维奇的《检察官克雷考斯基的舞伴》、卡尔维诺的《不存在的骑士》、茨威格的《旧书商门德尔》、塞林格的《九故事》、西伯德的《可爱的骨头》等诸多巨著，让我一步步剖开自己混沌的神经，发现了我心里深藏的"鬼"，这"鬼"便是对常规下的非常态的追问、对道德标准和日常生活的反诘、对生命意义的反复拷打。我才知道以前所看都是浏览，现在所看才是阅读，前者若浮云，在眼中一飘而过，而后者才能深深引发我的思索、矫正我的态度，最终影响我的行为，也就改变了整个人生。这种阅读是沉重、甚至是沉痛的，可是我深知，如果我不再养着我的"鬼"，我必然和它一起彻底地被抹杀。一生不被自己内心所蚕食的人，该有多幸福啊，只是，那个人不是我。因为我在经历这些阅读的洗礼之后，所追求的不再仅仅是"幸福"本身。

只是也有很多人被过度的阅读而阉割。特别是在写作的行列中，渊博之士太多，但是如果不能从阅读中发现自己，那么理论主义者比文盲有时更可恶，因为前者完全丧失了本真，丧失了自己原生态的表述，也就是丧失了自己心里的声音。一个不读书的人，他是内心匮乏的人；一个乱读书的人，他是内心混乱的人；一个会读书的人，他是内心安宁的人。文学或其他门类的艺术，它们的传承并不仅仅在于理论和体系的延续，重要的是跨越时间、空间，你和它们之间的共鸣，这就是艺术的不朽。但这种共鸣的产生除了天赋之外，还有通过阅读而建立起的素养，否则，我们注定会与不朽擦肩而过、与伟大失之交臂。

到目前为止，在阅读方面，我还是一个极其无知的人。但是通过阅读，我会时刻审视自己，所以我并没有为此不安。只要能清醒地继续读下

去，我就会变得更加强大，这点，对于每个人都是一样的，也是我们能获取的少有的公平的权利。

我常常认为，生活中呈现的种种荒诞，那些让我们难以释怀的痛苦其实只关乎我们的欲望和智慧。没有智慧并不可怕，只要你同样没有欲望，你也能得到素净安稳的属于自己的小平安；如果你有欲望，那么降低痛苦伤害的最好办法，就是提高智慧。阅读之于我如同双翼，它让我轻盈，让我得以逾越更多不被我所掌控的痴迷，往星光点点处飞去。虽然，在这个宇宙中，任何事物都被安排得井井有条，但在它之外却充满着死亡和空寂。但是，那些书籍中留下了我隐秘的指纹，也将有人在我的书中留下他们的指纹，那么我已完成了自己饱满的轨迹。最终的死亡和空寂，已经不能使我恐惧。